GABRIELE KEISER

Vulkanpark

LÄHMENDER SCHRECKEN Der idyllische Rauscherpark in der Osteifel ist ein beliebtes Ausflugsziel für Familien. Gewaltige Vulkanausbrüche formten einst diese Landschaft. Groß ist das Entsetzen, als im Flusslauf der Nette ein Müllsack mit einem toten Jungen gefunden wird. Der Fall bringt alle Beteiligten an den Rand des Erträglichen. Sämtliche Ermittler sind hoch motiviert, auch die Öffentlichkeit zeigt große Hilfsbereitschaft. Kommissarin Franca Mazzari und Bernhard Hinterhuber haben Verstärkung bekommen: Clarissa, vormals Praktikantin im Koblenzer Polizeipräsidium, ist inzwischen zur Jungkommissarin avanciert. Akribisch wird Spur um Spur abgearbeitet, modernste Fahndungsmethoden werden eingesetzt, und die Polizei scheut auch vor unkonventionellen Maßnahmen nicht zurück. Auch ein Profiler wird hinzugezogen, doch bis eine Auflösung in Sicht ist, gilt es etliche Zweifel und Irrtümer auszuräumen …

© Michael Schäuble

Gabriele Keiser, 1953 in Kaiserslautern geboren, studierte Literaturwissenschaften und lebt heute als freie Schriftstellerin, Lektorin und Volkshochschuldozentin in Andernach am Rhein. Ihre Krimis um die sympathische Koblenzer Kriminalkommissarin Franca Mazzari sind eine gelungene Kombination von Spannung und Wissensvermittlung, denn es geht immer um mehr als nur um die Frage nach dem Täter. Gabriele Keiser ist Mitglied im »Syndikat«, der Vereinigung deutschsprachiger Krimiautoren, und war etliche Jahre Vorsitzende des Verbandes deutscher Schriftsteller (VS) in Rheinland-Pfalz. Im Jahr 2014 erhielt sie den Kulturförderpreis des Landkreises Mayen-Koblenz.

GABRIELE KEISER

Vulkanpark

KRIMINALROMAN

GMEINER

Personen und Handlung sind frei erfunden.
Ähnlichkeiten mit lebenden oder toten Personen
sind rein zufällig und nicht beabsichtigt.

Die automatisierte Analyse des Werkes, um daraus
Informationen insbesondere über Muster, Trends und
Korrelationen gemäß § 44b UrhG (»Text und Data
Mining«) zu gewinnen, ist untersagt.

Bei Fragen zur Produktsicherheit gemäß der Verordnung
über die allgemeine Produktsicherheit (GPSR) wenden Sie
sich bitte an den Verlag.

Gefällt mir!

Facebook: @Gmeiner.Verlag
Instagram: @gmeinerverlag
Twitter: @GmeinerVerlag

Besuchen Sie uns im Internet:
www.gmeiner-verlag.de

© 2013 – Gmeiner-Verlag GmbH
Im Ehnried 5, 88605 Meßkirch
Telefon 07575/2095-0
info@gmeiner-verlag.de
Alle Rechte vorbehalten

Lektorat: Claudia Senghaas, Kirchardt
Herstellung: Mirjam Hecht
Umschlaggestaltung: U.O.R.G. Lutz Eberle, Stuttgart
unter Verwendung eines Fotos von: © MMchen / photocase.com
Druck: Libri Plureos GmbH, Friedensallee 273, 22763 Hamburg
Printed in Germany
ISBN 978-3-8392-1395-7

Das größte Geheimnis ist der Mensch sich selbst.

Novalis

PROLOG

Er hatte geglaubt, der Alte sei längst tot. Umso erstaunter war er über den Anruf aus dem Pflegeheim gewesen. Er sortierte die Bilder in seinem Kopf und versuchte, sie mit den Gegebenheiten in Übereinstimmung zu bringen, die er vor sich sah, und begann sich zu fragen, weshalb in drei Teufels Namen er bloß hierhergekommen war. In dieses Zimmer, wo es nach Desinfektionsmitteln und Siechtum roch.

Vater befiehlt und der Sohn gehorcht. Die alten Mechanismen schienen noch immer zu funktionieren, nach so langer Zeit. Hatte sich wirklich gar nichts verändert?

Der Greis schaute mit starrem Blick an ihm vorbei. In sich zusammengefallen, hing er mehr als er saß im Rollstuhl. Unter dem zerschlissenen Frottee-Bademantel trug er einen gestreiften Pyjama. Zahlreiche geplatzte Äderchen durchzogen wie ein rotmaschiges Netz sein ledriges, von vielen Falten schraffiertes Gesicht. Sein kahler Kopf sah aus wie ein verschrumpelter, von braunen Flecken verunzierter und vergessener Apfel, den niemand mehr haben wollte. Er trug kein Gebiss. Sein Mund war eingefallen, eine tiefe, unergründliche Höhle.

Nichts hatte er mehr gemein mit dem Vater, der einmal stark und mächtig gewesen war. Viel eher erinnerte er den Sohn an eines der präparierten Tiere im Arbeitszimmer, die ihn fasziniert und zugleich abgestoßen hatten.

Eigentlich sieht er völlig harmlos aus, dachte der Sohn verwundert. Aufrecht stand er vor dem alten Mann und sah auf ihn herab. Er hätte sich auf einen Stuhl setzen können, um seinem Vater in Augenhöhe zu begegnen, aber das tat er nicht. Er blieb stehen.

Ein Bild hatte sich in sein Gehirn eingebrannt, das nicht mehr auszulöschen war: Er war derjenige, der saß – zusammengekauert auf einem Kinderstühlchen – und sein Vater stand vor ihm. Groß, erhaben, drohend. Der Vater fragte Wissen ab. Das kleine Einmaleins. Abziehen. Zusammenzählen. Erbarmungslos prasselten Aufgaben und Kommentare auf das Kind nieder.

Sieben mal neun. Herrgott, das ist doch nicht so schwer ... Wo hast du bloß deine Gedanken? Wird's bald?

Aus Vaters Mund hagelten weitere Zahlen. Die Stimme wurde immer schriller und blockierte alle Gedankengänge. Der Sohn, das Kind, suchte verzweifelt nach Antworten. Er wollte so gern dem Vater gefallen. Dafür hatte er stundenlang geübt. Aber alles, was er vorher gewusst hatte, war wie weggeblasen. Hilflos bewegte er die Lippen, nicht die einfachste Lösung fiel ihm ein. Darüber war er genauso frustriert gewesen wie sein Vater.

Am liebsten hätte er seinen Vater jetzt gefragt: *98 minus 45. Na, was ist? Wo hast du bloß deine Gedanken? Wie fühlt man sich, wenn der andere groß und mächtig vor einem steht, und man selbst so hilflos ist wie ein kleiner Junge auf einem Kinderstühlchen?*

Natürlich beherrschte er sich, wie er sich immer in Gegenwart seines Vaters beherrscht hatte, eines Mannes, der kaum Fragen stellte, sondern gewohnt war, Ansagen zu machen oder Befehle zu erteilen. Bravsein war die Maxime seiner Erziehung gewesen. *Ein gutes Kind gehorcht geschwind.* Ein stiller Duckmäuser war erwünscht. Kein Kind, das herumzappelte, und schon gar keines, das in der

Lage war, selbstständig zu denken und dies in irgendeiner Weise auch noch zu äußern.

Kurz dachte der Sohn an seine Mutter, die in ihrer eigenen Welt gelebt hatte, einer Parallelwelt, die mit der Realität nur wenig übereinstimmte. Für die Sorgen des Kindes hatte sie kein Gespür gehabt. Vielleicht, weil ihre eigenen Nöte so übergroß gewesen waren, dass sie sie wegzuträumen und mit Medikamenten wegzuschlucken versuchte.

Im Grunde war das hier alles nur armselig.

Plötzlich fragte er sich, warum er sich nicht erhaben vorkam, wie er da vor seinem Vater stand und auf ihn herabblickte, groß, aufrecht, gesund. Warum dieses Gefühl von Macht und Triumph ausblieb. Flau war ihm im Magen, im Kopf. Ob seinem Vater jemals in den Sinn gekommen war, dass er etwas falsch gemacht hatte? Ob er sich jemals darüber Gedanken gemacht hatte, dass die Dinge nicht einfach passierten, sondern dass es für alles einen Grund gab?

Der alte Mann wandte den Kopf und suchte den Blick des Sohnes, ein Speichelfaden troff aus seinem Mund, vor dem sich der jüngere ekelte. Er musste sich zwingen, diesem Anblick standzuhalten.

Zusammenhängend sprechen konnte der Vater nach dem Schlaganfall nicht mehr. Bestenfalls lallen. Zittrig bewegte er die welken Lippen. Auf einmal kam Bewegung in ihn, mit einem Ruck hob er eine Hand. Unwillkürlich zuckte der Sohn zusammen. Diese Bewegung löste noch immer Alarm in ihm aus: Er ertappte sich dabei, wie er sofort den Arm hochriss, um seinen Kopf zu schützen. Gleichzeitig brachen blitzartig Gefühle und Gedanken aus den Tiefen seines Unterbewusstseins hervor, von denen er geglaubt hatte, dass er sie längst hinter sich gelassen hatte.

Schnell ließ er den Arm wieder sinken.

Es war zu lächerlich. Der Alte konnte nicht mehr schlagen. Dazu hatte er keine Kraft mehr. Abgesehen davon, dass die Distanz zwischen Vater und Sohn keine Berührung welcher Art auch immer zuließ.

Sein Vater war 98 Jahre alt. Hatte man da nicht lange genug gelebt? Und genug Unheil angerichtet?

Die alte Hand, deren Haut dünn war wie Pergament und von zahlreichen Altersflecken bedeckt, zitterte. Der Greis beugte sich vor, er versuchte, etwas zu artikulieren.

Wieder fiel dem Sohn der Vergleich mit den präparierten Tieren ein. Ein Fuchs mit rötlichem Fell und Augen aus Glas, ein Habicht mit ausgebreiteten Flügeln, der in seinen Krallen ein lebloses Kaninchen trug. Wesen, die tot waren, die jedoch durch spezielle Verfahren den Anschein erweckten, ewig zu den Lebenden zu gehören. Der Unterschied lag allein in den Augen. Während die der gejagten Tiere gläsern und leer gewesen waren, leuchtete aus den wässrigen Augen des Vaters Panik.

Der Alte hat Angst, schoss es dem Sohn durch den Kopf. Sieh mal einer an. Seinen Mund umspielte ein Lächeln.

»Hast du Durst, Vater? Soll ich dir was zu trinken holen?«, fragte er höflich.

Eine unwirsche Bewegung mit der Hand. Begleitet von einem heftigen Kopfschütteln.

»Schlecht …«, verstand der Sohn, »… ganz schlecht.«

»Was ist ganz schlecht, Vater?«

»Alles … will nicht mehr.«

Schrill und hoch drangen die Töne aus der dunklen Höhle des zahnlosen Mundes. Unartikuliert. Begleitet von Speicheltropfen und einem Pfeifen und Schnaufen. Wie bei einem Trinker. Einem Menschen, der nicht bei sich war, der nicht mehr kontrollieren konnte, was er von sich gab.

»Was meinst du?« Der Sohn kniff die Augen zusammen, in seinem Hinterkopf begann es zu klopfen. Er war nicht sicher, ob er richtig verstanden hatte. »Was willst du mir sagen, Vater?«

Er dachte daran, wie er als Kind in Vaters Arbeitszimmer zitiert wurde, einen düsteren Raum mit zahlreichen Büchern in Glasvitrinen, den sämtliche Familienmitglieder nur nach Aufforderung betreten durften. Zuvor ging es durch den langen Flur mit den Geweihen an der Wand. Sein Vater war stets effektiv im Sammeln von Trophäen gewesen. Beim Schießen und beim Schlagen bewies er eine sichere Hand.

Vom Sohn wurde erwartet, dass er nach dem Eintreten einen Diener machte. Vater war ein Herr der alten Schule, der auf Manieren achtete. Wenn der Sohn etwas besonders gut gemacht hatte, durfte er sich eines der Himbeerbonbons nehmen, die rosarot und verführerisch in einem Glas auf dem Schreibtisch standen.

Hatte er jemals ein Bonbon bekommen? Er konnte sich nur daran erinnern, dass er sich einige Male heimlich in das Büro geschlichen hatte, um eines zu stehlen.

»Mach … tot«, krächzte der Alte.

»Bitte?« Sein Herz begann zu hämmern. Er hielt die Hand hinter sein Ohr. So wie es Vater immer gemacht hatte, wenn er glaubte, sich verhört zu haben.

»Mach tot … weg … aus … vorbei.« Der Alte wedelte mit den Händen. Wieder fühlte sich der Sohn an früher erinnert, an das ungeduldige Fuchteln, das ein endgültiges Schneiden durch die Luft abschloss. Begleitet von einem gezischten »Basta!«, dem niemand zu widersprechen wagte.

Der Mann, der ihn gezeugt hatte, bettelte darum, umgebracht zu werden? War es das? Hatte er das richtig verstanden?

»Vater, ich glaube, es ist besser, du legst dich wieder hin. Ich gehe jetzt.«

Unruhe erfasste den alten Mann, er versuchte, den Sohn aufzuhalten. Mit unartikulierten Worten, mit heftigen Gesten.

Nun stellte sich doch so etwas wie ein Triumphgefühl bei ihm ein. Wie er es genoss, bestimmen zu können! Keinem väterlichen Befehl mehr gehorchen zu müssen. Er drehte seinem Vater den Rücken zu und fasste entschlossen an die Türklinke, ignorierte das verzweifelte Gebrabbel, das ihn zum Bleiben verurteilen wollte.

Ein Lächeln umspielte seine Lippen, als er die Tür hinter sich zuzog.

1

Schützt uns dieser Staat noch vor Verbrechern? Die Überschrift des Artikels stach gut sichtbar ins Auge. Die überregionale Ausgabe einer bekannten Tageszeitung lag aufgeschlagen in der Mitte des Tisches. Aus aktuellem Anlass hatte der Chef zu einer außerordentlichen Sitzung im Besprechungszimmer des Kriminalkommissariats 11 im Koblenzer Präsidium am Moselring gebeten.

»Schön, dass Sie alle gekommen sind.« Anton Osterkorn nickte in die Runde. Als sein Blick die Kriminalhauptkommissarin Franca Mazzari streifte, hellte sich seine Miene um eine kleine Nuance auf. Sie hatte seit Tagen eine heftige Erkältung, erschien aber tapfer auf ihrer Dienststelle. Inzwischen brachte sie kaum noch einen Ton heraus, allenfalls ein rostiges Quietschen, und war derart heiser, dass ihre Tochter Georgina sich zu der Bemerkung veranlasst gesehen hatte , sie habe eine Stimme wie eine Puffmutter. Halsbonbons halfen nur wenig. Ebenso das abendliche Gurgeln mit frisch gebrühtem Salbeitee.

Anton Osterkorn nahm die getönte Hornbrille ab und rieb sich die Nasenwurzel.

»Lassen Sie mich gleich zur Sache kommen: Dass das Gesetz zur nachträglich verhängten Sicherungsverwahrung eine einzige Flickschusterei ist, brauche ich Ihnen nicht zu erklären. Insofern war es überfällig, dass der Europäische Gerichtshof für Menschenrechte die nachträglich angeordnete Sicherungsverwahrung infrage stellte. Freiheitsentzug kann nun mal nicht nach einem Gesetz verlängert werden, das zum Zeitpunkt des ersten Urteils noch nicht in Kraft war.«

»Der Chef klingt wie ein Anwalt, der mit allen Mitteln seinen Mandanten verteidigt«, raunte Clarissa Franca zu. Die ehemalige Praktikantin hatte inzwischen ihr Studium mit Bestnoten beendet und war als Jungkommissarin ins Koblenzer Präsidium zurückgekehrt.

»Wollen Sie damit sagen, dass die Straßburger Richter mit diesem Urteil mehr Rechtssicherheit geschaffen haben?«, fragte Francas jüngerer Team-Kollege Bernhard Hinterhuber.

Osterkorn nickte nachdrücklich. »Im Kern beruft man sich doch auf den römischen Rechtsgrundsatz ›nulla poena sine lege‹: Keine Strafe ohne Gesetz, was zweifellos eine tragende Säule unseres Rechtsstaates ist, verankert in Artikel 103 des Grundgesetzes, wie Sie alle wissen.«

Unter den Anwesenden brach Gemurmel aus.

Der Chef hob beschwichtigend die Hände. »Dennoch ist es nicht von der Hand zu weisen, dass wir seither mit einer Reihe von zusätzlichen Problemen konfrontiert wurden – und noch konfrontiert werden«, räumte Osterkorn ein.

Davon konnte jeder der Anwesenden ein Lied singen. Der allgemein grassierende Sparwahn, der auch vor der Polizei nicht haltmachte, bescherte sowieso schon eine Menge zusätzlicher Probleme. Deshalb fanden viele, dass das Straßburger Urteil allem die Krone aufsetzte.

»›Freiheitsorientiertes und therapiegerichtetes Gesamtkonzept‹ nennt man das«, merkte Hinterhuber an. »Klingt eigentlich nicht schlecht. Doch viele Kollegen fragen sich, ob nicht aus Straßburg die falschen Signale gesetzt werden. Ich meine, zu Recht.«

»Das Urteil ist bindend für uns, das wissen Sie«, wandte Osterkorn ein. »Und wir müssen damit umgehen.«

»Daher weht der Wind«, flüsterte Clarissa. »Auch Chefs müssen Kompromisse machen. Warum gibt er das denn nicht zu?«

Franca wandte den Blick und betrachtete die junge Kollegin. Clarissa war wie immer top gestylt, neu war ein Piercing unterhalb der Lippen. Sie trug ein eng anliegendes rotes T-Shirt, das so gar nicht mit dem grellen Hennaton ihrer frisch gefärbten Haare harmonierte.

»Das heißt doch nichts anderes, als dass die Rechte dieser Verbrecher über die Sicherheitsinteressen der Bevölkerung gestellt werden. Es ist zum Kotzen«, gab Roger Brock, einer der jüngeren Kommissare, seiner Verärgerung Ausdruck. »Das Grundrecht auf Freiheit wird verletzt, dass ich nicht lache. Die so was festschreiben, sind doch alles Schreibtischhengste, die von der Realität überhaupt keine Ahnung haben. Ich möchte mal sehen, wie die reagieren würden, wenn in ihre Nachbarschaft ein entlassener Sexualstraftäter einzieht, dem ihre Kinder tagtäglich begegnen müssen. Aber es ist ja alles Recht und Gesetz!« Mit einer heftigen Geste warf er seinen Stift auf den Schreibtisch, der weiterrollte und auf den Boden fiel.

Clarissa bückte sich, hob ihn auf und legte ihn mit einem nachsichtigen Lächeln wieder auf seinen Platz. Allen war bewusst, warum Brock besonders empfindlich auf das angesprochene Thema reagierte.

Roger Brock, der gerade mal die geforderte Mindestgröße maß und schmal war wie ein Handtuch, wurde von den Kollegen früher Bröckchen genannt. Bröckchen war umgänglich, jedermann mochte ihn. Doch vor einiger Zeit hatte sich sein Charakter vollkommen verwandelt. Ihn hatte es hart getroffen, als ein von ihm und seinem Kollegenteam unter Bewachung stehender Straftäter nur drei Tage, nachdem die Einstellung der Observation angeordnet worden war, einen weiteren Mord begangen hatte. Der Fall hatte großes Aufsehen erregt. Der sensible, nachdenkliche Kommissar hatte sich quasi über Nacht in einen Zyniker verwandelt, der eine undurchdringliche Mauer um sich gezogen hatte und bisweilen Unerträgliches von sich gab. Seitdem hieß er nur noch Brocken. Ganz böse Zungen nannten ihn auch Kotzbrocken.

»Konkret geht es, wie Sie wissen, um Johann Lomack«, fuhr Osterkorn fort. Lomack war ein Mehrfachtäter, der sich wiederholt an Kindern vergangen hatte. Fast 20 Jahre seines Lebens hatte er mit nur kurzen Unterbrechungen hinter Gittern verbracht. Zuletzt wurde er zu sechs Jahren Haft verurteilt. Eine Sicherungsverwahrung wurde nachträglich angeordnet. In einem der zahlreichen Gutachten, die über ihn verfasst wurden, hatte es geheißen, er sei ein Mann mit Bedürfnis nach Nähe und Geborgenheit, aber in besonderen Krisen weise seine Sexualität deviante Anteile und Impulse auf. In einer weiteren Beurteilung wurde die Behauptung aufgestellt, dass die Frage nach einer medizinisch definierten sexuellen Perversion zu verneinen sei – was nicht nur viele der Anwesenden infrage stellten.

»Jetzt sieht er seine große Chance und hat einen Eilantrag gestellt. Wenn der Richter im Sinne des Straßburger Urteils entscheidet, kommt Lomack schon in den nächsten Tagen frei«, fuhr Osterkorn fort.

»Wie das ausgeht, kann sich jeder an fünf Fingern abzählen«, schnaubte Brock. »Alle wissen es, und wenn's dann wieder passiert, schreien sie auf.«

»Das ist die Reaktion der Presse auf ähnliche Fälle!«
Osterkorn schlug mit der flachen Hand auf die Zeitung
vor sich. »Und es handelt sich hier um ein seriöses Blatt.
Was die mit den großen Buchstaben schreiben, brauch ich
Ihnen nicht im Einzelnen darzulegen.«

»Das heißt, wir werden gezwungen, einen Straftäter auf
die Menschheit loszulassen, obwohl man davon ausgehen
kann, dass er weiterhin eine Gefahr für die Bevölkerung
darstellt«, stellte Clarissa fest. Es wirkte, als könne sie
nicht glauben, was sie da eben gehört hatte.

»Man kann es zumindest nicht ausschließen.« Hinterhuber strich sich die dunklen Locken aus der Stirn. »In
der Tat werden wir uns die Frage gefallen lassen müssen,
was daran gerecht sein soll.«

»Der kriegt auch noch eine Entschädigung dafür, dass
er so lang angeblich zu Unrecht im Gefängnis gesessen
hat«, stieß Brock hervor. »Ein Schlag ins Gesicht eines
jeden Opfers und dessen Familie. Und das nennt man
dann juristisch korrekt. Ich frag mich wirklich, wo wir
hier eigentlich leben.«

Franca lag einiges auf der Zunge, doch sie hielt sich mit
Kommentaren zurück, nicht zuletzt deswegen, weil ihre
krächzende Stimme den Ernst der Aussage wahrscheinlich etwas herabgemindert hätte. Auch sie hielt das Straßburger Urteil für äußerst problematisch. Menschen wie
Lomack waren nun mal am besten hinter Gittern aufgehoben, wo sie kein weiteres Unheil anrichten konnten,
auch wenn die Sicherungsverwahrung erst nachträglich
angeordnet worden war.

»Wir müssen mit den Gegebenheiten umgehen, ob wir
wollen oder nicht.« Mit undurchdringlicher Miene schob
Osterkorn die vor ihm liegenden Blätter zu einem Stapel

zusammen. »Vielleicht tun wir Lomack ja Unrecht. Seine Sozialprognosen gelten als gut.«

»Vielleicht kommt der Papst in die Hölle«, murmelte Roger Brock.

Der Chef konnte ein Grinsen nicht unterdrücken. »Auch das liegt nicht in unserer Hand.«

»Ich sage euch, der Lomack schnappt sich das nächste Kind, sobald sich die Gelegenheit bietet. Dazu braucht man kein Hellseher zu sein. Ich kenn doch diese Typen«, trumpfte Brock auf. Franca blätterte in Lomacks Aktenkopien, die vor ihr auf dem Tisch lagen. Ein Foto zeigte ihn als rundlichen Mann mit angegrauten, schütteren Haaren, der erstaunt in die Welt blickte und aussah, als ob er keiner Fliege was zuleide tun könne. Immer wieder hatte er sich Mädchen genähert, Kindern im Alter zwischen neun und zwölf Jahren, hatte sie mit einem Messer bedroht und gezwungen, sich auszuziehen, um sich danach an ihnen zu vergehen. Ein Druck tief in seinem Inneren sei daran schuld, dem er sich hilflos ausgesetzt sehe, hatte er behauptet.

»Ich habe mir die Akte genau angesehen«, äußerte Hinterhuber. »Der Mann hat die Hälfte seines Lebens fast ununterbrochen im Gefängnis gesessen, Therapien hat er zwar angefangen, aber nach kurzer Zeit immer wieder abgebrochen. Das heißt, da hat überhaupt keine Aufarbeitung stattgefunden. Folglich ist er in keiner Weise auf ein Leben in Freiheit vorbereitet.«

In der JVA war der Tagesablauf geregelt, den Insassen wurde vorgeschrieben, was zu tun und was zu lassen war, es gab eine klare Struktur. In dem Moment, in dem ein Täter freikam, musste er seinen Tagesablauf selbst regeln, er wurde mit Problemen und Versuchungen konfrontiert, vor denen er während seines Gefängnisaufenthaltes abgeschirmt war. Das war schon manchem zum Verhängnis geworden.

Franca hob den Kopf und betrachtete Roger Brock, der düster vor sich hinstarrte. Im letzten Jahr war er stark gealtert, markante Falten gruben sich um Augen und Mund. Sie hatte mehrmals versucht, mit dem jüngeren Kollegen über den damaligen Vorfall zu reden, der ihn derart aus dem Gleichgewicht gebracht hatte, doch er blockte jedes Mal ab.

»Haben Sie irgendwelche brauchbaren Vorschläge?«, fragte Osterkorn in die Runde, wobei er einen Blick auf Brock vermied.

»Sowohl offene als auch verdeckte Observation ist schwierig zu handhaben, ganz einfach, weil uns die Leute fehlen«, merkte Hinterhuber an. »Wo sollen wir denn bei unserer dünnen Personaldecke die zusätzlichen Beamten hernehmen?«

Für eine einzige Rund-um-die-Uhr-Überwachung waren ungefähr 25 Beamte notwendig. Praktisch hieß das, dass auf die einzelnen Bediensteten trotz Überbelastung enorme Mehrarbeit zukommen würde. »Wir können doch schon so manchmal nicht mehr sein als Kontrolleure, die lediglich ein paar Stichproben machen«, fuhr Hinterhuber fort.

Franca war gespannt, was Osterkorn zur Lösung dieses Problems vorschlagen würde, denn der Aufwand, den Lomacks Freilassung verursachen würde, war in der Tat kaum zu bewältigen. Ganz davon abgesehen, dass die Polizisten, die man für dessen Bewachung einsetzen musste, an anderen Stellen fehlen würden.

Osterkorn nickte bedächtig. »Es ist nicht zu leugnen,

dass jeder Einzelne von Ihnen wesentlich mehr Aufgaben stemmen muss als früher«, räumte er ein.

»Da wird dann schon mal in Kauf genommen, dass wir alle Burn-out kriegen oder der eine oder andere Kollege frühzeitig an einem Herzinfarkt abkratzt«, murmelte Brock. »Ich weiß jetzt schon nicht mehr, wo mir der Kopf steht.« Mit einem listigen Grinsen wandte er den Kopf. »Ich finde, wir sollten ein paar Tage verdeckt observieren, der Typ soll sich in Sicherheit wiegen. Wenn er sich dann an ein Kind ranmacht und wir ihn auf frischer Tat ertappen, ist er ratzfatz wieder da, wo er hingehört.«

Franca konnte nicht mehr länger an sich halten.

»Sei nicht so zynisch«, krächzte sie kopfschüttelnd mit zusammengezogenen Augenbrauen. »Das ist ja nicht zum Aushalten.«

»Ist doch wahr«, konterte Brock.

»Ich frage mich, wie lang so eine Überwachung gehen soll«, hakte Clarissa nach. »Eine Woche? Einen Monat? Oder tatsächlich so lang, bis er wieder was anstellt?«

»So lang wie nötig.« Osterkorn stand auf. Offenbar war die Unterredung für ihn beendet. »Sie kümmern sich drum, ja?«, sagte er in Francas Richtung. »Ich wusste, dass ich mich auf Sie verlassen kann. Sie entschuldigen mich.« Damit zog er die Tür hinter sich zu.

»Was war das denn?«, krächzte Franca fassungslos.

»Sisyphus lässt wieder einmal grüßen«, ließ Hinterhuber vernehmen. »Und wir dürfen's ausbaden.«

Einen Moment herrschte ungläubige Stille im Raum. Sogar Brock hatte es die Sprache verschlagen.

»Warum lassen wir uns nicht einfach klonen?«, meinte Clarissa grinsend. »Wäre doch mal 'ne Super-Idee.«

2

»Bin wieder da!« Andrea Liebermann fegte zur Tür herein, voll bepackt mit Einkaufstüten. Hastig stellte sie alles auf dem Küchentisch ab, rief: »Konny? Hilfst du mir mal?«, während sie schnell das Notwendigste im Kühlschrank verstaute. Draußen herrschten Temperaturen um die 30 Grad, da galt es, zügig zu handeln. Als keine Antwort kam, lief sie zu der Zimmertür ihres Sohnes und steckte den Kopf hinein.

»Oh, Entschuldigung!« So hastig, wie sie die Tür geöffnet hatte, schloss sie sie wieder.

Ein überraschtes Lächeln machte sich auf ihrem Gesicht breit. Es kam nicht oft vor, dass Konny Besuch mitbrachte, ohne ihr vorher Bescheid zu sagen. Und es war noch nie vorgekommen, dass sie ihn beim Knutschen erwischte. Im Nachhinein ärgerte sie sich ein wenig über sich selbst, dass sie ohne anzuklopfen in sein Zimmer geplatzt war. Immerhin war er 17 und alt genug. Sie war eigentlich kein neugieriger Mensch. Natürlich interessierte sie, was ihr Sohn so trieb, aber das blieb in einem gesunden Rahmen, wie sie fand. In ihrer Familie herrschte Offenheit bei gleichzeitigem Respektieren der Intimsphäre des anderen.

Hoffentlich nahm er ihr das nicht übel. Schließlich war hauptsächlich sie diejenige gewesen, die ihrem Sohn Anstandsregeln beigebracht hatte. Allerdings war sie sicher, sie würden drüber reden können. So wie sie über alles reden konnten.

Andrea packte die restlichen Einkäufe in die Küchenschränke und in den Keller. Als sie die Treppe wieder hochkam, stand Konny in der Küche. Plötzlich nahm sie ihn mit ganz anderen Augen wahr. Er hatte ordentlich Muskeln bekommen, seit er in diesem Fitnessstudio trainierte. Und von den Pickeln, die bis vor Kurzem sein Gesicht verunziert hatten, war kaum noch einer übrig. Das lag sicher auch an seiner ausgiebigen Pflege. Im Bad brauchte er für seine Tiegel und Fläschchen mehr Platz auf dem Kosmetikregal als sie. »Dein Besuch kann ruhig zum Essen bleiben«, sagte sie lächelnd.

»Ist nicht mehr da.«

»Hab ich sie etwa vertrieben?«

Er lachte auf. »So schreckhaft ist Britta nicht. Sie wollte sowieso gehen. Kann ich dir was helfen?«

»Gern. Paprika und Möhren putzen und schnippeln.«

Sie beobachtete ihn aus den Augenwinkeln, wie er das Gemüse unter den Wasserhahn hielt und gründlich abwusch. Danach nahm er sich ein Schneidebrettchen sowie ein Messer und begann, sorgfältig alles klein zu schneiden.

Ein Glücksgefühl durchströmte sie. Sie war so froh, dass sie ihn hatte. Gern hätte sie eigene Kinder gehabt. Aber das war nicht möglich. Woran es lag, konnte niemand so genau sagen, und eine Zeit lang hatte sie große Schwierigkeiten mit diesem Gefühl gehabt, nur eine halbe, eine minderwertige Frau zu sein, ein Gefühl, das sich tief in ihr drin verankert hatte, das aber nicht von ihrem Mann geschürt wurde. Er verhielt sich stets sehr verständnisvoll. Schließlich hatten sie und Rainer beschlossen, ein Baby zu adoptieren, aber elternlose Babys gab es damals keine. So beschlossen sie, zu warten. Sie waren ja noch jung. Eines

Tages kam Rainer, damals noch Vikar, von einem Besuch in einer Unterkunft für drogensüchtige Frauen und Mädchen zurück und erzählte ihr von einem zweijährigen blonden Jungen, dessen Mutter nicht mit ihm zurechtkam. Ob Andrea ihn sich nicht mal ansehen wolle?

Das Herz war ihr übergelaufen, als sie den Jungen zum ersten Mal sah, ein abgemagertes Kerlchen mit verfilzten honigblonden Locken, das nur mit einer Windel bekleidet in seinem Gitterbettchen stand und mit großen blauen Augen den fremden Menschen entgegensah.

Rainer war von Anfang an fest entschlossen gewesen, das Kind in Pflege zu nehmen. Sie wurden eindringlich gebeten, sich diese Pflegschaft sehr gründlich zu überlegen. Drogenbabys seien nicht gerade einfach zu handhaben, das wussten sie aber beide ohnehin.

Eigentlich hätte Andrea lieber ein Mädchen gehabt, weil sie glaubte, dass die Bindung zwischen Mutter und Tochter enger sei als die zwischen Mutter und Sohn. Aber Rainer hatte immer einen Jungen gewollt. Für ihn gab es kein Zögern.

»Wer weiß, was wir uns damit antun«, hatte Andrea halbherzig versucht, einzuwenden, doch ihr Mann war davon überzeugt, dass dies *ihr* Kind sei. Ein Kind Gottes, von Ihm geschickt. Dass der Kleine Konstantin hieß wie Rainers früh verstorbener Bruder, hielt er für ein Zeichen.

»Ich meine, wir sollten es mit ihm versuchen«, sagte Rainer fest. »Hat nicht jedes Kind eine Chance verdient?«

Insgeheim hatte sie in der Folgezeit auf negative Zeichen gewartet, die auf Traumata in Konnys Vergangenheit hindeuteten, hieß es doch gemeinhin, die ersten Jahre eines Kindes seien prägend. Konstantin war nicht einfach, das nicht. Aber welches Kind war schon einfach?

Besonders am Anfang hatte er viel geweint. Er war mit sämtlichen Fähigkeiten im Rückstand und zeigte die typischen Auffälligkeiten eines vernachlässigten Kindes. Als er ein wenig älter wurde, hatte er sich oft aggressiv verhalten, wobei auch manch wertvolles Stück in der Wohnung zu Bruch ging. Eine Meißener Vase, ein Erbe von ihrer Großmutter, hatte er während eines Wutanfalls einfach beiseite geschoben, sie war auf den Boden gefallen und in tausend Scherben zerbrochen, das hatte sie ihm lange nicht verziehen.

Dennoch begegnete sie diesem Kind mit viel Geduld, denn tief in ihrem Herzen hatte sie den Jungen als ihr Kind angenommen. Dass sie ihn adoptieren würden, stand außer Frage.

Man konnte förmlich beobachten, wie er sich entwickelte und aufblühte, wie er nach und nach sie beide als seine Eltern akzeptierte. Innerhalb kürzester Zeit holte er sämtliche Defizite auf. Sie konnten stolz sein auf sich und auf Konny. Dieses Gefühl dauerte bis heute an.

Im Nachhinein gesehen war dies die beste Entscheidung ihres Lebens gewesen. Wenn man von ein paar Dummejungenstreichen absah, wie sie im Grunde jedes Kind ausheckt, hatte Konstantin ihnen keine größeren Probleme bereitet. Und heute war er ein hübscher junger Mann, der auf sein Äußeres achtete und mit Erfolg das Gymnasium besuchte. Ein noch nicht ganz fertiger Mann, der sensibel war und sich gut in andere einfühlen konnte. Sein Haar war ein wenig dunkler geworden, und seine Locken waren vollkommen herausgewachsen. Er war hilfsbereit und zuvorkommend und war genau der Sohn, den Andrea sich gewünscht hatte. Was machte es da schon, dass er nicht ihr eigen Fleisch und Blut war?

Sie glaubte fest daran, dass Konny es im Leben zu etwas bringen würde. Und nun hatte er eine Freundin. Sie freute sich für ihn.

»Ist es mit dem Mädchen was Ernstes?«, fragte sie.

Er grinste sie ein wenig frech an. »Ach, Mama. Was du alles wissen willst.« Dann schwieg er wieder und widmete sich weiter dem Gemüse.

Sie holte den Wok aus dem Schrank.

»Britta bekommt ein Kind«, sagte er plötzlich, dennoch klang es beiläufig.

Ihr fiel fast der Wok aus der Hand. »Was? Von dir?«

Wieder lachte er. »Das hab ich mir gedacht, dass du das sofort fragst. Nein, nicht von mir. Aber vielleicht ist es dann doch meins, sozusagen. Ich stell mir das jedenfalls schön vor, für so ein kleines Würmchen zu sorgen.«

Sie stellte den Wok auf die Herdplatte und setzte sich zu ihm an den Tisch. »Weißt du, was du dir da auflädst, Konny?«

Obwohl ihr sehr vieles durch den Kopf ging, hielt sie sich mit moralisierenden, warnenden Kommentaren zurück.

Er sah kurz zu ihr auf und hob die Schultern. »Ich liebe sie.«

»Und seit wann?«

»Zwei Monate. Vielleicht auch drei. Wir kennen uns schon länger.«

»Und wie weit ist die Schwangerschaft?«

»Vierter Monat.«

Sie atmete tief durch. Bloß vernünftig bleiben, sagte sie sich. Sachlich argumentieren. Damit kommt man weiter als mit unbedachten Emotionen. »Du bist 17«, sagte sie. »Du hast weder einen Schulabschluss noch eine Ausbildung. Du hast das Leben noch vor dir. Willst du dich wirklich mit einer schwangeren Frau belasten, die zudem das Kind eines fremden Mannes austrägt?«

Er sah ihr tief in die Augen. »Das habt ihr doch auch gemacht, euch mit einem fremden Kind belastet. Und, hat's geschadet?«

»Wir waren nicht 17.«

»Wenn das Kind auf die Welt kommt, bin ich volljährig.«

Sie ahnte, bei seinem Dickschädel war momentan jede Argumentation zwecklos. Wenn er sich etwas in den Kopf gesetzt hatte, zog er es kompromisslos durch. Auch wenn es offensichtlich nicht zu seinem Besten war. Also blieb ihr vorläufig nichts anderes übrig, als seine Entscheidung zu akzeptieren. Vielleicht würde er mit der Zeit vernünftig.

3

Er setzte sich in seinen Wagen und starrte auf das Fenster der Wohnung im ersten Stock, in der er sich bis vor Kurzem aufgehalten hatte. Es begann zu nieseln. Winzige Tröpfchen bildeten nach und nach einen Schleier auf der Windschutzscheibe.

Ohne dass er es wollte, hörte er das Kind schreien. *Ich will nicht weg. Schick mich nicht weg, bitte, bitte. Ich will hier bleiben, bei euch. Ich mach's auch nie wieder. Ich verspreche dir alles. Ich tu alles, was du von mir verlangst.*

Weg damit. Bloß weg damit. Das Echo in seinem Kopf dröhnte überlaut. Er presste beide Handflächen gegen seine Ohren, rieb sich die Schläfen. Diese verdammten Kopfschmerzen. Und dieses anschließende Gesumme, das ihn immer dann überfiel, wenn er es am wenigsten erwartete.

Er starrte durch den Nieselschleier hindurch auf die menschenleere Straße. Wo waren denn alle? Es war helllichter Tag. Sollte da nicht wenigstens eine Menschenseele sichtbar sein? Heftig überfiel ihn das Gefühl, von allem Vertrauten getrennt zu sein. Überflüssig, weggeschoben. Dagegen musste man sich wehren.

Scharf zog er die Luft durch die Nase.

Plötzlich war der Gedanke aufgetaucht. Das, was stillgelegt und eingezäunt tief in seinem Inneren ruhte, erwachte zu neuem Leben. Genährt durch Bilder von Menschen, die seine Familie waren, und von einem Kind, das in einsamen Nächten laut vor sich hinschluchzte. Das war in einem anderen Leben. Um nichts in der Welt hatte er sich daran erinnern wollen.

Seine Gesichtsmuskeln waren angespannt. Seine Kiefer mahlten. Wieso wurde er das einfach nicht los?

Hatte er zu spät erkannt, dass das gewaltsam herbeigeführte Vergessen nichts anderes war als eine Selbsttäuschung?

Schon früh hatte er geahnt, dass er anders war. Anders als andere Kinder. Unruhiger, nervöser. Und natürlich hatte er gemerkt, dass er überall aneckte, nicht nur zu Hause. Er hatte sich redlich bemüht, so zu sein, wie er glaubte, dass es von ihm erwartet wurde. Er hatte eine Rolle gespielt. Und das andere, von dem man ihm zu verstehen gab, dass es nicht richtig war, versuchte er, tief in sich zu verschließen. Es wegzudrängen, wenn es die Oberhand zu gewinnen trachtete. Nicht immer funktionierte diese Strategie, auch, weil dieses andere, von dem man sagte, es sei das Dunkle, Böse, ihm stets strahlend erschien. Heller, wirklicher, faszinierender als das sogenannte Gute. Doch das hätte er nie im Leben irgendjemandem mitgeteilt.

Wie lange konnte man eine Rolle spielen? Sich als Schauspieler gebärden? Warum musste er gerade jetzt daran denken?

Er war sich nicht sicher, ob diese aufwühlenden Gedanken und das Gefühl der Einsamkeit etwas mit Jessica zu tun hatten. Vielleicht war sie nur der berühmte Tropfen, der genügte, um das Fass zum Überlaufen zu bringen.

Er sah ihr ernstes Gesicht vor sich. Reden wollte sie. Über ihre Beziehung. Wie es weitergehen solle mit ihnen beiden. Wie er sich das alles vorstelle. *Wie lang soll ich noch warten? Wann willst du dich endlich entscheiden? Ich bin dieses Hinhalten so leid.*

Im Grunde war es immer dasselbe mit den Weibern. Dieses Gequatsche von Hochzeit, *und wenn sie nicht gestorben sind, dann leben sie noch heute glücklich und zufrieden.* Wusste er doch nur zu gut, wie solche Dinge wirklich endeten.

Unwillkürlich lachte er auf, als er daran dachte, was aus seiner Wunschvorstellung von einem entspannenden Vormittag mit erregenden Spielchen geworden war. Reden! Noch nicht einmal Sex hatten sie gehabt.

Was hatte er von Jessica erwartet? Sie war eine Rassefrau, unabhängig, so hatte er angenommen. Anders als andere Frauen. Ihm ebenbürtig, ein raffiniertes Weib, das sich nicht getreu nach der Norm verhielt. Das zirpte und flötete und genau wusste, wie man ihn in Ekstase versetzte. Das bereit war, sich an Grenzen zu wagen, Neuland zu betreten. Und ihn ansonsten in Ruhe ließ und keine Forderungen stellte.

Wie eine Fremde war sie ihm heute vorgekommen mit ihren kleinbürgerlichen Träumen.

Ich stell es mir so schön vor, ein Kind mit dir zu haben.

Augenblicklich hatte er zugemacht. Doch sie ließ nicht locker. Ihm war gar nichts anderes übrig geblieben, als ihr ein Märchen zu erzählen und den Spieß umzudrehen. Seine Frau bekäme ein Kind, hatte er behauptet. Insofern sei seine Entscheidung längst gefallen. Worauf ihn Jessica fassungslos angesehen hatte. Dann hatte sie ihre ganze Wut herausgelassen und getobt. Richtig außer sich war sie.

»Du hast mich die ganze Zeit nur benutzt!«, hatte sie ihm entgegengeschleudert. »Und ich Idiotin habe geglaubt, du meinst es ernst.«

Ein Weib, das zur Hyäne wurde. Wieder mal. Er hätte es wissen müssen.

Er öffnete das Handschuhfach und suchte nach einer Kopfschmerztablette, fand aber nur einen leeren Blister. Mist!

Jemand klopfte an die Scheibe, machte ein Zeichen, er solle das Fenster herunterlassen. *Was will der Depp von mir?* Er schüttelte unwillig den Kopf, sah auf die Uhr. Schon so spät. Längst sollte er auf dem Weg zur Arbeit sein. Ohne den alten Mann weiter zu beachten, drehte er den Schlüssel im Zündschloss um, trat aufs Gas und brauste davon.

4

Mit einem spitzbübischen Lächeln streckte Elias den Fuß aus, und prompt fiel seine kleine Schwester hin. Das Geschrei, das danach folgte, war markerschütternd.

»Elias! Du sollst deine Schwester nicht ärgern!« Dorothee steckte den Kopf zum Zimmer herein. Sie war gerade beim Essenkochen. Diese Kinder! Sie seufzte. Manchmal waren sie wie kleine Welpen. Übermütig, man wusste nie, wann es noch Spaß war und wann alles in Ernst umschlug. Schließlich konnte sie ihre Augen nicht überall haben.

»Ich hab sie nicht geärgert.« Elias verschränkte die Arme vor der Brust.

»Doch!«, schrie Lucia, krebsrot im Gesicht.

Dorothee ging zu der Kleinen hin, hob sie auf und küsste ihr sanft die dicken Tränchen von den Wangen. »Ist ja gut«, murmelte sie. »Mama kocht dir was ganz Leckeres.«

»Eli soll nix kriegen«, motzte sie und zog einen Flunsch.

Dorothee lachte auf. »Willst du denn, dass dein Bruder verhungert?«

Trotzig nickte die Kleine.

»Nun komm mal mit in die Küche. Willst du mir zugucken?«

Sofort veränderte sich Lucias Gesichtsausdruck. Eifrig folgte sie ihrer Mutter mit Trippelschrittchen in die Küche.

Dorothee setzte sie in den Hochstuhl. Sie hörte, wie ihr Sohn den Fernseher im Wohnzimmer einschaltete. Normalerweise protestierte sie. Aber gut, sollte er die kurze Zeit, bis sie mit dem Essen fertig war, fernsehen.

Schnell briet sie das Hackfleisch an, gab klein geschnittene Zwiebeln, Knoblauch und Gemüse dazu. Tomatenmark, frische Kräuter und etwas Brühe rundeten das Ganze ab. Dazu Reis. Das war das Lieblingsessen der Kinder. Das gab es mindestens einmal in der Woche.

»Elias, komm. Essen ist fertig.«

Der Junge kam in die Küche geschlurft.

»Hunger«, sagte Lucia und trommelte auf ihr Tablett.

»Du brauchst erst das da.« Elias band seiner Schwester ein Lätzchen um. »Damit du dich nicht schmutzig machst«, erklärte er mit ernster Miene. Dann setzte er sich auf seinen Platz.

Er kann so fürsorglich sein, dachte Dorothee. Und im nächsten Augenblick bringt er mit seinem Verhalten seine Schwester zur Weißglut. Aber so waren Geschwister nun mal. Jeder in ihrer Bekanntschaft bestätigte ihr, dass dies vollkommen normal sei.

So ganz konnte Dorothee da nicht mitreden, sie war als Einzelkind aufgewachsen. Viele Freunde hatte sie nicht gehabt und nicht selten fühlte sie sich als Außenseiterin. Michael war ebenfalls ein Einzelkind, doch er war derjenige von ihnen beiden, der viele Kinder wollte. Sie lächelte, als sie daran dachte, dass er von einer kleinen Fußballmannschaft gesprochen hatte. Das wusste sie wohl zu verhindern. Ihr hätte eines genügt. Zwei waren auch ganz nett. Aber nun war Schluss.

Lächelnd schöpfte Dorothee Reis und Hackfleischsoße auf die Teller. »Guten Appetit.« Alle begannen zu essen.

»Schmeckt gut«, sagte Elias, und Lucia nickte eifrig. Ihr Mund war von rötlichen Essensspuren umrandet. Auch auf ihrem Lätzchen war einiges hängen geblieben.

Zum Nachtisch schälte Dorothee Äpfel und verteilte die Schnitze.

Dann schickte sie die Kinder hinaus in den Garten. Das Wetter war so schön, da war es eine Schande, wenn man den ganzen Tag im Haus blieb. Im Garten hatte Michael eine Schaukel und einen Sandkasten gebaut. Seit es die letzten Tage so heiß war, hatten sie ein aufblasbares Planschbecken aufgestellt. Ein richtiges kleines Paradies, dachte sie. Was hätte ich darum gegeben, hätte ich als Kind nur ein kleines Stückchen davon gehabt.

Eine Taube auf dem Nachbardach gurrte. Vielleicht ist das ein Liebesruf, dachte sie lächelnd. Durch die hohen Bäume schimmerte das Wasser der Mosel, in dem sich die Sonne spiegelte. Mit lautem Motorengeräusch fegte ein Schnellboot heran. Am Uferweg führten Spaziergänger ihre Hunde aus. Blieben stehen, hielten ein Schwätzchen.

Dorothee liebte dieses friedliche, beschauliche Leben. Nur einen Katzensprung vom Fluss entfernt. Oft ging sie mit den Kindern spazieren, sie fütterten Enten und Möwen und winkten den Ausflugsschiffen. Was für ein Segen, dass sie dieses Haus gefunden hatten, das einigermaßen erschwinglich war.

Sie und ihre Familie wohnten noch nicht lange hier, aber schon jetzt konnte sie sich nicht mehr vorstellen, in einem der Wohnblocks zu leben, mit maroden Spielplätzen auf magerem Rasen und aufgereihten Mülltonnen an den hinteren Hauswänden. Sie war so froh, hierher gezogen zu sein. Stadtnah und dennoch fast wie auf dem Land. Hier konnten die Kinder unbehelligt spielen. Man musste sie nicht auf Schritt und Tritt bewachen. Das war ihr wichtig gewesen.

Sie selbst war in der Stadt groß geworden, in einer engen Dreizimmerwohnung ohne Balkon und Garten. Umso mehr genoss sie den großzügigen Raum, der ihr jetzt zur Verfügung stand.

Eigentlich war es Michaels Idee gewesen, dieses Haus zu kaufen. Aber sie hatte sich in dem Moment, als sie es gesehen hatte, sofort vorstellen können, hier zu leben. Sie taten sich zwar ein wenig schwer mit den hohen Kreditraten, zumal Michael in seinem Beruf als Altenpfleger nicht allzu viel verdiente und sie nicht mehr arbeitete, seit die Kinder da waren. Sie versuchte, ihren Beitrag zu leisten, indem sie die Anzeigenblätter, die kostenlos ins Haus flatterten, nach Sonderangeboten durchforstete und so sparsam wie möglich haushaltete. Später, wenn die Kinder etwas größer waren, konnte sie sicher wieder halbtags als Krankenschwester arbeiten. Wir werden es schon irgendwie schaffen, hatte sie gedacht.

»Guten Tag«, rief die Nachbarin vom Zaun her. »Ist es nicht wunderschön heute?«

»Ja«, bestätigte Dorothee. Auch das war nett: dieser unkomplizierte Umgang miteinander. Bianca Zöllner lebte mit einem dunkelhäutigen Mann zusammen, der Arzt an einem der hiesigen Krankenhäuser war. Dorothee wusste nicht, ob sie verheiratet waren. Jedenfalls standen zwei unterschiedliche Namen an der Klingel. Aber das war schließlich deren Sache. Die 17-jährige Tochter des Mannes, ein sehr nettes, aufgeschlossenes Mädchen, hatte sich zum Babysitten angeboten. Heute Abend sollte Georgina zum ersten Mal beweisen, ob sie mit den beiden zurechtkam.

Dorothee wollte gerade auf die Nachbarin zugehen, da hörte sie das Telefon klingeln. Sie wies bedauernd auf die Terrassentür. »Ich muss rein!«

Die letzten Meter rannte sie. Atemlos riss sie den Hörer von der Gabel und meldete sich.

»Hallo, mein Schatz«, sagte Michael. »Wo hab ich dich denn hergeholt? Du klingst ja ganz außer Atem.«

»Ich war draußen im Garten. Was gibt's denn?«

»Ich wollte nur sagen, dass ich heute Abend in Ochtendung bin«, sagte er.

»Was machst du denn in Ochtendung?«, fragte sie verdattert.

»Da wohnt doch der Dieter. Er will heute seinen Geburtstag nachfeiern. Da hat er mich und noch ein paar andere Kollegen eingeladen.«

»Och nein!«, rief sie enttäuscht. »Nicht ausgerechnet heute. Wir wollen doch ins Theater.«

Endstation Sehnsucht. Sie hatte regelrecht darauf gebrannt, das Stück auf der Bühne zu sehen, das sie früher in der Schule durchgenommen hatten, und von dem sie damals so begeistert gewesen war.

»Oh. Das hab ich ganz vergessen.« Er klang zerknirscht. »Kann man die Karten nicht umtauschen? Ich meine, ich hab's dem Dieter jetzt versprochen.«

»Ich weiß nicht, ob das geht. Dann muss ich ja auch noch der Babysitterin absagen.«

»Hm. Das tut mir wirklich leid.«

»Musst du da unbedingt dabei sein?« Sie konnte sich nur vage an einen Arbeitskollegen namens Dieter erinnern. Viel erzählt hatte Michael von ihm nicht. Aber das hieß nichts. Er war überhaupt ein stiller, zurückhaltender Mensch.

»Schatz. Du weißt doch, wie das ist. Jedes Mal klappt es nicht, weil immer einer nicht kann. Und heute können endlich alle.«

»Außer dir.«

»Ist das Theater denn so wichtig?«

»Du weißt, wie sehr ich mich drauf gefreut hab. Wo wir doch kaum weggehen.«

»Kannst du nicht jemand anderen mitnehmen?«

»Heißt das etwa, du hattest gar nicht vor, mit mir ins Theater zu gehen?«

»Jetzt mach mal halblang. Normalerweise wäre ich mitgekommen. Aber da der Dieter jetzt feiert …«

»Ja, schon gut. Dann feier eben.« Sie legte auf. Die beschwingte Stimmung war schlagartig umgekippt. Wieso hatte er nicht gleich gesagt, dass er eigentlich nicht ins Theater wollte? Dann hätte sie erst gar nicht die Karten besorgt und die Babysitterin bestellt. So dicke hatten sie es auch wieder nicht.

Von draußen ertönte Geschrei. Lucia war hingefallen. Seufzend lief sie auf die Kleine zu. »Hast du damit was zu tun?«, fragte Dorothee ihren Großen. Der tat entrüstet. »Die ist ganz allein von der Schaukel runtergefallen.«

»Aua!«, schniefte Lucia und zeigte auf ihr Knie. Es war nur ein Kratzer. Dorothee beugte sich darüber und blies über die Wunde. »Heile, heile Gänschen«, sang sie. »Wird bald wieder gut. Kätzchen hat ein Schwänzchen …« Lucia lachte und vergaß ganz schnell ihren Schmerz.

Die Nachbarin hielt sich noch immer im Garten auf. Mit ihrer Tochter auf dem Arm ging Dorothee bis an den Zaun.

Bianca Zöllner sah hoch. »Na, du kleine Maus«, sagte sie. »Freust du dich, dass die Gina nachher kommt?«

»Tja«, sagte Dorothee, »mein Mann hat mir grade abgesagt. Ich glaube, Gina braucht nicht zu kommen.«

»Wie? Du hattest dich doch so auf den Theaterabend gefreut.«

Dorothee zuckte mit den Schultern. »Es ist ihm was

dazwischengekommen. Eine Feier mit Kollegen. Ich bin ganz schön sauer.«

Bianca betrachtete Dorothee nachdenklich. »Also, wenn du eine Begleitung brauchst: Ich komm gern mit. Ich hab heute Abend nichts vor.«

»Ehrlich?« Dorothees Gesicht hellte sich auf. »Damit würdest du mir einen sehr großen Gefallen tun.«

»Aber gern doch. Und selbstverständlich übernehme ich den Preis für die Karte.«

Dorothee spürte, wie sie rot wurde. War es so offensichtlich, dass sie sparen musste? »Nein, nein«, wehrte sie ab. »Ich bin ja froh, dass jemand mit mir kommt.« Sie wollte noch etwas hinzufügen, doch dann schüttelte sie den Kopf und lächelte.

5

Sein Mund war wie ausgetrocknet. Die Anspannung hatte nicht nachgelassen. Der ganze Tag war stressig gewesen. Er hatte sein Bestes gegeben. Hatte seine Rolle gespielt wie immer. Doch nun war endlich Feierabend. Er riss die Autotür auf und setzte sich hinters Steuer.

Das elende Luder spukte ihm noch immer im Kopf herum. Er verstand selbst nicht, wie es Jessica gelungen war, ihn derart durcheinanderzubringen. Sogar während der Dienstzeit hatte sie angerufen, immer dann, wenn es am allerwenigsten passte. Mehrmals war er einfach nicht ans Telefon gegangen und als er einmal doch abnahm, hatte sie ihn übel beschimpft. Die gab überhaupt keine Ruhe mehr. Was hatte er sich da nur für eine Laus in den Pelz gesetzt? Die Kopfschmerzen hatten auch nicht nachgelassen. Er fühlte sich beschissen.

Sein Wagen war ärgerlich eingeklemmt. Welcher Depp hatte so blöd geparkt? Er machte sich ganz dünn, um einsteigen zu können. Nach vorsichtigem Rangieren gelang es ihm, ohne einen Kratzer zu hinterlassen, aus der engen Lücke auszuscheren.

Der Nieselregen hatte aufgehört und einem strahlend schönen Frühlingstag Platz gemacht. Als er über die Kurt-Schumacher-Brücke fuhr, überlegte er, welchen Weg er nehmen sollte. Nein, er hatte keine Lust, nach Hause zu fahren. Koblenz ließ er hinter sich und fuhr auf die A61. Mit Genugtuung beobachtete er, wie die Tachonadel hochschnellte. Ein tolles Gefühl, ein Auto zu beherrschen.

Kurz entschlossen bog er bei Plaidt ab. Braune Schilder wiesen auf den Vulkanpark und andere Sehenswürdigkeiten der Pellenz hin. Damals hatte es die Schilder noch nicht gegeben. Wie lange war das her?

Er jagte den Wagen über eine kurvige Strecke. Geschwindigkeitsbeschränkungen interessierten ihn nicht. Er trat aufs Gas, schnitt die nächste Kurve. Plötzlich kam ihm ein Fahrzeug entgegen. Wie aus dem Nichts raste es direkt auf ihn zu. In letzter Sekunde gelang es ihm, gegenzulenken und in einem halsbrecherischen Manöver zurück auf seine Spur zu gelangen. Der andere fuhr mit wildem Hupen haarscharf an ihm vorbei.

Das war knapp gewesen. Schweiß stand ihm auf der Stirn. Sein Herz pochte wild. Er musste vorsichtiger sein. Schließlich war er nicht lebensmüde. Aber wo wollte er überhaupt hin?

Da war wieder das ferne Echo in seinem Kopf. Ein Echo, dessen Widerhall er sporadisch vernahm, aber jedes Mal sofort wieder zurückzudrängen versuchte. Weil er wusste, es war gefährlich, sich den Fantasien hinzugeben, die dadurch ausgelöst wurden. Dennoch war es unendlich reizvoll, sich gewisse Dinge vorzustellen und sich wegtragen zu lassen in eine andere Welt.

Er durchquerte Dörfer und Weiler und zerrissene, zerfurchte Landschaft. An den Hängen entlang der Vulkankegel wuchs sattgrünes Gras, das ab und an unterbrochen wurde von gelben Rapsinseln. Dazwischen immer wieder bizarre Gesteinsformationen und offene Erde wie lang gezogene, nicht richtig verheilte Wunden. Vulkangebiet, vom Bims-, Tuff- und Basaltabbau gezeichnet. Ursprünglich entstanden in einer unruhigen Zeit, als die Erde Feuer spie. Die Touristen schätzten die Landschaft, besuchten den Kaltwasser-Geysir in Andernach und das Römerbergwerk Meurin, aber das interessierte ihn nicht. Momentan sah er nur seine innere Zerrissenheit gespiegelt.

Ziellos war er durch die Gegend gefahren. Wo war er überhaupt? Ohne zu überlegen bog er irgendwo ab. Eine überschaubare Ansammlung von Häusern, alt neben neu, die Kirche mitten drin. Gepflegte Vorgärten mit lila und weißen Fliederbüschen, üppig blühenden Stiefmütterchen und Gartenzwergen. Vor einem Haus flatterte die Deutschlandfahne.

Er drosselte die Geschwindigkeit und richtete seine Antennen aus. Wie ein Raubtier, das Witterung aufgenommen hat. Mit Tunnelblick auf der Suche nach Beute. Das Adrenalin pulsierte durch seine Adern und schärfte seine Sinne. Er spürte Kraft in sich. Fühlte sich als schlauer Fuchs, der es den anderen zeigen würde.

Da waren Kinder. Sein Puls erhöhte sich noch um einige Schläge. Nein, das waren zu viele. Ein Grüppchen – zu gefährlich. Er fuhr im Schritttempo weiter. Bog in eine Seitenstraße ein.

Die Vision, die so lang in seinem Hinterkopf geschlummert hatte, wurde immer konkreter. Verschiedene Varianten spielte er durch. Nicht die übliche Masche würde er anwenden, das war zu banal. Er brauchte die Herausforderung. Ob er verlor oder gewann, war allein seiner Geschicklichkeit zuzuschreiben. Sein Handwerkszeug hatte er dabei. In einem Plastikbeutel, versteckt unter dem Ersatzreifenset. Schließlich konnte man nie wissen, welche Gelegenheit sich ergab. Dann war er gerüstet.

Einmalhandschuhe, Heftpflaster, Kondome, Schere, Kabelbinder, Kerzen, Streichhölzer, eine Rolle mit schwarzen reißfesten Mülltüten, all das war im Plastikbeutel verstaut. Aber das Wichtigste war ein Jagdmesser mit Horngriff, das er seinem Vater einst entwendet hatte. Dieses Messer hatte sein Vater dem Wild in den Hals gestoßen. »Die Hauptschlagader musst du treffen«, hatte er dem Sohn erklärt. Der Vater wollte einen richtigen Mann aus ihm machen. Einer, der keine Angst vorm Töten hat.

In einem weiteren Beutel befanden sich neben seinen Zaubererutensilien ein künstlicher Schnurrbart, eine auffällige Brille mit dunklem Gestell, Kamm und Haargel. Dies alles lag griffbereit auf dem Beifahrersitz.

Langsam fuhr er die Straße entlang. Sein Auto war völlig unauffällig. Darauf hatte er beim Kauf geachtet. Ein dunkler Kleinwagen wie Tausende andere auf Deutschlands Straßen.

Da sah er das Mädchen. Ein Junge wäre ihm lieber gewesen. Aber das war in diesem Moment egal. Das Mädchen hatte genau die richtige Größe. Es war nicht zu alt. Nicht zu jung. Ihr Gang, ihre Haltung sagten ihm, dass sie völlig arglos war. Dass sie ein leichtes Opfer sein würde.

Seine Hände zitterten ein wenig vor Erregung. Das Hämmern in seinem Kopf wurde unerträglich. Jetzt nur nichts falsch machen. Sich nicht die Chance verspielen! Er sah sich um. Die Straße war menschenleer. Da war niemand, der etwas beobachten könnte. Schnell nahm er die Verwandlung an sich vor. Als er sich im Innenspiegel betrachtete, hätte er selbst Mühe gehabt, sich zu erkennen.

Nun galt es, schönzutun. Vorzugaukeln. In dem Alter können sie kaum unterscheiden, ob einer nett ist oder nur so tut. Das nutzte er für seine Zwecke. Er fuhr ein Stück weiter. Parkte das Auto am Straßenrand. Stieg aus. Ging dem Mädchen langsam entgegen. Guckte sich vorsichtig um. War da wirklich keiner, der ihn beobachtete? Offensichtlich nicht.

Aufkeimende Gewissensbisse unterdrückte er, noch bevor sie an der Oberfläche angelangt waren. Etwas Faszinierendes in ihm übernahm die Führung. Das lenkte seine Gedanken, seine Hände, seine Schritte. Wie ferngesteuert ging er auf das Mädchen zu. Im Kopf ein schmerzhaftes, aber äußerst erregendes Pochen.

Er musste sehr vorsichtig sein. Jetzt, da die Erfüllung seines lang gehegten Wunsches so spürbar nah war. Seine

Nasenflügel bebten. Höchste Konzentration war vonnöten. Alles andere um ihn herum war unwichtig geworden. Er blieb vor dem Mädchen stehen. Lächelte. Sie lächelte scheu zurück.

»Sieh mal«, sagte er und zog nacheinander das blaue, das rote, das weiße Tuch aus seinem Ärmel hervor. Ließ die Tücher wieder verschwinden. Das Mädchen schaute gebannt.

»Hast du so was schon mal gesehen?«

Er pulte spielerisch dem Kind einen Tennisball aus der Nase. Dabei berührte er mit väterlichem Gestus für Sekundenbruchteile ihren nackten Arm.

Das Mädchen lachte. »Du bist ja ein Zauberer.«

»Genau. Und du bist eine ganz Schlaue, was?«

Das Kind blickte verlegen. Seine Wangen verfärbten sich.

»In meinem Auto habe ich noch mehr Zaubersachen«, sagte er schnell. »Aber du kommst bestimmt nicht mit, oder?«

Die Kleine schüttelte den Kopf.

»Weil deine Eltern dir verboten haben, mit fremden Männern ins Auto zu kommen, stimmt's?« Er lachte und zog ein glattes weißes Seil hervor. »Deine Eltern haben natürlich recht. Weißt du, ich hab auch Kinder. Und das sag ich ihnen dauernd: dass sie ja nicht zu fremden Männern ins Auto einsteigen dürfen. Weil das gefährlich ist.«

Mit kleinen Schritten ging er auf seinen Wagen zu, blieb hin und wieder stehen, dabei machte er Knoten in die Schnur. Fünf an der Zahl. Er vergewisserte sich, dass sie zuschaute, dann zog er ruckartig daran. Sofort war das Seil wieder glatt. Die Knoten waren verschwunden. Das Mädchen war ihm langsam gefolgt. Nun blieb sie stehen und ließ den Blick nicht von der magischen Schnur.

»Das ist ganz einfach, wenn man weiß, wie es geht. Ein Zaubertrick. Wenn du magst, zeig ich ihn dir.«

Er schaute sie lange ohne zu blinzeln an. In dem Moment, als er den Glanz in den Kinderaugen sah, wusste er, dass er gewonnen hatte. Eine Tür war aufgestoßen. In seinem Innern vibrierte und flimmerte es. Er fühlte sich erhaben. Unverwundbar. Über den Dingen stehend. Keine Konsequenzen bedenkend. Und keine Strafe fürchtend.

6

Sie hörte die Haustür ins Schloss fallen und sprang sofort auf. »Rainer!« Andrea lief ihrem Mann entgegen und umarmte ihn heftig.

»Ist was passiert?« Erstaunt hielt er sie ein Stück von sich weg und forschte in ihren Gesichtszügen.

»Ich hab so lang auf dich gewartet.« Andrea lächelte ihren Mann liebevoll an. Sein immer noch volles braunes Haar fiel ihm etwas eigenwillig in die zerfurchte Stirn. Wenn sie ihn so vor sich sah, erfüllte sie dies mit einem innigen, warmen Gefühl, auch noch nach all den gemeinsam verlebten Jahren. Als Teenager hatten sie sich kennengelernt, und vom ersten Augenblick an hatte sie gewusst, dass sie füreinander bestimmt waren. Zwar hatte ihre Liebe eine Wandlung im Lauf der Jahre erfahren, aber das warme Gefühl für ihn war immer noch da, ebenso wie die Gewissheit, dass sie sich absolut auf ihn verlassen konnte.

»Es ging leider nicht früher. Ich musste mich noch ein wenig um Frau Sichtermann kümmern.«

»Frau Sichtermann?« Sie konnte sich nicht an eine Frau dieses Namens erinnern.

Er nickte. »Die kommt einfach nicht drüber weg, dass ihr Mann nicht mehr ist. Ich habe versucht, ihr klarzumachen, dass Trauer ihre Zeit braucht, offenbar hat sie niemanden zum Reden.«

Jetzt fiel es ihr wieder ein. Helmut Sichtermann war plötzlich an einem Herzinfarkt gestorben, aber das war bereits ein paar Wochen her. Ja, Rainer war ein guter Pfarrer und Seelsorger, beliebt in seiner Gemeinde. Er kam sofort, wenn man ihn rief. Das wurde leider manchmal auch ein wenig ausgenutzt.

»Ihr Mann hat sich um alles gekümmert, und jetzt steht sie da und weiß noch nicht mal, wie man den Videorekorder bedient. Geschweige denn, wie die Finanzen geregelt sind. Sie ist vollkommen hilflos.« Rainer hängte seine Jacke auf einen Bügel in der Garderobe.

»Und du musstest ihr zeigen, wie man einen Videorekorder bedient?« Andrea konnte sich die kleine spöttische Bemerkung nicht verkneifen.

Er winkte ab. »Du weißt doch, wie das ist. Da kommt eins zum anderen, und wie schnell ist dann eine Stunde um.«

»Du wirst aber doch zugeben, dass sie an ihrer Misere auch ein bisschen selbst schuld ist«, wandte Andrea ein.

»Das ist eben eine andere Generation. Gerade für die wird die Welt immer unverständlicher. Wer da nicht mithalten kann bei dem vorgegebenen Tempo, der fühlt sich schnell verloren. Ich bin sicher, es kommt noch einiges auf uns zu. Da braucht man kein Wahrsager zu sein. – Aber was ist denn nun so wichtig?«

»Setzen wir uns doch auf die Terrasse und essen erst mal was«, erwiderte Andrea.

Sie hatte eine Honigmelone aufgeschnitten und die Scheiben mit gekochtem Schinken belegt. Abends bevorzugten sie beide leichte Gerichte. Besonders an warmen Tagen.

»Hm, das sieht aber lecker aus«, sagte er. »Gibt's auch Wein?«

»Ich hab einen Mosel-Riesling kalt gestellt.«

Er ging in die Küche, nahm den Wein aus dem Kühlschrank, entkorkte ihn und goss ihn in die bereitstehenden Gläser.

Nach dem Tischgebet stießen sie miteinander an und begannen zu essen.

Andrea war gespannt auf Rainers Meinung. Er war ein aufrichtiger Mann, das hatte ihr von jeher an ihm gefallen. Nicht unfehlbar, dazu war er viel zu sehr Mensch. Aber einer, der seinen Beruf und Gottes Gebote ernst nahm, und der zu seinen Fehlern stand. Einmal, da waren sie noch nicht verheiratet gewesen, hatte er eine andere Frau geküsst. Andrea hatte ihm angemerkt, dass ihn etwas belastete, bis er es schließlich kleinlaut gestand. Danach hatte er erleichtert gewirkt.

Als klar war, dass sie keine eigenen Kinder haben konnten, war es für ihn selbstverständlich, dass sie ein Kind adoptieren würden. Nie wäre ihm eingefallen, ihr die Schuld zuzuweisen. Die Dinge waren eben so, das musste man annehmen. Das war seine Einstellung. Gott hatte es so gewollt. Sein Glaube war sein Fundament. Halt fand er im Gebet.

Seine Predigten waren keine üblichen Sonntagsreden. Zumindest nicht in ihren Augen. Oftmals besprachen sie gemeinsam mögliche Themen. Ihr gefiel, dass er gern ihre Vorschläge aufgriff, manchmal verfasste sie die Predigten auch selbst, und er änderte sie nur geringfügig.

»Das ist lecker«, sagte er und schob sich ein Stück Melone in den Mund. Kaute und schluckte. »Nun mal raus mit der Sprache. Du hast doch was.«

Sie senkte den Blick. »Es ist wegen Konny.«

»Hat er was angestellt?«

Sie schüttelte den Kopf. »Er will sich an eine Frau binden, die schwanger ist.«

»Ach.« Er hielt in seiner Bewegung inne.

»Gott sei Dank ist das Kind nicht von ihm.«

»Na, da bin ich ja beruhigt.« Er aß weiter. »Wie kommt er denn da drauf und was hat er konkret vor? Der hat doch noch nicht mal einen Schulabschluss. Wie will er denn da eine Familie ernähren?«

»Das hab ich ihn auch gefragt. Und auch, ob er sich das wirklich antun will.«

»Und?«

»Er scheint fest entschlossen. Du kennst doch seinen Dickschädel.«

Als sie fertig gegessen hatten, brachte Rainer das Geschirr in die Küche. Andrea setzte sich auf die Couch. »Komm noch ein bisschen kuscheln«, sagte sie und klopfte einladend mit der Hand neben sich.

Er zögerte einen Moment, dann tat er, wie ihm geheißen, umarmte sie und bettete ihren Kopf an seiner Schulter.

»Diese Britta ist unglaublich hübsch«, bemerkte Andrea. »Das muss man ihm ja lassen: Geschmack hat er.«

»Na, siehst du. Ist doch ganz unser Sohn.« Gedankenverloren streichelte er ihren Rücken. »Ich denke, wir sollten darauf vertrauen, dass das eine Phase ist, die vorübergeht. Irgendwann wird er schon wieder vernünftig werden.«

»Wahrscheinlich hast du recht«, flüsterte sie. Sie spürte seine Wärme und sein Herzklopfen und fühlte sich unendlich geborgen.

»Andrea, nimm's mir nicht übel. Aber ich muss noch mal weg.« Sanft löste er sich aus ihren Armen und stand auf.

»Jetzt noch? Aber wieso denn?« Sie war enttäuscht.

»Tut mir leid. Ich hab's versprochen.« Mit einem Mal schien er es sehr eilig zu haben.

7

So ist das also, dachte er ernüchtert. Das, was ihm so unendlich reizvoll erschienen war, was er unzählige Male gedanklich vorgestaltet hatte, war ihm zwar gelungen, in ein Realszenario umzusetzen, aber er hatte nicht bis zur letzten Konsequenz durchgehalten. Schon einmal hatte er etwas Ähnliches getan, aber das war lange her. Damals war er ein Jugendlicher gewesen mit gerade erwachtem sexuellem Drang. Heftige Fantasien hatten in ihm gebrodelt, von denen er sich sehnlichst wünschte, dass sie Wirklichkeit wurden. Zu jener Zeit hatte er nicht recht gewusst, wie er sich verhalten sollte, und hatte sich entsprechend ungeschickt angestellt. Prompt war er erwischt worden. Mit fatalen Folgen.

Inzwischen war er geübter. Seine Fantasien waren ausgereifter und bis ins kleinste Detail ausgefeilt. Er kannte sich besser mit Strategien und Taktiken aus. Und mit Verschleierungen. Bisweilen machte er sich lustig über all die kleinen Spießer und Konformisten um ihn herum, zu denen er nicht gehören wollte und die ihn zwingen wollten, es ihnen gleichzutun. Seine Fantasie jedoch ermöglichte ihm den Freiraum, den er so notwendig brauchte. In seinem Kopfkino konnte er die Dinge durchspielen, für die er im tiefsten Inneren brannte und für die er allein die Regeln aufstellte. Mehr und mehr hatte er sich in einzelne Szenarien hineingesteigert. Der Schritt, all dies in die Realität umzusetzen, war insofern nur konsequent.

So kurz davor war er gewesen. Doch *die Sache* zu Ende zu führen, war ihm dann doch nicht möglich gewesen. Kurz vor dem Ziel war er sich der Hemmschwelle unangenehm bewusst geworden, die in seinen Fantasien nicht vorhanden gewesen war. Von da an konnte er einfach nicht weitermachen. Gleichzeitig hatte er den drohenden Verlust der Kontrolle über das Geschehen gespürt. Die Kleine hatte gezappelt, geweint und um sich geschlagen. Er hatte alle seine Kräfte und Überredungskunst gebraucht, um sie zu beruhigen. Plötzlich überfiel ihn eine wahnsinnige Scham, als er sich seiner Handlungen bewusst wurde. Was hatte er bloß gemacht? So etwas tat man doch einem Kind nicht an!

»Es tut mir leid«, hatte er wieder und wieder beteuert. Und es in diesem Augenblick auch so gemeint. »Ich wollte dir nicht wehtun.« Er hatte das verängstigte Mädchen gestreichelt und mit sanfter Stimme auf sie eingeredet. Erleichtert hatte er gespürt, wie sie langsam ruhiger wurde und wieder Vertrauen zu ihm fasste. Nachdem er dem Kind das Versprechen abgenommen hatte, dass es niemandem etwas von ihrem Geheimnis erzählen dürfe, weil sonst etwas ganz Schlimmes passieren würde, hatte er es gehen lassen. Er vertraute auf seine magischen Fähigkeiten, doch selbst wenn sie ihn beschreiben würde, wäre er auf der sicheren Seite.

Trotzdem fühlte er sich mies. Auch weil die Tat nicht das erhoffte Ergebnis gebracht hatte. Er hatte schlechte Laune und versuchte, diese zu überspielen. Niemand sollte ihm etwas anmerken. Früher hatte er das auch gut gekonnt. Wenn er traurig darüber war, dass sein Vater zum wiederholten Mal seinen Geburtstag vergessen hatte, hatte er so getan, als ob ihm das nichts ausmache. Aber tief in ihm drin nagte die Enttäuschung. Eine Enttäuschung, die in Wut überging. Da war er aufs Feld gerannt und hatte Blumen geköpft. Wild eingeschlagen hatte er auf die Pflanzen, seine Wut hemmungslos rausgelassen. Ein wenig geholfen hatte das damals. Aber heute trug so etwas nicht mehr zur Selbstberuhigung bei.

Er sah seinen Vater vor sich, im Trachtenanzug, mit der Flinte in der Hand. Behängt mit Schützenorden. Damals, als Kind, wollte er werden wie er. Hart gegen sich und andere. Gefühllos. Gerecht. Wie hatte er ihn geliebt und gehasst und geliebt. Diesen mächtigen Mann.

8

Es war ein langer Tag gewesen. Franca schloss die Wohnungstür auf und freute sich auf ihre kleine Oase der Ruhe.

»Hallo, Mammi.« Ihre Tochter Georgina erwartete sie bereits. Farinelli, der Kater, kam angeschossen und strich ihr schnurrend um die Beine, dass es kitzelte. Sie lachte, beugte sich zu ihm hinunter und streichelte ihn. »Schön, wenn man so begrüßt wird.«

»Ich bin auf dem Sprung«, sagte Georgina. »Wollte dir grade einen Zettel schreiben.«

»Ich dachte, wir könnten zusammen zu Abend essen«, bemerkte Franca enttäuscht. »Wo gehst du denn hin?«

»Zum Babysitten.«

»Ach?« Franca war überrascht. »Wohin denn?«

»Nachbarn von Papa. Total nette Familie.«

David, Francas früherer Mann, hatte sich ein Haus in Moselweiß gekauft. Mit Garten und Blick auf den Fluss. Vor einigen Monaten war er mit seiner Freundin eingezogen. Georgina hatte selbstverständlich auch dort ein Zimmer bekommen. Es war heller und größer als das bei ihrer Mutter und moderner eingerichtet. Nicht nur deshalb war Franca ein bisschen eifersüchtig.

»Dann bleibst du also heute Abend in Moselweiß?«

»Das klingt ja fast, als ob du was dagegen hättest?« Georgina sah ihre Mutter schräg an.

Franca ärgerte sich, dass man ihr ihre Gefühle so deutlich anmerkte und versuchte, sie zu überspielen. »Quatsch!

Was soll ich denn dagegen haben? Babysitten ist gut. Da wirst du auf das wahre Leben vorbereitet.«

»Ach nee.« Georgina grinste. »Du weißt, ich mach's hauptsächlich wegen der Kohle.«

Ihre Tochter hatte Großes vor. Nach dem Abitur wollte sie ein Jahr in Australien verbringen. *Work and Travel.* Für das teure Flugticket sparte sie. Franca steckte ihr ab und an ein wenig extra Taschengeld zu, damit ihr finanzielles Polster schneller wuchs. Grundsätzlich fand sie es richtig, wenn Kinder sich ihr eigenes Geld verdienten und somit den Wert von Arbeit schätzen lernten. Außerdem konnte sie sich vorstellen, dass ihre Tochter eine gute Babysitterin war. »Dann viel Spaß.«

Franca schnitt eine Tomate auf und legte Mozzarellascheiben dazwischen, beträufelte alles mit Olivenöl und Balsamico-Essig. Ein wenig Salz und Pfeffer sowie einige sattgrüne Basilikumblättchen vervollständigten das Arrangement. Dazu goss sie sich ein Glas Marzemino ein. »Für die italienischen Momente im Leben«, murmelte sie vor sich hin. Den Rotwein hatte sie im Supermarkt entdeckt und zwei Flaschen gekauft, weil er aus dem Trentino kam, der Heimat ihres längst verstorbenen Vaters. Ein wenig wehmütig dachte sie daran, wie stolz er hinter dem Tresen seines Feinkostgeschäfts im Entenpfuhl stand und seine italienischen Spezialitäten anpries. Er hatte daran geglaubt, dass man Heimat essen und trinken kann.

Der Wein leuchtete satt rubinrot. »Salute, Papa! Wo immer du auch bist«, sagte sie laut und probierte einen Schluck. Hm, nicht schlecht. Der feinwürzige Geschmack erinnerte ein wenig an Brombeeren und Kirschen.

Sie stellte Teller und Glas auf ein Tablett, das sie mit ins Wohnzimmer nahm. Während ihrer starken Erkältung hatte sie weitgehend auf Alkohol verzichtet. Doch diese war inzwischen abgeklungen, nur noch ein leichter Kratzton in ihrer Stimme erinnerte daran.

Auf dem Weg von der Küche zum Wohnzimmer fiel ihr Blick auf die Bildergalerie an der Wand. Georgina als süßes dunkelhäutiges Baby mit riesigen Kulleraugen und schwarzen Kringellöckchen auf dem Arm von David, als Schulkind mit Hunderten dünn geflochtener Zöpfchen und bunten Perlen darin, einmal hielt sie Franca an der Hand und ein anderes Mal David.

Das war noch gar nicht so lang her. Wie sich alles verändert hat, dachte Franca mit einem leichten Ziehen in der Brust. Ihre kleine heile Familie gab es nicht mehr, und Georgina war fast erwachsen.

Natürlich war sie stolz auf ihre große Tochter. Aber da war auch ein kleines bisschen Wehmut in dem Wissen, wie schnell die Zeit verging. Und wie sichtbar das auf diesen Bildern dokumentiert war.

Im Wohnzimmer setzte sie sich auf das Sofa. »Na, komm mal her«, rief sie Farinelli zu. »Machen wir beide es uns gemütlich.«

Doch der Kater, der auf seinem gewohnten Platz im Sessel lag, öffnete nur träge ein Auge und schloss es gleich wieder.

»Dann eben nicht.« Sie dachte daran, dass im alten Ägypten Katzen als heilige Tiere verehrt wurden, noch heute galt in China die Katze als Glücksbringer oder als Symbol für Vollkommenheit. Im Mittelalter hingegen wurden sie als Hexen verbrannt. Sie fand es immer wieder erstaunlich, wie unterschiedlich ein und dieselbe Sache aus verschiedenen Blickwinkeln gesehen werden konnte.

Sie schaltete den Fernseher ein.

Zoffende Paare, essende exotisch gekleidete und zurechtgemachte Menschen, Promi-Dinner.

Mit Heißhunger verspeiste sie die Mozzarella-Tomaten. Der Marzemino schmeckte ausgezeichnet. Sie ging in die Küche, um sich ein weiteres Glas einzuschenken, und nahm die Flasche mit ins Wohnzimmer. Als sie zurückkam, gab ein Politiker mit wichtiger Miene eine sprachliche Endlosgirlande von sich, ohne etwas Substanzielles zu sagen. Auf so was konnte sie wahrlich verzichten. Sie zappte weiter. Eine Sendung über vermisste Kinder in Deutschland. Da blieb sie hängen.

»Er war plötzlich weg«, sagte eine Mutter mit traurigem Gesicht und bebenden Lippen. »Von einem Moment auf den anderen. Wir dachten noch, er kommt gleich wieder. Aber seitdem ist er verschwunden. Und niemand weiß, wo er ist. Er hat mit seinem Bagger im Sandkasten gespielt. Wir sind ja eine ländliche Gegend, da kann man sein Kind mal eine viertel Stunde unbeobachtet draußen spielen lassen. Normalerweise. Aber als ich rauskam, war er weg. Sein Bagger lag im Sand, und …« Nein, das wollte sich Franca nun doch nicht antun. Es reichte, wenn sie im Berufsleben mit solchen unvorstellbaren Dingen konfrontiert wurde. Sie drückte weiter auf die Fernbedienung. Irgendwas zur Entspannung musste doch auf einem der zahllosen Kanäle sein. Und wenn es nur ein seichter Liebesfilm war.

Es klingelte. Irritiert lauschte sie einen Moment. Nochmaliges Klingeln. Tatsächlich: Es kam von ihrer Wohnungstür. Nicht aus dem Fernseher.

Sie stand auf, lief über den Flur und öffnete. Vor ihr stand ein unbekannter Mann, schätzungsweise Ende 30 oder Anfang 40, groß, dunkelblonde Haare, blaue Augen. Markante Gesichtszüge. Er legte den Kopf ein wenig schräg und lächelte sie charmant an. Siegfried, schoss es ihr durch den Kopf. Genauso hatte sie sich früher Siegfried, den Drachentöter, vorgestellt, als sie die Nibelungensage in der Schule durchnahmen. Breitschultrig, muskulös und gut aussehend.

»Hallo. Mein Name ist Benjamin Jacobs. Ich bin Ihr neuer Nachbar.« Er sah ihr tief in die Augen. »Ich bin in die Wohnung unter Ihnen eingezogen und wollte mich vorstellen.«

»Ach!« Franca war überrascht. Manieren hatte er auch. In diesem Haus wechselten öfter die Bewohner, aber die Freundlichkeit, sich den Nachbarn vorzustellen, hatten bisher nur wenige gezeigt.

»Franca Mazzari«, sagte sie und streckte ihm die Hand entgegen. »Wollen Sie einen Moment reinkommen?«

»Wenn ich nicht störe.«

»Ich sehe gerade fern. Ein berauschendes Programm, bei dem Sie wahrhaftig stören.« Sie kicherte albern und machte ihm ein Zeichen, ihr zu folgen. »Ich habe eine Flasche Rotwein offen.«

»Lieblich?«, fragte er.

»Wer, ich?« Franca biss sich auf die Zunge. Sie hatte offenbar schon ein wenig zu tief ins Glas geschaut.

»Sie auch«, er lachte. »Ich meinte aber den Wein.«

Franca schüttelte sich. »Lieblicher Wein! Sagen Sie bloß, so was mögen Sie? Der Marzemino ist trocken, um nicht zu sagen …« Nein, das sagte sie besser nicht.

»Marze… wie?«

»Marzemino. Ein Rotwein aus dem Trentino. Da stammte mein Vater her«, begann sie zu erklären. Wieso erzählte sie eigentlich diesem wildfremden Mann ihre Familiengeschichte?

»Ihr Vater ist Italiener?«

»*War* Italiener. Er ist schon lang verstorben. Ab und zu überfällt mich die Nostalgie. Wie ist es, wollen Sie den Marzemino nicht wenigstens probieren?« Mit Schrecken bemerkte sie, dass die Flasche fast leer war. »Oh«, sagte sie. »Tut mir leid. Kaum noch was drin. Aber ich hab noch eine Flasche in Reserve.«

Er grinste. »Ich würde ein Bier bevorzugen.«

»So was gibt es in meinem Haushalt leider nicht. Wie wär's mit Wasser?« Wieder kicherte sie. »Das ist die einzige Alternative, die ich Ihnen anbieten kann. Oder warten Sie, ich glaube, ich hab da noch ein liebliches Schätzchen. Setzen Sie sich doch schon mal.«

Zu ihrem letzten Geburtstag hatte ihr Team-Kollege Bernhard Hinterhuber, dessen Schwiegereltern ein Weingut an der Mosel betrieben, eine Flasche Eiswein geschenkt, einen süßen Dessertwein, den sie wahrscheinlich nie trinken würde, obwohl der sicher ziemlich teuer war. Nun bot sich die Gelegenheit, ihrem neuen Nachbarn damit eine Freude zu machen.

»Was halten Sie davon?«, fragte sie Siegfried, der Benjamin hieß, und hielt ihm die Halb-Liter-Flasche Eiswein entgegen.

»Wenn ich ehrlich bin, ich verstehe nichts von Weinen. Aber mit trockenen können Sie mich jagen. Wahrscheinlich bin ich ein Banause. Aber ich stehe dazu.« Spitzbübisch grinste er sie an.

»Das gefällt mir«, sagte Franca und holte einen Korkenzieher.

»Dass ich ein Banause bin?« Sein Grinsen wurde breiter.

»Dass Sie ehrlich zugeben, wo andere ein Riesenbohei drum machen.«

Der Wein gluckerte wie Öl und war ebenso gelb. Gut, dass er einen Abnehmer gefunden hatte.

»Sie wohnen hier allein?«, fragte er und ließ seinen Blick unverhohlen durchs Wohnzimmer schweifen.

»Normalerweise … also manchmal ist auch meine Tochter hier, Georgina, 17 Jahre alt«, sagte sie. »Wird bald 18. Na ja, und da sie auch einen Vater hat, mit dem sie sich gut versteht, lebt sie mal hier, mal da, wie sie grade Lust hat.«

»Und das geht so unkompliziert?«

»Klar. Wenn die Eltern es unkompliziert machen, finden es auch die Kinder unkompliziert. Und Sie?« Franca lächelte ihren neuen Nachbarn zuckersüß an. Der hatte es doch tatsächlich geschafft, sie auszufragen, und sie wusste bis jetzt lediglich seinen Namen und seine Getränkevorliebe.

»Ich finde, Sie haben eine erotische Stimme«, sagte er und sah sie wieder an mit einem Blick, der ein warmes Rieseln in ihrem Inneren verursachte.

»Nur die Ausläufer einer Erkältung«, gab sie zurück. »Und im Übrigen keine Antwort auf meine Frage.« Sie spitzte die Lippen. Ihr war ein wenig schwindlig.

»Über mich gibt's nicht viel zu erzählen«, sagte er nach einer Weile und hob sein Glas. »Mein Vater war Lehrer, meine Mutter Hausfrau. Eine ganz normale Familie.«

»Sind beide verstorben?«, fragte Franca.

Er nickte.

»Haben Sie Geschwister?«

Er zögerte einen Moment. Dann schüttelte er den Kopf.

»Ich bin auch ein Einzelkind«, erwiderte sie. »und das hat mir immer gut gefallen. Es gab nie eine Konkurrenz, die mir die Liebe zu meinen Eltern streitig gemacht hätte.«

Er strahlte sie an. »Genau wie bei mir.«

9

Dorothee lag bereits im Bett, als Michael nach Hause kam. Sie lächelte, als sie hörte, wie er erst die Tür zum Kinderzimmer öffnete und den Kleinen wahrscheinlich sanft über die Köpfchen strich. Das machte er jedes Mal, wenn er spät heimkam. Nach einer Weile wurde die Schlafzimmertür einen Spaltbreit geöffnet.

»Bist du noch wach?«, flüsterte er.

»Hmm.« Sie richtete sich ein wenig auf. »War's schön?«, fragte sie.

»Na ja. Wie es halt so ist unter Männern.« Er unterdrückte ein Lachen. »Und bei dir? Hast du noch jemanden finden können fürs Theater?«

Sie war froh, dass sie die Karten nicht hatte zurückgeben müssen. Bianca war eine angenehme Begleitung, und bei ihrer Stieftochter waren die Kinder gut aufgehoben. Georgina hatte sich äußerst positiv über die beiden geäußert, sie hätten überhaupt keine Schwierigkeiten gemacht und seien friedlich ins Bett gegangen, nachdem sie ihnen eine Gutenacht-Geschichte vorgelesen hatte.

»Das Stück war gut gespielt. Und das Thema ist halt immer noch aktuell. Ich denke, es hätte dir gefallen.«

Er brummte irgendetwas Unverständliches und verschwand ins Bad.

Endstation Sehnsucht. Was für ein Titel. Dabei war es nur der Name einer Straßenbahnhaltestelle. Aber ein Titel, der symptomatisch war für das Stück, in dem es um unterschwellige Gewalt ging, um Sehnsucht und Besessenheit. Und um Leugnen und Verleugnen.

Die Schauspieler hatten gute Leistungen gebracht. Man konnte nachvollziehen, wie solche Typen wie diese Blanche Dubois sich eine Gegenwelt geschaffen hatten, weil sie in der Wirklichkeit nicht zurechtkamen. Dass es Menschen wie sie gab, daran hatte Dorothee keinen Zweifel. Und diese Stanley Kowalskis mit ihrem offen zur Schau getragenen Machismo, auch die gab es. Aber dass eine Frau sich in solch einen rohen, gewalttätigen Kerl verliebte, das konnte Dorothee nicht verstehen. Hörigkeit, nun ja. Davon hatte sie gelesen. Aber so etwas fand außerhalb ihres behüteten Lebens statt. Vielleicht ging es in der zivilisierten Welt, in der sie, Dorothee, sich bewegte, etwas dezenter zu. Aber dass die von Tennessee Williams erdachten Charaktere nicht aus der Luft gegriffen waren, leuchtete ihr ein.

»Brauchst du noch lang?«, rief sie in Richtung Bad. »Noch bin ich wach.« Sie fühlte ein leichtes Kribbeln im Bauch. Wann hatten sie zuletzt miteinander geschlafen? Das war schon eine ganze Weile her.

»Gleich.« Sie hörte nebenan das Wasser rauschen.

Was für ein Glück sie mit ihrem Mann hatte. Er war die Liebe ihres Lebens, war fürsorglich und sparsam. Er war verträglich. Er trank kaum Alkohol. Das war ihr sehr wichtig, denn ihr Vater hatte gern zu tief ins Glas geschaut und war dann ausfällig geworden. Man sagte ja, die Töchter suchten sich einen Mann ähnlich wie ihren Vater, aber darauf hatte sie geachtet, dass das bei ihr nicht so war. Michael glich in nichts ihrem Vater, der ihrer Mutter und seiner gesamten Familie manchen Kummer bereitet hatte.

Dass Michael etwas schüchtern und zurückhaltend war, machte ihn in ihren Augen noch liebenswerter. Freunde hatte er keine, höchstens Bekannte. Aber sie hatten ja sich. Nicht auszudenken, wenn er solch ein Typ wäre wie dieser ungehobelte Prolet Stanley Kowalski. Sie konnte sich nicht erinnern, wann sie das letzte Mal Krach miteinander hatten. Nun ja, das lag sicher auch an ihr. Sie war ebenfalls ein umgänglicher Mensch.

Ihre Lider wurden schwer. Kurz darauf spürte sie am Druck der Matratze, wie er sich neben sie legte und sich an sie schmiegte. Ihr über den Kopf strich. Sie spürte seine kühle Haut, roch seinen Zahnpastaatem. »Hmm«, murmelte sie schläfrig.

»Du hast doch gesagt, du wärst noch wach«, flüsterte er an ihrem Ohr.

10

Als Franca am nächsten Morgen aufwachte, brummte ihr der Schädel. Sie versuchte, sich den Abend ins Gedächtnis zu rufen. Aber sie erinnerte sich nur bruchstückhaft an einen jungen Mann, glatte Gesichtshaut und einen ungewöhnlichen Rasierwasserduft. Und an mehr als einen Liter Rotwein. Oh Gott, hoffentlich hatte sie sich nicht danebenbenommen. Der neue Nachbar hatte ihr ausgesprochen gut gefallen. Und wenn sie ehrlich war, war sie einer Affäre nicht abgeneigt. Irgendwie wäre es mal wieder an der Zeit, so richtig hemmungslos …

Franca, was ist eigentlich los?, rief sie sich zur Räson. Sind das Entzugserscheinungen, weil du so lange keinen Kerl mehr im Bett hattest? Die Kopfschmerzen waren erträglich, zumal sie sie mit einer Aspirin-Tablette behandelte.

Sie stieg in ihren roten Alfa und fuhr los. Siegfried der Nibelungenheld kam ihr abermals in den Sinn. Sie hatte keinen richtigen Filmriss, nur das leicht verschwommene Gefühl, an etwas sehr Schönem teilgehabt zu haben. Sie beide hatten sich lockere Wortgefechte geliefert und sich sehr gut unterhalten. Witzig und unbeschwert hatte sie sich gefühlt wie schon lange nicht mehr. Und sie glaubte, auf Siegfried einen besonderen Eindruck gemacht zu haben. Im nächsten Moment schalt sie sich deswegen. Der ist viel zu jung für dich! Neben jüngeren Männern wird einem das eigene Alter viel bewusster! Außerdem ist er eine reine Projektionsfläche. … Oh Franca, wann wirst du eigentlich erwachsen?

Simply the best, ertönte Tina Turners rauchiges Timbre aus dem Radio. *Better than all the rest.* Lauthals sang Franca mit.

Als sie in der Tiefgarage des Präsidiums angelangt war, parkte sie den Alfa, der unterwegs merkwürdige Geräusche von sich gegeben hatte, neben Hinterhubers blauem Golf. Hoffentlich war der Alfa noch nicht schrottreif. Es würde ihr schwerfallen, sich von diesem Gefährt, das sie nun schon so lang begleitete, zu trennen.

I call you when I need you, my heart's on fire. Noch immer klang ihr der Song im Ohr. Hatte nicht Tina Turner einen jüngeren Geliebten? Mit diesem flüchtigen Gedanken betrat Franca das Polizeigebäude. Vor der Info standen eine Frau und ein Mädchen. Das Kind, das etwa sieben Jahre alt war, wirkte verängstigt und eingeschüchtert. Die Frau war altmodisch gekleidet, sie trug eine beige Strickjacke mit Zopfmuster und einen wadenlangen, dunklen Glockenrock. Aufgeregt wedelte sie mit den Händen und versuchte, dem Pförtner hinter der Scheibe etwas zu erklären. Neben ihr auf dem Boden war eine Plastiktüte abgelegt mit dem Aufdruck eines Discounters.

Franca trat hinzu. »Kann ich helfen?«

»Die Herrschafte wolle unbedingt zum Chef«, sagte der Pförtner. »Awwer des geht doch net. Frau Mazzari, könne Sie sich da net kümmern?«

»Worum geht's denn?«, fragte sie und lächelte dem Mädchen freundlich zu, das sich sofort hinter seiner Mutter versteckte.

»Meine Tochter«, sagte die Frau mit hartem Akzent, den Franca in Russland verortete, »ist angegriffen worden. Von böse Mann. Wir müssen melden. Chef von Polizei.«

»Wie heißt du denn?«, fragte Franca und ging vor dem Mädchen in die Hocke.

Das Kind schaute erschrocken und presste sich noch enger an seine Mutter.

»Weißt du, zu mir kommen viele Kinder. Weil die wissen, dass die Polizei ihnen hilft. Und dass sie überhaupt keine Angst zu haben brauchen. Sagst du mir, wie du heißt?«

»Lara«, sagte sie leise.

»Das ist aber ein schöner Name.« Franca richtete sich wieder auf.

»Es ist Name aus ›Dr. Schiwago‹«, erklärte ihre Mutter und lächelte wehmütig. »Erinnert an Heimat.«

60

Franca nickte. Lara's Theme. *Weißt du, wohin all meine Träume ziehn.* Karel Gott hatte das mal gesungen. Auf Deutsch. Zu Balalaikaklängen. Sie hatte das Lied gemocht damals. Heute mochte sie Tina Turner.

Das Mädchen sagte: »Es ist ein russischer Name.« Anders als die Mutter sprach das Kind akzentfrei.

»Weißt du was, Lara? Wir gehen jetzt alle in mein Büro. Du, deine Mama und ich. Dort unterhalten wir uns ein bisschen. Einverstanden?« Und als das Kind immer noch zögerte, fügte sie hinzu: »Da hab ich auch was ganz Schönes für dich.«

Zu dem Pförtner gewandt, sagte sie: »Ich kümmere mich um alles Weitere.«

»Is gut, Frau Mazzari«, rief er ihr sichtlich erleichtert durch die Sprechöffnung der Glasscheibe zu.

Die Mutter des Mädchens hob die Plastiktüte auf. Franca ging voraus. Hielt Mutter und Tochter Türen auf und nahm den Fahrstuhl nach oben. Die ganze Zeit ließ Lara die Hand ihrer Mutter nicht los. In der dritten Etage stiegen sie aus, gingen weiter über den Flur. In ihrem Büro war, wie erwartet, noch niemand. Hinterhuber war bei einer Gerichtsverhandlung, Clarissa begleitete ihn. Franca bat Mutter und Kind, auf den beiden Besucherstühlen Platz zu nehmen, die sie schnell freiräumte. Lara wollte unbedingt auf den Schoß der Mutter.

Franca bemerkte den sehnsüchtigen Blick des Kindes auf das gefüllte Süßigkeitenglas, das auf ihrem Schreibtisch stand.

»Du darfst dir gern was rausnehmen, Lara«, sagte sie zu dem Mädchen, das sofort ihrer Aufforderung folgte.

Dann wandte Franca sich an die Mutter: »Möchten Sie etwas trinken?« Sie überlegte, ob etwas Trinkbares außer Kaffee und Tee da war.

»Nein danke«, antwortete die Frau, die sich als Lydia Weisglas vorstellte. »Keine Umstände.«

»Erzählen Sie doch bitte der Reihe nach«, bat Franca. »Was ist passiert?«

»Meine Tochter verschwunden gestern«, radebrechte die Mutter. »Sie sagt, da war Zauberer. Der hat sie mitgenommen in Wald. In sein Auto. Ich ihr immer gesagt: Geh nicht mit Fremde, Lara. Aber sie hört net.« Die Frau sprach mit anklagender Stimme. Zwischendurch verfiel sie ins Russische, besann sich dann wieder und fuhr in gebrochenem Deutsch fort.

Franca hörte ihr geduldig zu. Das Kind lutschte an seinem Bonbon und schaute zu Boden.

Lara war ein hübsches Mädchen mit hellblonden Haaren, die ihr in Locken auf die Schultern hingen. Sie trug einen Haarreif mit Margaritenblüten.

»Hören Sie, wir nach Deutschland gekommen, weil in Russland schlecht. Sehr schlecht. Ganze Familie in Deutschland. Wir denken, hier gut. Verwandte sagen das. Wir kommen her. Und dann passiert Böses. Ganz Böses.«

»Das tut mir leid«, sagte Franca. »Umso wichtiger ist es, dass wir genau festhalten, was passiert ist.«

Nach und nach ergab sich ein zusammenhängendes Bild. Sie erfuhr, dass Lara gestern Nachmittag vom Spielen nicht zu der verabredeten Uhrzeit nach Hause gekommen war. Dass es immer später wurde, und Frau Weisglas und ihr Mann sich Gedanken machten. Die Polizei wollten sie aber vorerst nicht verständigen. Sie machten sich selbst auf die Suche. Lara vergaß öfter mal die Zeit. Es war nicht das erste Mal, dass sie nicht rechtzeitig nach Hause kam. Aber keiner von Laras Spielkameraden wusste etwas. Am Abend war Lara plötzlich wieder da. Sie war total verstört.

Etwas war passiert. Aber was, das war nicht aus ihr herauszubekommen. Doch was die Mutter vermutete, ging klar aus ihrer Reaktion hervor. Und deckte sich mit Francas Vermutung.

»Ich habe Beutel hier«, sagte sie und zeigte auf die Plastiktüte. »Kleider von Lara, gestern. Alles. Auch Unterwäsche. Ich hoffe, nix finden«, sagte sie leise. Es klang flehend.

»Das haben Sie sehr gut gemacht«, lobte Franca. Nicht alle Mütter in solchen Situationen reagierten derart geistesgegenwärtig.

»Aber warum sind Sie denn nicht schon gestern Abend zu uns gekommen?«, fragte Franca und bemühte sich, den Vorwurf aus ihrer Stimme herauszuhalten.

»Weil sie war so müde und kaputt. Wir sie lassen schlafen. Aber sie nix weiter sagen. Auch nicht heute Morgen. Wir nicht wissen, was passiert.«

Franca wandte sich an das Mädchen. »Hast du denn viele Freunde, Lara?«, begann Franca ein unverbindliches Gespräch.

Mit ihren hellen Augen musterte sie Franca aufmerksam, bevor sie nickte.

»Mit denen spielst du sicher gern, ja? Was spielt ihr denn so?«

Das Kind schien zu überlegen. »Ball. Fangen. Verstecken«, antwortete sie bereitwillig. Dann war sie wieder still.

»Hast du denn gestern auch mit deinen Freunden gespielt?«

Das Mädchen hob die Schultern, blickte zu Boden.

»Da war nur der Peter«, sagte sie unvermittelt.

»Sag von Zauberer«, drängte die Mutter. »Mann hat sie in Auto gezerrt. Ich ihr immer gesagt, darfst nicht mit Fremde gehen.«

Das Mädchen fing an zu weinen.

»Würde es Ihnen etwas ausmachen, wenn ich mich mit Lara allein unterhalte?« Franca ahnte, dass das Kind sich schämte. Weil es etwas getan hatte, das ihm verboten worden war. Das sie nicht zugeben konnte in Gegenwart der Mutter. Vielleicht würde es ihr leichter fallen, darüber zu reden, wenn die Mutter nicht dabei war.

Doch Francas Worte stießen auf Widerstand. »Warum? Ist besser, ich hier. Bei mein Kind. Sie hat große Angst.«

»Das kann ich sehr gut verstehen«, räumte Franca ein. »Lara: Ist es okay, wenn deine Mutter draußen im Flur auf dich wartet? Sie geht nicht weg. Sie bleibt hier ganz in deiner Nähe.«

Lara drehte sich zu ihrer Mutter um, dann blickte sie wieder unsicher zu Franca. Schließlich nickte sie.

Franca erhob sich und hielt die Tür auf. Widerstrebend verschwand die Mutter in den Flur, wo sie auf einem der Stühle Platz nahm.

Franca setzte sich wieder. »Weißt du, Lara, ich bin Polizistin. Und eine Polizistin darf nichts weitererzählen, was ihr kleine Mädchen anvertrauen. Ich werde deiner Mama dein Geheimnis nicht verraten, wenn du das nicht willst.«

Lara presste die Lippen zusammen. Ihre Augen bewegten sich hin und her. Offenbar kämpfte sie mit sich. »Ich will nach Hause«, begann sie schließlich zu jammern.

»Du darfst gleich nach Hause. Magst du eine Limo trinken?« Franca ging zum Kühlschrank, nahm eine von Clarissas Dosen heraus, schüttete das Getränk in ein Glas. Die Dose würde sie später Clarissa ersetzen.

Das Kind trank gierig. Mit einem kleinen Rülpser stellte sie das fast leere Glas wieder ab.

»Peter hat einen Pipimax«, sagte Lara unvermittelt.

Franca horchte auf. »Und der Peter ist dein Freund?«

Nicken.

»Wie alt ist denn Peter?«

»Weiß nicht.«

»So alt wie du?«

Sie schüttelte den Kopf. Ihr Halsbündchen verrutschte. Darunter wurde ein blassrotes Mal sichtbar.

»Was hast du denn da?«, fragte Franca.

Unwillkürlich fasste sich die Kleine an den Hals und schluckte.

»Darf ich mal sehen? Ich bin auch ganz vorsichtig.« Was Franca sah, waren Würge- oder Drosselmale. Insgeheim bekam sie eine Wut auf denjenigen, der diesem zarten Wesen das und wahrscheinlich noch anderes angetan hatte. Doch dies durfte sie unter keinen Umständen das Kind merken lassen.

Sie musste behutsam mit ihr umgehen. Sich über andere Themen dem eigentlichen Geschehen nähern. Vielleicht war diese Sache mit dem Pipimax bereits ein Hinweis auf den Täter.

»Also, der Peter und du. Ihr habt miteinander gespielt?«

»Nein. Der war doch nach Hause gegangen.« Die Stimme der Kleinen klang belehrend.

»Und mit wem hast du dann gespielt?«

»Mit niemand. Ich war ja allein. Da kam der Zauberer. Der hat Kunststücke gemacht.«

»Aha. Wie sah der Zauberer denn aus?«

»Weiß nicht.«

»Und wie alt war der?«

»Alt.«

Klar, für Kinder waren alle Erwachsenen *alt*.

»Was hat er denn gezaubert?« Sie überlegte, wo sie die Lichtbildmappe hingelegt hatte. Irgendwo auf ihrem Schreibtisch zwischen den zahllosen Ordnern und Papieren musste sie sein.

»Tücher aus dem Ärmel und so. In einem Seil waren ganz viele Knoten. Die hat er wieder rausgemacht. Einfach so.« Sie machte eine ruckartige Bewegung mit beiden Händen. Plötzlich war das Mädchen gesprächig. Doch als Franca vorsichtig herauszufinden versuchte, ob sie mit dem Zauberer in dessen Auto gestiegen war, verstummte sie wieder.

Franca wandte eine andere Strategie an.

»Du sagst, dein Freund, der Peter, hat einen Pipimax«, griff sie das kindliche Wort wieder auf. Lara nickte und lächelte verschmitzt.

»So was haben ja alle Jungs«, fuhr Franca fort. »Und Männer auch.«

Sie wartete ab, aber Lara ging nicht darauf ein.

»Habt ihr Doktor gespielt?«, fragte sie. »Weißt du, das haben wir früher auch gemacht, als ich ein Kind war.«

Lara schüttelte den Kopf. »Nicht Doktor.«

»Was denn?«

»Mama und Papa.«

»Mit Peter oder mit dem Zauberer?«

Darauf wollte sie nicht antworten.

»Hat dir der Zauberer etwas versprochen? Etwas, das er in seinem Auto hat?«

Das Mädchen schüttelte heftig den Kopf.

Die Tür ging auf, Hinterhuber kam herein. In seinem Gefolge Clarissa. Ausgerechnet jetzt. Aber Franca war ja selbst schuld. Es gab schließlich genügend Räume im Präsidium, um eine solch heikle Befragung durchzuführen.

»Wen haben wir denn da?«, fragte Hinterhuber überrascht. Auch Clarissa schaute neugierig.

Jetzt wollte das Mädchen nichts mehr antworten und
rutschte vom Stuhl. »Ich will zu meiner Mama«, jammerte
sie.

»Weißt du, wo die Libi-Mappe ist?«, fragte Franca Hinterhuber.

»Klar.« Mit gezieltem Griff präsentierte er Franca die in
braunes Kunstleder gebundene Mappe, die sowohl Ganz-
körperfotos als auch Porträts von vorbestraften Tätern enthielt. Einmal mehr wurde Franca daran erinnert, dass eine
gewisse Ordnung durchaus ihren Sinn hatte.

»Lara, würdest du gern mit mir Bilder angucken?«

Das Mädchen blieb unschlüssig stehen.

Franca schlug die Mappe auf und blätterte darin. »Vielleicht kennst du ja jemanden hier drin. Vielleicht ist sogar
der Zauberer dabei.«

Das Mädchen schüttelte den Kopf und drückte die
Klinke. Nun wollte sie endgültig zu ihrer Mama.

Franca stand auf und folgte der Kleinen. »Weißt du was?
Ich bring dich und deine Mama nach Hause. In einem
richtigen Polizeiauto. Bist du schon mal in einem Polizeiauto gefahren?«

»Nein.«

»Na, dann wird es aber höchste Zeit.«

Lara hatte die Tür geöffnet und war hinausgelaufen.

»Sexualdelikt?«, fragte Hinterhuber.

»Höchstwahrscheinlich. Was genau passiert ist, hab ich
noch nicht rausgefunden. Sie hat auffällige Male am Hals
und scheint mir traumatisiert.«

»Scheiße«, sagte Hinterhuber. Ein Wort, das nicht oft
seinem Mund entschlüpfte.

»Willst du die Kleine nicht untersuchen lassen?«, fragte Hinterhuber.

»Die bleibt keine Sekunde länger hier. Vielleicht ist sie in ihrem vertrauten Umfeld zugänglicher.«

»Ich würde gern mitkommen«, sagte Clarissa. »Ich kann gut mit kleinen Kindern. Und ich kann einigermaßen zeichnen. Falls sie Angaben über das Aussehen des Täters machen kann.«

Franca sah erstaunt auf. Das war gar keine so schlechte Idee.

»Okay«, sagte sie und nahm die Lichtbild-Mappe an sich. »Dann komm.«

11

»Ich war beim Arzt. Man kann schon sehen, wie sein Herz klopft«, sagte Britta und strich über den sich leicht wölbenden Bauch.

»Weißt du denn, was es ist?«

Sie nickte. »Ein Mädchen. Das kann man heutzutage schon ganz früh bestimmen.«

»Das wird bestimmt so hübsch wie du«, flüsterte Konny.

Wie berauscht betrachtete er sie. Er konnte sich nicht satt-
sehen an ihrem ebenmäßigen Gesicht mit den großen
dunklen Augen, die von langen Wimpern umrahmt wurden. An ihren vollen Lippen wollte er knabbern. Sie hatte
einen kleinen Schmollmund und blendend weiße Zähne.
Sie war einfach perfekt.

Britta strich mit einer hektischen Bewegung die dunklen
Locken zurück und stand auf. Sie war fast so groß wie er
und sehr schlank. Ihr Busen war ziemlich ausgeprägt. Seit
der Schwangerschaft noch ein wenig mehr. Seit einem Jahr
kannte er Britta. Während einer Jugendfreizeit hatten sie
sich kennengelernt, und er hatte sich sofort in sie verliebt,
allerdings hatte sie damals nur Augen für einen anderen
Jungen gehabt, von dem er glaubte, dass er der Vater ihres
Kindes war. Insgeheim war er froh, dass diese Liaison aus-
einanderging und somit der Weg frei war für ihn. Nie war
ihm Britta schöner erschienen als jetzt.

Sie wühlte in ihrer Handtasche und fischte eine Zigarette aus der Packung. Sofort schlug seine Stimmung um.
Mit Unbehagen beobachtete er, wie sie sie anzündete und
einen tiefen Zug nahm.

»Britta, meinst du nicht, es wäre besser, mit dem Rau-
chen aufzuhören? Das schadet dem Kind.« Der Vorwurf
in seiner Stimme war nicht zu überhören.

»Weiß ich doch.« Sie ließ sich wieder neben ihn auf das
Bett fallen. »Ich will ja auch aufhören. Ganz bestimmt.
Jetzt beginnt ein neues Leben. Da muss man mit den alten
Gewohnheiten brechen. Ich werde ganz viel ändern müs-
sen.«

Sie inhalierte einen weiteren tiefen Zug und tippte ihm
lächelnd auf die Nasenspitze. »Schau doch nicht so skeptisch. Ich meine es ernst.«

»Ich glaub dir ja.« Er beobachtete, wie sie hastig weiterrauchte und sich suchend nach einem Aschenbecher umsah, den es in seinem Zimmer natürlich nicht gab. Ihr Blick fiel auf ein Tellerchen, das er aus irgendeinem Urlaub als Souvenir mitgebracht hatte. Sie stand auf und drückte den Zigarettenstummel darin aus. Dann ließ sie sich wieder neben ihn fallen und schmiegte sich an ihn. »Willst du wirklich bei mir bleiben?«, fragte sie schmeichelnd und blinzelte. Ihre Wimpern kitzelten seine Wange. »Ist es dir wirklich ernst damit? Ich meine ...«

»Ich hab dir was versprochen, und Versprechen muss man halten, hat man mir zumindest so beigebracht.« Er nahm sie in die Arme und küsste sie. Ganz lang. Obwohl sie geraucht hatte, schmeckte dieser Kuss nach etwas Eigenem. Er hatte das Gefühl zu schweben. Bis in die Zehenspitzen spürte er diesen Kuss. Das konnte gar nichts anderes als Liebe sein. So etwas hatte er noch nie erlebt.

»Und du bist kein bisschen eifersüchtig? Dass die Kleine nicht von dir ist?«, fragte sie zwischendurch mit weicher Stimme.

Er schüttelte den Kopf und streichelte ihren nackten Arm. »Das war doch, bevor wir uns ineinander verliebten. Wäre das früher passiert, wäre ich der Vater.« In seinem Hinterkopf meldete sich eine warnende Stimme, die er zu ignorieren versuchte: Du wärst vorsichtig gewesen. Deine Eltern haben dir oft genug erklärt, wie Kinder entstehen und dass es nicht so weit kommen muss, wenn man einen klaren Kopf behält. Aber er konnte gut verstehen, dass man bei Brittas Anblick den Verstand verlor.

»Du bist so lieb zu mir und dem Wurm da drin.« Sie legte die Hände auf ihren Bauch. Er sah, dass ihre Fingernägel eingerissen waren und der schwarze Lack darauf abblätterte. Ihre helle Haut wirkte wie durchsichtig. Sie sah so zerbrechlich aus. So verwundbar. Er spürte den ganz starken Wunsch, sie zu beschützen.

Britta hatte nicht so viel Glück gehabt wie er. Seine Freundin war im Heim aufgewachsen. Dieses Schicksal wäre ihm ebenfalls widerfahren, wenn er nicht von seinen Eltern adoptiert worden wäre. Er spürte, dass er viel Liebe in sich hatte. Er glaubte fest daran, dass derjenige, der viel Liebe bekam, auch viel Liebe geben konnte.

»Weißt du eigentlich etwas über deine leiblichen Eltern?«, fragte sie nach einer Weile.

»Nicht viel. Sie interessieren mich auch nicht. Ich hab sie ja auch nicht interessiert.« Er wollte dieses Thema nicht vertiefen, nicht jetzt.

Sie legte sich auf den Rücken und starrte zur Decke. »Meine Erzeuger sind Suffköppe, alle beide. Samstags sind sie durch die Kneipen gezogen, und ich bin weiß Gott wie oft los und sie suchen gegangen. Weißt du, wie man sich fühlt als Kind, wenn man seine Eltern in irgendwelchen Spelunken suchen muss? Wenn ich sie gefunden hatte, musste ich an glotzenden und grapschenden Männern vorbei. Und dann saßen die zwei in einer Ecke, die Gesichter verzerrt, die Haare wirr im Gesicht und lallten einen Scheiß … Und dann die Sonntage. Ich hätte mir so gewünscht, dass meine Eltern mit mir spielen, einfach für mich da sind, aber sie mussten ja ihren Rausch ausschlafen. Und wenn sie dann wach wurden, haben sie gestritten wie die Kesselflicker. Gekocht wurde nichts. Da bin ich öfter zur Nachbarin rüber. Die hat schließlich veranlasst, dass ich ins Heim kam.« Brittas Kinn bebte. Sie hielt die Arme schützend vor der Brust verschränkt.

»Du zitterst ja«, sagte Konny mitfühlend. Sanft löste er die verschränkten Arme, um sie besser zu spüren.

»Solche Erfahrungen sind nicht eben leicht wegzustecken.« Sie seufzte auf. »Wahrscheinlich wär's mir noch schlechter ergangen, wenn die mich zu Hause gelassen hätten. Aber irgendwie tun sie mir auch leid.«

»Hast du Kontakt zu ihnen?«, fragte er, obwohl er sich viel lieber mit ihr über etwas anderes unterhalten hätte. Über ihre gemeinsame Zukunft beispielsweise.

»Sporadisch. Sie sind halt niemand, worauf man stolz sein könnte. Das Kind werde ich von ihnen fernhalten. Bevor sie mit dem die gleiche Scheiße veranstalten wie mit mir.«

Sie drehte sich zu ihm hin. »Wolltest du wirklich niemals wissen, woher du stammst, wo deine Wurzeln sind?«, fragte sie und schmiegte den Kopf in seine Halsbeuge. Er berührte mit seinen Lippen ihr Haar. »Ich meine, so schlimm, wie sich das auch alles anhört, aber es ist mein Leben. Es gehört zu mir.«

Er schwieg eine Weile und streichelte sie. Er wollte nicht zugeben, wie oft er darüber schon nachgedacht hatte. Schließlich sagte er: »Mir geht's doch gut.«

»Trotzdem. Ich glaube, man kann vieles besser verstehen. Man hadert nicht.«

»Ich hadere sowieso nicht«, er lachte auf, »dazu hab ich überhaupt keinen Grund. Meine Eltern sind vielleicht ein bisschen zu heilig. Besonders mein Vater verhält sich manchmal wie der Stellvertreter von dem da oben auf Erden. Aber im Großen und Ganzen sind die beiden in Ordnung. Ohne sie und ihre Geduld wäre ich nicht der, der ich heute bin.«

»Darum beneide ich dich wirklich.« Ihre Stimme

schwankte leicht. Sie blinzelte und atmete hörbar durch den Mund. Dann zog sie die Nase hoch. Weinte sie etwa?

»Was ist eigentlich mit deiner Schule?«, fragte er schnell.

Sie machte eine unwirsche Handbewegung. »Sind doch bald Ferien.«

»Was heißt das denn?« Seine Stimme klang tadelnd. »Ich verstehe nicht, weshalb du nicht regelmäßig in die Schule gehst. Bildung ist doch wichtig. Und wie willst du einen Beruf lernen, wenn du keinen ordentlichen Schulabschluss hast? Du musst doch deinem Kind was bieten können.«

»Jetzt hörst du dich genau so an wie unsere Erzieher.« Sie streckte die Hand aus und berührte sein Handgelenk. Die Berührung war so elektrisierend, dass er zusammenzuckte. »Aber du hast ja recht.«

»Wenn ich dir bei etwas helfen soll, kannst du jederzeit zu mir kommen.«

»Weiß ich doch.«

»Wir schaffen das, wir zwei.« Er drückte sie fest an sich.

»Konny und Britta gegen den Rest der Welt«, murmelte sie und lehnte ihren Kopf an seine Schulter. »Ich war noch nie so glücklich wie jetzt«, sagte sie leise. Dann sah sie zu ihm hoch.

»Ich wollte, ich hätte auch solche Eltern wie du. Wenn dabei solche tollen Menschen herauskommen.«

»Sie haben mich nicht selbst gemacht.« Er lachte über seinen eigenen Scherz.

Sie blieb ernst und schien einen Moment zu überlegen. Dann blickte sie ihm fest in die Augen: »Meinst du, ich könnte bei euch wohnen? Zumindest eine Zeit lang?«

12

Franca machte ihren guten Draht zur Wache geltend und lieh sich eines der blausilbernen Streifenfahrzeuge aus. Schließlich hatte sie dem Kind versprochen, dass es in einem richtigen Polizeiauto fahren durfte, und es gelang ihr, Lara zumindest ein wenig zu beeindrucken.

Von Herrn Weisglas wurden Franca und Clarissa mit kräftigem Handschlag begrüßt. Er war ein mittelgroßer, dicklicher Mann mit bürstenähnlichem Schnurrbart und einer Brille mit dunklem, auffälligem Rahmen. Als er seine kleine Tochter sah, breitete er die Arme aus und ging in die Hocke. Lara rannte ihm entgegen. Er fing sie auf, hob sie hoch und schwang sie herum. Lara lachte laut.

»Wir haben Urlaub«, sagte Frau Weisglas. »Sonst arbeiten in Fabrik. Beide. Auch Verwandte dort arbeiten.«

Sobald Lara ihr Zuhause betreten hatte, wirkte sie wesentlich unbefangener. Man merkte, dass sich das Kind in vertrauter Umgebung bewegte und dass es sich hier wohlfühlte.

Die Wohnung war sauber und ordentlich aufgeräumt. Reiche Leute waren die Weisglas' nicht. Aber offenbar gut integriert. Lara hatte mehrere Geschwister. Die beiden älteren Brüder spielten in Fußballvereinen, wie zahlreiche Fotos an der Wohnzimmerwand demonstrierten. Ihr Zimmer teilte sich Lara mit der vier Jahre älteren Schwester.

Man bot den beiden Polizistinnen einen Tee an. Franca nahm das Angebot dankend an und nutzte die Gelegenheit, Berührungsängste weiter abzubauen. Sie erzählte von ihrer Tochter Georgina, die vorhatte, ein Jahr in Australien zu verbringen, und die sich ein wenig Geld durch Babysitten verdiente.

»Der Zauberer hat gesagt, er ist ein Papa und hat Kinder«, flüsterte Lara unvermittelt. Franca hakte sofort nach.

»War denn ein Kindersitz im Auto?«

Das Mädchen schüttelte den Kopf. »Nur eine Wolldecke. Die war ganz kratzig.«

»Kannst du dich an die Farbe der Wolldecke erinnern?«

»Blau und mit silbernen Sternen.«

»Hat dich der Mann damit zugedeckt, weil dir kalt war?«

Darauf wollte Lara keine Antwort geben. Sie rannte in ihr Zimmer, griff sich ihren Teddy und drückte ihn an sich. Franca war ihr gefolgt. Das Kind hielt den Teddy von sich weg und bewegte ihn, sodass er brummte. Lara sah lachend auf. »Brummbär«, sagte sie. Ihr Gesicht verdüsterte sich sofort wieder. »Wie die Stimme vom Zauberer.«

»Du meinst, der Mann hatte so eine tiefe Stimme wie der Teddy?«

Lara kicherte. Ihre plötzlichen Stimmungsumschwünge waren schwer nachvollziehbar und gewöhnungsbedürftig. »Simsalabim«, sagte sie und ahmte dabei das Brummen des Bären nach. Dann drückte sie den Teddy wieder an sich und streichelte ihn.

Franca versuchte, ihre Ungeduld im Zaum zu halten. Sie ist ein Kind, sagte sie sich immer wieder. Und sie verhält sich eben wie ein Kind. Da kann man nichts erzwingen. Aber je früher es konkrete Angaben zu dem Täter gab, umso größer war die Chance, ihn zu finden.

»Magst du uns denn jetzt sagen, wie der Zauberer aussah?«, fragte Franca.

75

Lara lief zurück ins Wohnzimmer. »Wie Papa«, sagte sie nach einer Weile und kroch ihrem Vater auf den Schoß. Franca horchte verwundert auf. Der Täter sah aus wie der Vater des Kindes? Was sollte das bedeuten?

»Schau mal, für dich.« Clarissa hatte die Zeit genutzt und ein Porträt von Lara gezeichnet.

»Du kannst aber schön malen«, sagte die Kleine anerkennend. »Wie meine Lehrerin.«

Auch Franca war beeindruckt. Clarissa hatte tatsächlich ungeahnte Fähigkeiten. Sie selbst konnte nicht zeichnen. Und Talente, die sie selbst nicht hatte, beeindruckten sie bei anderen umso mehr.

»Das darfst du behalten«, meinte Clarissa großzügig. Das Mädchen nahm ihr das Blatt aus der Hand und legte es auf den Wohnzimmertisch, wo Laras Konterfei auch von den Eltern bewundert wurde.

Franca setzte sich, zog die Lichtbildmappe aus ihrer Tasche und begann gewollt absichtslos, darin zu blättern. Dann hob sie den Kopf. »Wollen wir uns ein paar Bilder angucken?«, fragte sie das Mädchen.

Die Kleine kam näher. Interessiert schaute sie in die Mappe. Franca schlug langsam Seite für Seite um. Mehr oder weniger düster dreinblickende Männer waren dort aus verschiedenen Perspektiven abgebildet.

Plötzlich zeigte Lara wortlos auf ein Foto.

Franca warf Clarissa einen Blick zu. Der Mann auf dem Foto glich ihrem Vater in keiner Weise.

»Sah der Mann so aus?«, wollte Franca wissen.

Lara nickte zögernd.

»Genau so oder ein bisschen anders?«, hakte Clarissa nach.

»Bisschen anders.«

»Dann fangen wir doch mal an zu malen.« Clarissa orientierte sich an dem Bild des Straftäters und modifizierte es nach Laras Angaben. Nach ein paar Versuchen erhielt das Ergebnis schließlich Laras Zustimmung.

Die fertige Zeichnung zeigte einen etwa 40 bis 50 Jahre alten Mann mit Seitenscheitel und glatten Haaren. Er trug einen Oberlippenbart und eine dunkelrandige Brille. Weiteren Angaben Laras zufolge war er schlank und durchschnittlich groß. Unsympathisch sah er nicht aus. Eher wie der Mann von nebenan oder ein guter Onkel, dem man durchaus sein Kind anvertrauen würde.

»Kennen Sie einen solchen Mann?«, fragte Franca die Eltern, doch beide verneinten.

»Hat sich Laras Verhalten verändert seit der gestrigen Begebenheit?«, wollte Franca von Laras Eltern wissen, als das Kind wieder in sein Zimmer gelaufen war.

»Sie ist unruhig und sie dauernd Hände waschen und auch oft Zähne putzen«, sagte die Mutter. »Das ist komisch. Sie sich nie freiwillig waschen früher. Oder Zähneputzen. Immer mahnen. Und jetzt dauernd.«

Der Mann fügte hinzu: »Wir sie lassen nicht mehr allein. Wir haben Angst.«

»Wir immer Angst haben vor Unfall. Dass Auto kommt und sie totfährt. Aber man kann Kind nicht einsperren … Das ist schlimm.« Die Mutter sah Franca flehend an. Sie hatte dieselben hellen Augen wie ihre kleine Tochter. »Sie müssen finden böse Mann. Bestrafen. Wegmachen.« Ihre Lippen zitterten. »Lara so unschuldig. Und jetzt …«

»Wir werden alles tun, was in unserer Macht steht«, sagte Franca voll Mitgefühl. Über das weitere Procedere würde sie sich umgehend mit der Kinderpsychologin Dr. Evelyn Schiller in Verbindung setzen. Sie ahnte, dass das, was Lydia Weisglas mit ›unschuldig‹ meinte, eine weit größere Bedeutung hatte als das eigentliche Wort ausdrücken konnte.

»Du kannst richtig toll zeichnen. Alle Achtung«, sagte Franca, als sie auf dem Weg zurück zum Präsidium waren.

»Ich war ganz gut in Kunst«, antwortete Clarissa.

»Dann bist du ausgerechnet Polizistin geworden?«

»Schadet doch nicht, wie man sieht. Ich bin nun mal gegen Fachidiotie. Man kann schließlich beides kombinieren.«

Franca zuckelte hinter einem Fuhrwerk her, das fast die gesamte Breite der Straße einnahm.

»Ich hab eine kleine Schwester, ein Nachzügler«, begann Clarissa zu erzählen. »Meine Mutter glaubte, es sei vorbei mit ihrer Gebärfähigkeit – und zack, war sie schwanger.« Sie drehte den Kopf und lächelte Franca an. »Die Kleine ist schon sehr süß. Echt schade, wenn wir die nicht hätten.« Ihre Miene verdunkelte sich. »Und wenn ich mir vorstelle, jemand tut ihr was. Den würde ich glatt umbringen.«

Franca nickte. »Jeder, dem Kinder nahestehen, denkt so. Aber weißt du, was ich mich die ganze Zeit frage: ob der Mann wirklich so aussieht, wie Lara behauptet. Ihr Verhalten schien mir sehr sprunghaft, und ihre Angaben waren nicht eindeutig.« Franca wiegte den Kopf. »Hoffentlich müssen wir nicht alle ihre Aussagen infrage stellen. Sie scheint mir in vielem ziemlich widersprüchlich.«

»Ist das nicht immer so bei traumatisierten Kindern? Deshalb muss man ja auch ganz vorsichtig mit ihnen umgehen. Ich finde, das hast du ganz toll gemacht.«

»Danke.« Franca sah überrascht zu ihrer jungen Kollegin hinüber.

»In bestimmten Details schien sie mir jedenfalls ziemlich überzeugend.«

»Woher weißt du denn so viel über traumatisierte Kinder?«, fragte Franca nach einer Weile.

»Nicht, weil ich selbst eins bin.« Clarissa lachte und fuhr sich durchs hennarote Haar. »Falls du das vermutest. Nicht nur eigene Wunden machen empfindsam. Manchmal genügt die Vorstellungskraft. Ich hab viele Vorträge gehört und einschlägige Bücher gelesen. Über Täter und Opfer. Von Fachleuten, die es wissen müssen.«

»Und wer sind diese Fachleute?« Franca war immer wieder aufs Neue erstaunt über Clarissas Eifer.

»Profiler. Amerikanische und deutsche. Stephan Harbort und Thomas Müller und einige andere. Die waren auch bei uns an der Polizeihochschule. Das war hochinteressant, was die so erzählt haben.«

»Kann ich mir vorstellen.«

Das Profiling oder die operative Fallanalyse, wie dies weniger spektakulär auf Deutsch hieß, war eine relativ neue Ermittlungsmethode, die in Amerika entwickelt worden war und die es in Francas Anfangszeit bei der Polizei noch nicht als eigenständigen Begriff gegeben hatte. Viele traditionelle Arbeitsweisen waren mit der fallanalytischen Herangehensweise verwandt. Sie hatte sich ebenfalls auf diesem Gebiet weitergebildet, weil sie es für wichtig hielt, sich mit neuen Methoden vertraut zu machen. Das Profiling war in ihren Augen aber keine Wunderwaffe, mit der man jeden Täter zur Strecke bringen konnte. Um einen Fall zu klären, brauchte es Sachbeweise, die vor Gericht Gültigkeit hatten. Erkenntnisse, die durch Profiling gewonnen wurden, konnten hilfreich sein, aber sie gehörten eben nicht zu den Sachbeweisen.

»Die Theorie besagt, dass 90 Prozent der Sexualdelikte Beziehungstaten sind, dass also der Täter vornehmlich im persönlichen Umfeld zu finden ist«, bemerkte Clarissa.

»Das ist mir bekannt. Und was willst du damit sagen?«

»Ich wollte es nur zu bedenken geben. Zumal uns die Kleine darauf hingewiesen hat, dass der Täter eine Ähnlichkeit mit ihrem Vater hat.«

»Weil er einen Schnurrbart hat und eine Brille trägt?« Franca sah Clarissa lauernd an. »Oder weil er Deutschrusse ist?«

»Quatsch. Ich habe keine Vorurteile gegen Deutschrussen.«

»Dann wärst du die große Ausnahme.« Franca lachte. Sie sah aus den Augenwinkeln, dass Clarissa grinste. »Aber wir müssen uns natürlich vor Vorurteilen hüten. Ich fand, dieser Vater ist besonders herzlich mit seinem Kind umgegangen, und es wirkte absolut echt.«

Clarissa hob die Schultern. »Lara hat ältere Brüder, die wir noch nicht kennen. Cousins. Onkel. Merkwürdig ist auch, dass sie über das nicht sprechen möchte, was ihr angetan wurde. Obwohl es ja eigentlich offensichtlich ist. Ich hatte fast den Eindruck, als ob sie jemanden schützen möchte.«

»Wenn Kinder betroffen sind, ist das eben alles sehr schwierig.« Franca schwieg eine Weile.

»Bernhard hält viel von Profiling«, sagte Clarissa.

Einen Moment lang musste Franca überlegen, wen sie meinte. ›Bernhard‹ war für sie Hinterhuber oder Hubi. »Wir haben einige Seminare gemeinsam besucht. Aber ich könnte jetzt nicht behaupten, dass mir das allzu viel gebracht hat.«

»Was ist falsch daran, sich Schritt für Schritt an eine

Täterpersönlichkeit heranzutasten?« Das klang ein wenig provokativ.

»Nichts. Sofern man dies nicht als der Weisheit letzten Schluss begreift. Ich bezweifle nun mal, dass es genügt, Statistiken miteinander zu vergleichen, ein paar Vorlesungen zu hören und entsprechende Bücher zu lesen.«

»Aber Profiling ist doch viel mehr als das. Wieso hältst du so wenig von dieser Methode, die immerhin spektakuläre Erfolge aufweisen kann?«, echauffierte sich Clarissa.

»Und wie viele Erfolge weist die gute alte Polizeiarbeit auf? Davon spricht kaum jemand, weil sich alle nur auf das Spektakuläre stürzen.«

»Und was würdest du in unserem konkreten Fall vorschlagen?« Clarissas Frage klang etwas pikiert. »Irgendwo muss man schließlich anfangen.«

»Das ist klar. Deshalb werden wir deine Phantomzeichnung an die Zeitungen geben«, sagte Franca mit einem Seitenblick auf die Jungkommissarin.

Georgina lag bereits im Bett, als Franca nach Hause kam. Franca betrat das Zimmer ihrer Tochter. »Tut mir leid, dass es so spät wurde«, sagte sie und gab ihr einen Kuss auf die Stirn. Das Mädchen hielt ein Buch über Australien in der Hand.

»Braucht dir nicht leidzutun, Mammi. Ich bin doch schon groß.«

»Gott sei Dank.« Franca setzte sich auf den Bettrand und sah sie sinnend an.

»Sag mal, bist du jemals von dubiosen Typen angesprochen worden? Früher, als du noch klein warst?«

Georgina schien einen Moment zu überlegen, dann

nickte sie. »Vorm Supermarkt. Da war ich vielleicht sechs oder sieben Jahre alt und stolz, dass ich selbstständig einkaufen durfte. Weißt du noch, das Geschäft bei uns um die Ecke?«

»Und was ist da passiert?« Franca schaute entsetzt.

»Reg dich ab, Mammi. Ich hab dem Typen gesagt, meine Mama ist bei der Polizei. Da hat er ganz blöd geguckt und hat schnell das Weite gesucht.«

»Jetzt verarschst du mich?« Franca guckte unsicher.

»Ich doch nicht.« Georgina grinste. »Ich war halt schon immer ein kluges Kind.«

»Auf den Kopf gefallen warst du allerdings wirklich nie«, stimmte Franca zu. »Ich hab dich mal gefragt, da warst du noch viel kleiner: Was machst du denn, wenn du dich verläufst und nicht mehr nach Hause findest? Weißt du noch, was du geantwortet hast?«

Georgina nickte: »Ich nehme mir ein Taxi und sag dem Fahrer, er solle mich in den Amselweg 12 bringen. Da haben wir damals gewohnt.«

Franca nickte lächelnd. »Ab dem Moment wusste ich, dass du dir immer zu helfen weißt.« Sie drückte ihrer Tochter einen Kuss auf die Stirn. »Nacht, meine Süße.« Sie streichelte sanft über Georginas samtbraune Wange. Dann stand sie auf und ging zur Tür.

»Hast du denn so einen Fall momentan?«, fragte Georgina.

Franca drehte sich um und hob die Schultern.

»Einem Mädchen ist was Schlimmes passiert?«

Franca seufzte. Im Grunde wollte sie diese Dinge nicht nach Hause tragen.

»Übrigens, es hat ein Mann für dich angerufen.«

»Ach ja? Und wer?«

»Seinen Namen hat er nicht genannt. Hast du einen neuen Verehrer?«

»Schlaf schön.« Kopfschüttelnd zog Franca die Tür hinter sich zu.

13

In seinem Inneren brodelte es so heftig, dass er bisweilen meinte, sein Hirn sei kurz vor dem Zerplatzen. Manchmal gelang es ihm nur mit äußerster Mühe, sich auf seine Arbeit zu konzentrieren. Es kam vor, dass er sich mitten am Tag dabei ertappte, wie er seinen Gedanken nachhing. Häufig war er wie benommen, regelrecht geistig abwesend. Einige Kollegen hatten bereits entsprechende Bemerkungen gemacht. Er musste sich zusammenreißen.

Immer, wenn er es am wenigsten erwartete, schlichen sich die Gedanken an früher in sein Hirn. Dass man ihn fortgeschickt hatte, konnte er nie verwinden. Ein verwaister Junge, weil seine Eltern ihn nicht mehr wollten. Vater hatte das bestimmt und Mutter hatte es zugelassen. Ein ungeheurer Schmerz durchdrang ihn jedes Mal, wenn er an den Abschied dachte. Dann tauchte das versteinerte

Gesicht seines Vaters vor ihm auf, der nicht auf das Heulen des Jungen reagierte. Ein Vater, der ihn an der Heimtür abgab wie ein Paket.

Im Heim war er einer von vielen gewesen. Ein Junge, den die Erwachsenen kaum beachteten. Unter seinesgleichen hatte er sich einen Platz erkämpfen müssen. Das war alles andere als leicht gewesen. Wie oft hatte er nachts wach gelegen, weil er auch hier zu spüren bekam, dass er anders war, dass er nicht dazugehörte. Zu dem überwältigenden Gefühl der Fremdheit kam ein nagender Schmerz. Er wusste nicht, wohin mit diesem schlimmen Druck, der sich immer mehr verstärkte und ihm Nacht für Nacht schlechte Träume bereitete. Der ihn verzweifelt nach Auswegen suchen ließ.

Zuerst hatte er sich nur vorgestellt, wie er sich rächen könnte. Irgendwann hatte er seine Rachefantasien in die Tat umgesetzt und begonnen, Kinder, die jünger waren als er, zu verletzen. Wenn er von den Erziehern darauf angesprochen wurde, leugnete er heftig.

Im Grunde seines Herzens war ihm klar, dass solch ein Verhalten nicht richtig war, aber er wusste sich nicht anders zu wehren. Wenigstens für ein paar Augenblicke konnte er sich dann stark fühlen und überlegen.

Lange wollte er sich nicht eingestehen, dass ihn das Dunkle, das ihn wie ein Zwang beherrschte, in besonderer Weise reizte und zugleich ängstigte. Diese inneren Kämpfe machten ihm sehr zu schaffen. Das war etwas, das er niemandem mitteilen konnte. Das er in sich verschloss, obwohl es ihn schier zerriss. Mit jemandem darüber reden, so weit würde er niemals gehen. Er ließ keinen in seine Seele schauen.

Immer dann, wenn in sein Leben scheinbar Ordnung

84

eingekehrt war, hoffte er auf eine grundlegende Veränderung. Aber diese Phasen dauerten nie lange an. Dann begann wieder das Hämmern gegen seine Schläfen, das ihn quälte und drohte, seinen Kopf zu zersprengen.

Nun musste er sich eingestehen, dass auch die Sache mit dem Mädchen keine Ruhe gebracht, dass nicht eingetreten war, was er sich erhofft hatte. Die Sehnsucht war nicht gestillt. Die Fantasien waren noch da. In gleichem Maße wie zuvor, wenn nicht sogar stärker.

Neben dem Gefühl, ein Versager zu sein, machte sich eine totale innere Erschöpfung in ihm breit. Das Mädchen hatte so süß ausgesehen mit seinen großen schreckgeweiteten Augen. Er hatte bereits das Jagdmesser aus der Scheide gezogen und an ihren Hals gehalten. Aber irgendetwas hatte ihn zurückgehalten. Er war vollkommen verwirrt.

Manchmal erschrak er vor sich selbst, über die Gedanken und Wünsche, die er hegte. Im nächsten Moment versuchte er zu verdrängen, was ihn zuvor so erregt hatte. Diese Unvereinbarkeiten laugten ihn total aus und erschöpften ihn.

Als er das Phantombild in der Zeitung sah, musste er unwillkürlich auflachen. Wenigstens in diesem Punkt war seine Strategie aufgegangen. Von der Kleinen hatte er nichts zu befürchten. Kinder in dem Alter hielten sich an gegebene Versprechen. Anders als Erwachsene. Andererseits, was wollte sie denn verraten? Er hatte ihr ja nicht richtig wehgetan. Vielleicht hatte ihr das sogar gefallen, was er mit ihr gemacht hatte.

Das innere Flattern verstärkte sich. Er versuchte, sich die Situation erneut vor Augen zu führen, wiederholte das Geschehen in seinem Kopf, vermischte es mit seinen überbordenden Visionen, doch er fühlte keine rechte Befriedigung dabei. Vielleicht, weil es ein Mädchen war. Er hätte sich von vornherein für einen Jungen entscheiden sollen. Allein schon der Gedanke war viel erregender als die Erinnerung an das Mädchen.

Er setzte sich in sein Auto. Weit weg wollte er, raus aus der Stadt, tief in die Eifel hinein. Die Luft war angenehm warm und es war lange hell. Einige Kinder waren noch unterwegs. Je weiter er fuhr, desto stärker trieb ihn der innere Druck voran. Er verringerte die Geschwindigkeit. Die Scheiben hatte er heruntergelassen.

An einem Spielplatz rollte er im Schritttempo vorbei. Eine Gruppe Jugendlicher stand dort zusammen. Sie rauchten und tranken.

Angewidert wandte er sich ab. Fuhr weiter. Ein Jäger auf der Pirsch. Auf der Suche nach seiner Beute.

Schon wieder musste an seinen Vater denken. Der ihm beigebracht hatte, dass das Jagen zum Urverhalten des Menschen gehörte. Genau sah er vor sich, wie Vater in triumphierender Haltung den schweren Rehbock trug, der leblos über seiner Schulter hing. Noch immer waren ihm die gebrochenen Augen des Tieres deutlich im Gedächtnis, obwohl das alles schon so lange her war. Von ihm, dem Sohn, wurde erwartet, dass er beim Ausweiden half. Als es am nächsten Sonntag Rehbraten gab, brachte er keinen Bissen runter.

Langsam rollte er aus dem Dorf hinaus, bog auf einen asphaltierten Feldweg ab, der nach einer Weile im Nichts endete. Er wendete, drehte um. Plötzlich sah er einen Jungen auf einem Fahrrad direkt auf sich zukommen. Eine Hitzewelle durchströmte ihn. Er hielt auf den Jungen zu, wollte sich ihm mit dem Auto in den Weg stellen. Doch

der Junge schlug einen Haken und fuhr haarscharf an ihm
vorbei. Er war so verdattert, dass er abbremste und eine
Zeit lang still im Wagen sitzen blieb.

Schon wieder ein Fehlschlag!

Er dachte daran, wie viel Zeit er lauernd vor Schulen
und Kindergärten verbracht hatte, an Flussufern, an Bus-
haltestellen, auf Spielplätzen. An einsamen Stellen.

Diesmal musste es einfach klappen. Er wollte endlich
Sieger sein.

14

Die Veröffentlichung der Phantomzeichnung hatte bisher
zu keinem brauchbaren Ergebnis geführt. Lomacks Antrag
war noch nicht durch, er saß im Gefängnis und kam als
Täter nicht infrage. Zumindest das war sicher.

Inzwischen hatte sich auch Dr. Evelyn Schiller einge-
hend mit dem Fall der kleinen Lara Weisglas beschäftigt
und eine sorgfältige Anamnese erstellt. Sie war nicht nur
ausgebildete Ärztin für Allgemeinmedizin, sondern auch
Psychologin. Und sie konnte auf einige Erfahrung mit
traumatisierten Kindern verweisen.

Dr. Evelyn Schiller war eine Frau, die mitten im Leben stand und viel gesehen hatte. Sie war etwas mollig, verleugnete weder, dass sie gern und reichhaltig aß, noch ihr Alter, das sich um die 60 bewegen musste. Sie war ungeschminkt und unternahm nichts, den grauer werdenden Farbton ihres kurzen Haars zu kaschieren. Durch ihre elegante Kleidung, die sie stets trug, wirkte sie ein wenig matronenhaft, gleichzeitig betonte ihre sanfte Art zu sprechen das Mütterliche an ihr. Das Auffallendste waren ihre unglaublich hellen Augen. Wenn sie eine türkisfarbene Bluse trug, wie heute, konnte man fast der Illusion erliegen, in ihren Augen spiegle sich die Ägäis.

»Wir sind schon ziemlich weit gekommen«, erläuterte sie. »Wenn man bedenkt, dass es manchmal Wochen oder Monate dauert, bis ein Kind bereit ist, sich mit dem Kerngeschehen auseinanderzusetzen. Man darf nicht vergessen, die Kleine hat Todesangst durchlitten. Gleichzeitig schämt sie sich aber noch immer, über das zu sprechen, was dieser Mann ihr angetan hat. Mir scheint, dass der Täter sie unter Druck gesetzt hat und sie sich deshalb verpflichtet fühlt, ihn nicht zu verraten. Wahrscheinlich hat er eine solche Macht über sie, dass sie sich trotz allem an ihr Versprechen gebunden fühlt.«

»Finden sich solche Ambivalenzkonflikte nicht öfter bei Opfern, besonders bei kindlichen Opfern?«, fragte Clarissa. Sie war beim Friseur gewesen, die Haarfarbe war nicht mehr ganz so auffallend rot, und ihre Frisur wirkte verwuschelt und zerzaust, so ähnlich, wie Franca aussah, wenn sie gerade aus dem Bett gekrochen war. Clarissa hatte Franca erklärt, dass das jetzt trendy sei. Undone-Look hieße das. Um so auszusehen, bedürfe es allerdings einiges Geschicks.

»In der Tat«, bestätigte Frau Dr. Schiller und warf der Jungkommissarin einen überraschten Blick zu.

Franca fächelte sich mit einem Pappordner Luft zu. Es war heiß und stickig im Raum. Offenbar war die Klimaanlage nicht richtig eingestellt. Oder sie funktionierte nicht.

»Fakt ist, dass das Kind mit einer Schnur stranguliert worden ist«, fuhr die Ärztin fort. »Die Drosselmale an ihrem Hals sind noch immer sichtbar. Im Genital- und Analbereich befinden sich Druckstellen, die auf entsprechende Manipulationen hinweisen, ihr Jungfernhäutchen ist jedoch intakt. Und sie weicht immer noch aus, wenn es darum geht, konkret zu benennen, was der Mann ihr angetan hat.« Sie machte eine kurze Pause und blätterte in ihren Unterlagen. »Ich denke, dass der Täter sie auch zu anderen Handlungen genötigt hat. Das schließe ich aus der Tatsache, dass sie sich auffallend oft die Hände wäscht und die Zähne putzt.«

Franca nickte nachdenklich. Ihre Befragungen des Kindes hatten sich mühsam gestaltet. Laras Mutter hatte jedes Mal abwehrend auf das Auftauchen der Polizei reagiert. »Uns geht nicht gut. Ganze Familie nicht gut.« Das Kind käme überhaupt nicht zur Ruhe und weine viel, hatte sie mitgeteilt und gedrängt: »Wann finden Sie endlich böse Mann?«

Franca hatte mit Handpuppen die Tat spielerisch zu rekonstruieren versucht, doch viel herausgekommen war dabei nicht. »Beim Puppenspiel hat sie von ›Hochzeit feiern‹ gesprochen. So wie Erwachsene dies tun würden.«

Bei diesem Bekenntnis hatte Lara Franca verschämt angesehen und verlegen gekichert.

»Welch ein Euphemismus.« Evelyn Schiller schnaubte.

»Sie räumte ein, es sei kein schönes Fest gewesen, weil der Zauberer der Prinzessin wehgetan habe. In diesem Zusammenhang sprach sie auch von einer Zauberschnur, die ihr der Mann um den Hals gebunden und zugezogen hat.«

Das Kind hatte seine Geschichte mehrfach unterschiedlichen Personen erzählt, doch keine der verschiedenen Versionen war mit der vorherigen identisch. Immer gab es Abweichungen von Details oder Abläufen. Auch über die Farbe des Autos machte Lara unterschiedliche Angaben. Mal war das Auto des Mannes hell, manchmal eher dunkel. Mal war der Mann größer, mal kleiner. Aber immer trug er einen Schnurrbart und eine Brille. Und sie sagte jedes Mal übereinstimmend, dass sie den Mann nie zuvor gesehen hatte.

Frau Dr. Schiller hatte erklärt, dass es in solchen Fällen oft zu Vermischung von Wahrheit und Fantasie komme, das Kind wolle die Dinge nicht so akzeptieren, wie sie tatsächlich geschehen waren, und versuche, diese zu beschönigen. »Das kann aber nicht als bewusst gesteuertes Verhalten angesehen werden. Es ist vielmehr eine Schutzmaßnahme. Weil so das Geschehene für sie erträglich wird.«

»Ich habe gelesen, dass es vollkommen üblich ist, dass traumatisierte Kinder sich in eine Fantasiewelt flüchten. Und vielleicht nicht mehr konkret unterscheiden können, was wahr und was falsch ist«, sagte Clarissa.

»Das kann ich nur bestätigen. Kinder denken nicht geradlinig«, erklärte die Ärztin. »Es ist oft zu beobachten, dass Kinder, die sich in einem seelischen Schockzustand befinden, in eine emotionale Starre verfallen. Sie müssen auch bedenken, dass dieser Zustand sich durch permanente Befragungen verlängert, und das Mädchen sich aus lauter Angst immer weiter in sich zurückzieht.«

Franca seufzte und dachte daran, wie oft sie mit Lara in deren Kinderzimmer zwischen Stofftieren und Barbiepuppen gesessen und versucht hatte, ihr in mühsamen Gesprächen Wichtiges zu entlocken. Immerhin hatte sie auf die Frage, ob Lara die Stelle beschreiben könne, wohin sie der Mann gebracht hatte, geantwortet, dass dort viele große Bäume standen und Wasserrauschen zu hören war. Doch wo diese Stelle gelegen sein könnte, hatten sie bis jetzt noch nicht herausgefunden.

Evelyn Schiller klaubte ihre Papiere zusammen.

»Mir ist klar, dass wir uns in einer Zwickmühle befinden. Aber Sie dürfen nicht vergessen: Diesem Kind hat jemand seine kleine Welt zerstört und dieser Zerstörung will es sich nicht unterordnen. Es glaubt, das gehe am besten dadurch, das Vorgefallene einfach zu vergessen. Deshalb würde ich von ärztlicher Seite dringend empfehlen, das weitere Ausfragen einzustellen, um dem Kind nicht weiter zu schaden.«

Franca zog die Augenbrauen hoch. »Ist das Ihr Ernst?«

Evelyn Schiller nickte. »Vergessen Sie bitte nicht, wie leicht Kinder durch Suggestion zu bestimmten Aussagen gedrängt werden können.«

»Trauen Sie mir keine kindgerechte Befragung zu?«

»Frau Mazzari, Sie wissen selbst, wie heikel das Thema ist und wie viele Fehler gemacht werden können. Geben Sie der Kleinen einfach ein bisschen Zeit.«

Franca wiegte den Kopf. »Zeit. Zeit. Das ist es ja gerade, woran es uns mangelt.«

»Und wenn wir es mal in eine ganz andere Richtung versuchen?«

Alle Augenpaare waren fragend auf die Jungkommissarin gerichtet.

»Mit Hypnose wurden in dieser Hinsicht einige Erfolge erzielt. Ich meine, wir sollten alles in Betracht ziehen, was uns helfen kann zu verhindern, dass dieser Mensch sich das nächste Kind schnappt. Und es diesmal vielleicht nicht am Leben lässt.«

»Also, wirklich, Clarissa. Du glaubst doch nicht im Ernst, eine Polizeibehörde wäre der richtige Platz für derlei Hokuspokus.« Franca schüttelte missbilligend den Kopf.

15

Manchmal war es nicht ganz einfach, die Probleme ihrer Arbeit nicht mit nach Hause zu nehmen, sondern sie dort zu belassen, wo sie hingehörten. Insgeheim war sie froh, wenn sie in ihrer kleinen Wohnung ankam, wo sie Ruhe und Entspannung erwarteten, ein Kraftschöpfen für den nächsten Tag.

Georgina hatte ihrer Mutter einen Zettel auf den Tisch gelegt, dass sie noch mit Freunden in der Stadt sei und es später werden würde. Farinelli war versorgt und döste auf seinem Platz auf dem Sofa. Das Licht ihres Anrufbeantworters blinkte. Sie drückte auf den Knopf.

»Ich hab's schon ein paar Mal probiert, aber Sie sind furchtbar schwer zu erreichen. Ich würde mich freuen, wenn Sie kurz bei mir anklopfen, egal, wie spät es ist«, sagte eine angenehme männliche Stimme. Er hatte weder seinen Namen noch seine Telefonnummer genannt. Offenbar ging er davon aus, dass sie wusste, wer die Nachricht hinterlassen hatte.

Waren sie nicht bereits beim Du gewesen?

Sie lächelte vor sich hin und sah auf die Uhr. Nein, um diese Zeit hatte sie keine Lust mehr auf irgendwelche Gespräche. Sie setzte Wasser auf, bereitete sich eine Tasse Tee mit dem schönen Namen ›Klarer Kopf‹ und vertraute auf deren Wirkung.

Kurze Zeit später klingelte das Telefon. »Sie sind ja doch zu Hause«, sagte Benjamin Jacobs.

»Ja«, antwortete sie schlicht.

»Und?«

»Was, und?«

»Ich habe Ihnen eine Nachricht hinterlassen.«

»Ich habe sie gehört.«

Er schien perplex. Vielleicht war er es nicht gewohnt, dass eine Frau nicht sofort seinen Wünschen nachkam.

»Ich fand unser Treffen letztens sehr anregend und ich habe mehrmals versucht, Sie anzurufen.«

Sie schwieg.

Er räusperte sich. »Ich hab mich in Ihrer Wohnung ziemlich wohlgefühlt. Und da ich mit meiner Einrichtung noch nicht ganz fertig bin, wollte ich Sie bitten, mir ein wenig beratend zur Seite zu stehen. Sie wissen ja, wir Männer sind Analphabeten, was das Ambiente betrifft. Frauen können da mit kleinen Kniffen wahre Wunder wirken.«

Das war ja ein ganz Schlauer. Die Wohnungseinrichtung als Vorwand für ein Wiedersehen. Sie ließ ihn noch ein bisschen zappeln. Obwohl sie sich insgeheim über seine Bitte freute.

»Wann soll ich kommen?«, fragte sie schließlich.

»Ich habe heute Abend nichts weiter vor.«

»Sie meinen, jetzt gleich?«

»Wenn Ihnen das passt.«

»Eigentlich überhaupt nicht. Ich bin ziemlich geschafft.«

»Und wenn ich Sie ganz lieb bitte?«

Schließlich ließ sie sich überreden und schrieb nun ihrerseits ihrer Tochter einen Zettel, dass sie ein Stockwerk tiefer sei, falls Georgina früher zu Hause sein sollte.

Benjamin öffnete mit einem charmanten Lächeln die Tür. Hinter ihm im Flur stapelten sich unausgepackte Umzugskisten. Im Wohnzimmer war eine Regalwand halb aufgebaut. Davor standen ein Tisch und zwei Stühle sowie ein Zweisitzer-Sofa. Es sah alles noch sehr unfertig aus.

»Schön, dass Sie gekommen sind. – Einen Wein? Ich hab extra trockenen besorgt.« Er lachte sie an, und wieder dachte sie an Siegfried, den unverwundbaren Helden aus der Nibelungensage.

»Aber zuerst machen wir Schlossführung, ja? Nach dem Motto: *My home is my castle.*«

Sie folgte ihm durch die drei Räume. Die Wohnung war ähnlich geschnitten wie die ihre und wich nur in Kleinigkeiten davon ab. Das Bad war anders aufgeteilt, und es gab einen zusätzlichen Abstellraum. Wohnzimmer und Schlafzimmer schienen ihr identisch. Ein breites Bett war fertig aufgebaut, das exotisch angehauchte Muster der Bettwäsche gefiel ihr.

»Zu welchen Wandfarben würden Sie mir denn raten?«

»Och.« Franca legte den Kopf schief. »Also, ich würde sagen, Apfelgrün fürs Wohnzimmer, Flieder für die Küche und ein kräftiges Magenta fürs Schlafzimmer.«

»Sie wollen mich wohl verarschen?« Das klang ärgerlich.

»Ich würde es provozieren nennen.« Sie strahlte ihn listig an. »Auf diese Weise sind Sie gefordert, genau zu erkennen, was Sie wollen. Im Grunde lassen Sie sich ja sowieso nichts vorschreiben und haben Ihren eigenen Kopf. Hab ich recht?«

Seine Miene entspannte sich. »Eins zu null für Sie«, gab er zu.

So ein Kräftemessen machte ihr Spaß. Und dieser Siegfried gefiel ihr immer besser. Auch roch er gut. Vorhin, als sie ihm ein wenig näher gekommen war, hatte sie sein Aftershave eingeatmet. Ein sehr angenehmer Duft, der ihr bereits beim ersten Kennenlernen aufgefallen war.

Er lachte lauthals und legte dabei den Kopf ein wenig nach hinten.

»Geben Sie's doch zu. Sie brauchen meine Beratung überhaupt nicht. Ihr Geschmack ist ausgezeichnet. Sie wollten doch nur ...«

Er schnitt ihr das Wort mit einem Kuss ab. Sie war ein wenig perplex, wehrte sich aber nicht. Wann war sie das letzte Mal so geküsst worden? Sie ließ sich fallen, wollte alle Bedenken und Warnlampen in ihrem Kopf ausschalten. Unvernünftig sein. Sich das Vergnügen gönnen, von einem Mann verwöhnt zu werden, der sie begehrte.

Er drängte sie auf die exotisch gemusterte Bettdecke. Sie spürte seine starken Muskeln. Seine Beine umklammerten sie wie ein Schraubstock. Seine Hand schlüpfte unter ihr T-Shirt.

Nein, das ging zu weit!

Mit einem Mal war sie wieder vollkommen nüchtern. Was tat sie da? Der Mann war mindestens zehn Jahre jünger als sie! Und sie kannte ihn kaum. Zudem wohnte er im gleichen Haus. Das bedeutete, wenn diese Episode vorbei war, würde man sich ständig wiederbegegnen. Nein, das ging gar nicht.

Sie versuchte, sich aus seiner Umklammerung zu befreien und richtete sich auf.

»Was ist?«, fragte er mit verschleierten Augen. »Du wirst doch jetzt nicht etwa gehen wollen?«

»Bitte nicht böse sein. Meine Tochter kommt gleich nach Hause und …«

»Keine Lügen«, stieß er hervor und sah ihr in die Augen. »Ich bin allergisch gegen Lügen.« Seine Augen wurden schmal. »Warum willst du plötzlich nicht mehr? Findest du mich so abstoßend?« Sein Augenausdruck veränderte sich, wurde hart.

»Nein … natürlich nicht … Es ist nur … wir kennen uns doch kaum … und …«

Er fixierte sie. »Und was?«

»Ich meine, wir sollten uns Zeit lassen … damit. Lässt du mich bitte los?«

Nur widerwillig tat er, wie ihm geheißen.

Sie stand auf und ging zur Tür. Dort drehte sie sich nochmals um. Jetzt tat er ihr leid, wie er da lag. Wie ein Kind, dem man sein Spielzeug weggenommen hatte. Mit einem wütenden und zugleich traurigen Ausdruck in den Augen.

»Ich werde wiederkommen«, sagte sie sanft. »Bald.«

16

»Wo Timo bloß bleibt.« Barbara Sielacks war vors Haus getreten und sah die Straße hinunter. Es war ein kleines Fachwerkhaus, alt und verbaut, überall noch ein Eckchen drangeklebt. Aber es war *ihr* Haus. Und es war umgeben von einem kleinen Garten, den sie mit Hingabe hegte und pflegte. Sommerblumen leuchteten in vielen Farben, rosa, weiß und lila dominierten, weil sie diese Farbenzusammenstellung besonders reizvoll fand. Im Vorübergehen knipste sie ein paar welk gewordene Blüten ab. Sie und ihr Mann hatten das Haus vor etlichen Jahren gekauft, das von Jahr zu Jahr ein wenig wohnlicher wurde. Nicht zuletzt deshalb, weil sie ein Händchen für Dekorationen, Farben und Zubehör hatte. Dinge, die sie günstig in Katalogen bestellte oder Schnäppchen vom Discounter. Eine kleine Freude ab und zu musste schließlich sein. Sie hatte früh gelernt, mit Geld umzugehen, man konnte ihr einiges vorwerfen, aber nicht, dass sie das Geld zum Fenster hinauswarf.

Vor Kurzem hatte sie für Timo ein äußerst günstiges Mountainbike im Internet ersteigert. Zwar funktionierte die Lichtanlage nicht, die sollte sein Vater reparieren. Jedenfalls hatte Timo sich sehr über das Fahrrad gefreut und war seitdem ständig damit unterwegs.

Besorgt sah sie zum Himmel, an dem Wolken wie kleine Inseln in einem blassblauen Meer schwammen. Mit Timo hatte sie die Vereinbarung getroffen, dass er spätestens bei Einbruch der Dunkelheit zu Hause sein sollte.

Sie trat durch die Terrassentür ins Wohnzimmer. »Langsam wird es wirklich Zeit«, sagte sie zu ihrem Bruder, der vor dem eingeschalteten Fernseher saß und sich ein Fußballspiel ansah.

»Dass ihr Frauen euch immer Sorgen machen müsst«, brummte Walter vom Sofa her, sein Blick klebte am Bildschirm, und es war offensichtlich, dass er nicht gestört werden wollte. »Es sind doch Ferien.«

»Trotzdem. Normalerweise ist er um diese Zeit längst zu Hause.«

Entschlossen ging sie zum Telefon und wählte seine Nummer. Ein Segen, diese Handys. So hatte man zumindest eine kleine Kontrollmöglichkeit. Sie ließ es lang klingeln. Schließlich wurde abgenommen.

»Hallo?«, sprach sie in den Hörer.

»Mama?«, antwortete Timo atemlos. »Was ist?«

»Timo, wo bleibst du denn?« Sie spürte Erleichterung. »Es wird bald dunkel. Und dein Licht geht doch nicht.«

»Ja«, sagte er. Es klang abwesend, als ob er nicht richtig zugehört hätte. Im Hintergrund hörte man Kinderstimmen. Lachen. Jemand rief: »He, Timo, nicht quatschen.«

»Komme gleich«, rief Timo seinen Kameraden zu. Dann war er wieder nah an ihrem Ohr. »Nur noch das Spiel zu Ende, Mama. Dann fahr ich heim.«

»Bitte nicht mehr so lang.« Aber er hatte bereits das Gespräch unterbrochen. Einigermaßen beruhigt legte sie auf und ging zurück ins Wohnzimmer.

»Wo ist eigentlich Heinrich?«, fragte ihr Bruder. Sie sah, dass Halbzeit beim Fußballspiel war und er den Ton ausgeschaltet hatte. Er sah ihr forschend ins Gesicht. »Um den machst du dir keine Sorgen?«

Sie presste die Lippen zusammen. »Er ist erwachsen.« Sie

sagte nicht, dass sie vermutete, ihr Mann habe eine Freundin. Weil er immer öfter spät nach Hause kam. Aber vielleicht brauchte sie das auch gar nicht zu sagen. Vielleicht wussten das schon alle. »Willst du was essen? Ich hab Fleischwurst da und frische Brötchen«, bot sie ihrem Bruder an.

»Wenn du mich so fragst, gern.«

Sie ging in die Küche und richtete das Essen. Sie selbst hatte keinen Hunger. Vielleicht aß sie nachher noch etwas zusammen mit Timo. Der war nach dem Fußballspielen immer hungrig.

Timo war zugleich ihr Sorgenkind und ihr Sonnenschein. Er war oft krank gewesen. Wie viel Zeit hatte sie in den Wartezimmern der Ärzte gesessen. Bronchitis, Mittelohrentzündung, Allergien, Neurodermitis. Sie hatte alle möglichen Medikamente und empfohlenen Verhaltensweisen ausprobiert, die viel Geduld verlangten. Die Neurodermitis war so gut wie ausgeheilt, auch weil sie auf entsprechende Ernährung und Kleidung achtete. Je älter er wurde, umso mehr schwanden die Beeinträchtigungen. Sein fröhliches Lachen machte alles wieder wett. Er war ein neugieriges Kind und ein unruhiger Geist, der nie still sitzen konnte. Worüber sich auch mancher Lehrer bei den Elternsprechstunden beklagte. Natürlich liebte sie ihr Kind über alles. Vielleicht machte sie sich zu viele Sorgen, das konnte durchaus sein.

Gern hätte sie weitere Kinder gehabt, doch die Ärzte rieten ihr nach der schweren Geburt, besser keine mehr zu bekommen. Dann war sie doch noch mal schwanger geworden, aber das Kind war ihr nicht geblieben. Im dritten Monat hatte sie eine Fehlgeburt erlitten. Damals wusste sie nicht, ob sie erleichtert oder traurig sein sollte. Fortan hatte sie sich noch mehr an Timo geklammert.

Der Himmel färbte sich nun dunkelviolett, die Straßenlaternen waren schon länger eingeschaltet. Am Himmel stand der Vollmond. Wenigstens war es noch immer einigermaßen hell.

Sie brachte ihrem Bruder die belegten Brötchen, dann stellte sie sich an die Haustür und wartete. Ein Heimchen zirpte. Dieses Geräusch, dem sie normalerweise etwas Beruhigendes beimaß, löste etwas Merkwürdiges in ihr aus. Plötzlich spürte sie eine unerklärliche Unruhe aufkommen. Wie getrieben lief sie einige Male die Straße vor bis zur Kreuzung und wieder zurück.

Ein Lichtstrahl bog um die Ecke. Es war Heinrich, der den silberfarbenen Golf unter den Carport fuhr, ausstieg und den Wagen abschloss. »Was ist?«, fragte er, als er seine Frau mit hängenden Schultern dastehen sah. Seine Stimme klang feindselig, so, als ob er einen Vorwurf erwartete.

»Timo ist noch nicht da.«

»Der kann was erleben, wenn er nach Hause kommt«, brummte Heinrich.

»Du musst nicht immer gleich drohen«, antwortete Barbara schwach. »Ich hab vorhin mit ihm telefoniert. Nach dem Spiel wollte er gleich los.«

Zusammen gingen sie ins Haus.

»Wo kommst du denn her? Jetzt hast du das Fußballspiel verpasst«, begrüßte Walter seinen Schwager. Aus dem Fernsehgerät drangen Jubelklänge. Verschwitzte Spieler gaben Kommentare ab.

»Ich bin aufgehalten worden.« Gereizt nahm er die Fernbedienung in die Hand und schaltete den Apparat aus.

»Interessiert dich denn gar nicht, wer gewonnen hat?«, fragte Walter.

»Ach!« Heinrich machte eine unwirsche Bewegung mit der Hand.

Barbara schaute ihren Bruder hilflos mit hängenden Schultern an.

»Soll ich Timo entgegenfahren?«

»Nein, schon gut. Er muss jeden Moment da sein«, meinte sie zuversichtlicher als ihr zumute war.

»Hat er das schon öfter gemacht, dass er so spät kam?«, erkundigte sich Walter.

»Der macht doch, was er will«, blökte Heinrich aus der Küche, wo er sich offensichtlich ein Bier aus dem Kühlschrank genommen hatte.

»Mit dem kann man nicht mehr vernünftig reden«, flüsterte sie und blickte stirnrunzelnd in Richtung Küche.

»Du bist nicht zu beneiden, Schwesterchen.« Walter umarmte sie. ›Ich geh jetzt besser. Wenn du mich brauchst, sagst du Bescheid, ja?‹

Mit der Bierflasche in der Hand kam Heinrich zurück ins Wohnzimmer, machte den Fernseher wieder an und setzte sich aufs Sofa.

Barbara sah auf die Uhr. Wieso war Timo noch immer nicht zu Hause? Über eine Stunde war es bereits her, dass sie mit ihm telefoniert hatte. Die schlimmen Gedanken, die sich einen Weg in ihr Gehirn bahnen wollten, drängte sie zurück. Schon so oft hatte sie sich unnötig Sorgen gemacht, und dann hatte Timo plötzlich in der Tür gestanden und gelacht. Sie stand auf.

»Du machst einen ganz nervös.« Heinrich stellte den Ton lauter. »Wenn er kommt, kriegt der den Arsch versohlt«, brummte er.

Barbara verdrehte genervt die Augen. »Was anderes fällt dir nicht ein?‹

Sie ging zum Telefon und wählte nochmals seine Handynummer. Etwas Merkwürdiges geschah. Es wurde zwar abgenommen, aber niemand sagte etwas. Plötzlich kicherte jemand, und es waren Stimmen im Hintergrund zu hören. Dann wurde aufgelegt. Sie betätigte die Wahlwiederholung. Doch diesmal hob niemand ab. Auch nicht ein paar Minuten später.

Eine Episode, die ihr Panik bereitet hatte, kam ihr in den Sinn. Ein Familienurlaub an der Ostsee. Heinrich war in der Ferienwohnung geblieben. Sie spazierte am Strand entlang, schob den Buggy, Timo, der vielleicht zwei Jahre alt war, lief nebenher. Sie wusste nicht, wie es passieren konnte, aber plötzlich war er nicht mehr da. Sie sah sich um, rannte panisch hierhin, dorthin, rief seinen Namen, befragte Menschen. Unvorstellbares drängte sich in ihren Kopf. Eine Welle konnte ihr Kind verschlungen haben. Jemand hatte ihre Unkonzentriertheit ausgenutzt und ihr Kind entführt. Ihr Herz klopfte zum Zerspringen. Sie fühlte sich furchtbar schuldig, weil sie nicht besser aufgepasst hatte. Weil sie in Gedanken gewesen war. Und dann sah sie ihn seelenruhig hinter einer Düne sitzen, wo er eine Sandburg baute. Sie hatte ihr Kind hochgerissen und an sich gedrückt, gleichzeitig geweint und gelacht und sich so unendlich erleichtert gefühlt.

An diesem Gedanken hielt sie sich fest. Dass sich dieses Gefühl ganz sicher bald einstellen würde: die unendliche Erleichterung nach der überstandenen Panik.

Aber Timo kam und kam nicht. Barbara hielt es nicht mehr zu Hause aus. Angst kroch in ihr hoch. Gedanken, die sie nicht wirklich denken wollte, drängten längst in ihr Gehirn.

Sie lief zurück ins Wohnzimmer.

»Ist Timo etwa immer noch nicht da?«, fragte ihr Mann.

Sie schüttelte den Kopf. »Bitte lass uns ihm entgegenfahren«, bat sie. »Vielleicht ist er gestürzt und liegt irgendwo im Straßengraben.«

Ohne ein Wort nahm Heinrich die Autoschlüssel. Sie merkte ihm an, dass er nicht mehr so ruhig war wie vorher.

Sie fuhren los. Langsam glitt der Wagen durch die menschenleeren Straßen. Krampfhaft schaute sie den Straßenrand entlang. Doch da war nichts Auffälliges. Als sie am Bolzplatz ankamen, trafen sie auf zwei ältere Jungen, die gerade nach Hause wollten. »Aber der Timo ist doch schon ewig losgefahren«, sagte der eine.

Barbara sah ihren Mann erschrocken an. Eine eiserne Faust griff nach ihrem Herzen. Blut rauschte in ihrem Kopf, das sich zu einem hellen Sirrton verstärkte. Eine fürchterliche Ahnung ballte sich in ihr zusammen. Sie zitterte am ganzen Leib, als sie die Zahlen 110 in ihr Handy eintippte.

17

Sie hatte kaum die Haustür aufgeschlossen, da öffnete sich seine Wohnungstür. Benjamin kam heraus und stellte sich ihr auf der Treppe in den Weg.

»Du hast mir was versprochen.« Sein Tonfall und sein Blick hatten etwas Besitzergreifendes.

»Wie spät ist es eigentlich?« Nach der Arbeit hatte sie noch mit Clarissa und Hinterhuber im Weindorf gesessen. Solche privaten Zusammenkünfte waren rar, und sie schätzte sie dann umso mehr, auch wenn sich die Gespräche doch hauptsächlich um Dienstliches drehten. Jetzt fühlte sie sich müde und wollte nichts wie ab ins Bett. Nach halbherzigen Verteidigungsreden stand ihr absolut nicht der Sinn.

Seine Miene verfinsterte sich. »Sag doch gleich, dass du mich nicht mehr sehen willst. Dann können wir uns diesen ganzen Sermon hier ersparen.« Das klang beleidigt.

»Das stimmt doch gar nicht«, seufzte sie. »Aber im Moment …« Sie kam nicht weiter. Wie bei ihrer letzten Begegnung legte er einfach die Arme um sie, bog ihren Kopf ein wenig nach hinten und verschloss ihren Mund mit einem Kuss. Halbherzig versuchte sie, sich zu wehren. Doch schon bald gab sie ihren Widerstand auf und ließ sich von ihm in seine Wohnung drängen. Es war zu schön, dieses Gefühl, begehrt zu werden und sich fallen zu lassen. Sie spürte ein Flattern, das durch ihren gesamten Körper wanderte. Ihre Zunge berührte seine

Zunge, fuhr über seine Zähne und drängte an die weichen Innenseiten seiner Lippen. »Ich bin doch viel zu alt für dich«, protestierte sie zwischen zwei langen Küssen. Sie dachte an ihre Fettpölsterchen, ihre Schwangerschaftsstreifen, an die Orangenhaut auf den Oberschenkeln und wünschte sich gleichzeitig, dass er nicht so genau hinschauen möge.

»Wer fragt denn danach?«, murmelte er. »Du bist eine tolle Frau und das weißt du auch.«

Sie wollte ihm nur zu gern glauben. Im Grunde lechzte sie nach solchen Komplimenten, die sie seit einer Ewigkeit nicht mehr gehört hatte. Nun gab sie endgültig ihren Widerstand auf und ließ sich willig hinter ihm herziehen durch den Flur direkt in sein Schlafzimmer. Während er sie weiter mit kleinen Küssen bedeckte, begann er, ihre Bluse aufzuknöpfen.

Sie hielt seine Hand fest.

»Was ist? Willst du schon wieder einen Rückzieher machen?«

»Nein. Ich will dich warnen.«

»Wovor?«

Sie zierte sich ein wenig. »Ich hab da ein Tattoo. Das hab ich mir als junges Mädchen stechen lassen.«

Diese kleine Jugendsünde hatte noch jedes Mal, wenn sie mit einem Mann im Bett gelandet war, für Gesprächsstoff gesorgt. Das Tattoo zeigte eine Schlange, die zwar im Lauf der Zeit etwas verblasst, aber immer noch gut sichtbar war. Deshalb hatte sie sich angewöhnt, es lieber gleich zu erwähnen.

»Einen schönen Busen kann nichts entstellen, nicht mal so eine Natter«, meinte er und berührte die Schlange zärtlich mit seinen Lippen.

Ihr Busen hatte tatsächlich seine Form mit der Zeit nicht wesentlich verändert. Darauf war sie ein wenig stolz. Nicht auszudenken, wenn sich die kleine Viper zu einer Boa Constrictor entwickelt hätte.

Mit heiserer Stimme flüsterte er Nettigkeiten. Vergessen war mit einem Mal ihre Müdigkeit. Der anstrengende Tag fiel von ihr ab wie eine welke Haut. Seine Küsse belebten sie. Gern ließ sie sich forttragen. Aus ihrer Welt in die seine. Blendete alles Störende aus. Genoss. Die Luft um sie beide schien zu vibrieren. Sein Mund, seine Hände waren überall auf ihrer Haut. Seine Finger waren langgliedrig, fast wie die einer Frau. Hände, die das, was sie einmal festhielten, nicht so schnell wieder losließen. Ein schöner Gedanke. Ein herber, äußerst angenehmer Geruch ging von ihm aus. Sie fühlte seine Muskeln. Er war stark, männlich. Und er trug keinen Ring, das war ihr bereits bei ihrer ersten Begegnung aufgefallen.

Sein Körper schmiegte sich eng an den ihren. Sie schloss die Augen und fühlte nur noch. Seine Berührungen waren zärtlich und gleichzeitig zupackend. Ihr Atem wurde schneller. Sie spürte seine Lippen, den Druck seines Körpers, der sich wunderbar warm anfühlte.

Die Welt war in Stille gehüllt. Die Zeit verlangsamte sich. Sie war nur noch Körper und Gefühl. Ihre Gedanken kamen zum Stillstand. Sie verlor sich in einer Welt, die sie nicht mehr steuern konnte. Und auch gar nicht steuern wollte.

»Warum ich?«, fragte sie irgendwann, als sie wieder denken konnte. »So wie du aussiehst, kannst du doch viel schönere Frauen haben. Vor allem jüngere.«

Ihrer Erfahrung nach waren Männer in erster Linie Augentiere, die ihre uralte Bestimmung, die Reproduktion, im Stammhirn nicht ausmerzen konnten. Zumindest in dieser Hinsicht sollte sie für die Mehrzahl des männlichen Geschlechts uninteressant geworden sein.

Er stützte den Kopf in seine Hand und sah sie lange an, als ob er die Antwort auf ihre Frage konzentriert überlegen müsste. »Du bist du«, sagte er schließlich. »Du meinst, was du sagst, du bist nicht gekünstelt. Du versteckst dein Gesicht nicht hinter einer Maske. Du bist ein bisschen dominant und gleichzeitig ein bisschen unterwürfig. Obwohl du das niemals zugeben würdest.« In seine Miene schlich sich ein leichtes Lächeln. »Aber deine Art drückt dies aus. Du bist authentisch. Es gibt wenige Frauen, die zu dem stehen, was sie sind. Das ist es, was mir gefällt. Und mit deinem Alter brauchst du gar nicht zu kokettieren. Was sind schon Zahlen? Deine Haut fühlt sich an wie die eines jungen Mädchens. So zart.« Er strich ihr leicht über den Arm. Nicht nur deswegen bekam sie eine Gänsehaut.

Er hatte sie klug analysiert. Sie fand sich tatsächlich wieder in den Worten, mit denen er sie beschrieb. Von seinen Komplimenten fühlte sie sich geschmeichelt, obwohl sie sich fragte, ob besonders seine letzte Feststellung nicht mehr die Hoffnung als die eigentliche Tatsache ausdrückte.

»Die Italienerin in dir kannst du jedenfalls nicht verleugnen.« Sein Gesicht verzog sich zu einem Lausbubenlächeln.

Sie fühlte sich zutiefst verstanden. Und gleichzeitig ein wenig verwegen. Dass ihr südländisches Temperament, das sie so lang unter Verschluss gehalten hatte, mit ihr durchgegangen war, beschämte sie allerdings doch etwas.

»Du musst dir nicht so viele Gedanken machen«, sagte er mit dem Mund an ihrem Haar. Schon wieder begannen seine Hände, ihren Körper zu erforschen. »Genieße einfach. Es ist gut so, wie es ist.«

Ihre Brust hob und senkte sich. Und mit ihr die kleine, verblasste Schlange. Tausend Fragen, die sie ihm stellen wollte, lagen ihr auf der Zunge. Doch sie hatte die Befürchtung, durch ihr Reden den Zauber zu zerstören.

Sie blieb die ganze Nacht bei ihm. Zum Schlafen kam sie nicht. Und sie wollte auch nicht über irgendwelche Konsequenzen nachdenken. Irgendwann gegen Morgen merkte sie, dass Benjamin eingedöst war. Sanft löste sie sich aus seiner Umarmung und stand auf.

Sie suchte ihre Kleidungsstücke zusammen. Während sie sich hastig anzog, beobachtete sie ihn. Er wachte nicht auf, und sie schlich sich davon.

»Wann bist du denn gestern nach Hause gekommen?«, fragte Georgina am Frühstückstisch.

»Sei nicht so neugierig.« Franca unterdrückte ein Lächeln und beugte sich über eine Scheibe Toastbrot, die sie mit Butter bestrich.

»Mama?«

Franca sah hoch, ihrer Tochter direkt ins Gesicht.

»Du hast ja ganz glänzende Augen.«

Töchtern konnte man nichts vormachen, das müsste sie doch längst wissen.

»Der neue Nachbar in der Wohnung unten?«, forschte Georgina weiter. »Ist er ein toller Mann?«

Franca schlang hastig ihr Frühstück hinunter. »Darüber reden wir ein andermal, ja?«

»Wie du meinst.« Georgina grinste breit.

18

»Was hast du mit dem Jungen gemacht?« Roger Brock hatte sich drohend vor dem rundlichen Mann mit der gedrungenen Statur aufgebaut, der schweigend mit hängenden Schultern auf einem Stuhl saß und sich kaum traute, zu dem polternden Polizisten hochzusehen. »Gib endlich zu, dass du die erstbeste Gelegenheit genutzt hast, dir ein Kind zu greifen.«

Am Vortag war der neunjährige Timo Sielacks aus Mendig vermisst gemeldet worden. Er war am Abend vom Kicken auf dem Bolzplatz nicht nach Hause gekommen. Noch in der Nacht war der Polizei-Apparat in Bewegung gesetzt worden. Seit dem frühen Morgen durchkämmten Hundertschaften der Bereitschaftspolizei zusammen mit vielen freiwilligen Helfern die Umgebung.

Johann Lomack, dessen Antrag auf Aussetzung der anschließend an seine Strafe verhängten Sicherungsverwahrung inzwischen durch einen richterlichen Beschluss stattgegeben worden war, war sofort in Verdacht geraten. Zwar stand er unter Observation, aber da Beamte überall fehlten und zudem Urlaubszeit war, war eine lückenlose Bewachung eigentlich unmöglich.

»Du weißt doch genau, wo das Kind ist. Wenn du nicht gleich das Maul aufmachst, quetsch ich dir die Eier.«

Unter den auf ihn einprasselnden Anschuldigungen zuckte er erneut zusammen und krampfte die Hände in seinem Schoß zusammen. Es waren kräftige Hände mit kurz geschnittenen Fingernägeln. Mit diesen Händen hatte er nachweislich kleine Mädchen attackiert. Die Strafe für diese Verbrechen hatte er bis auf den letzten Tag abgesessen.

Franca hoffte inständig, dass sich der Verdacht, der sich auch ihr sofort aufgedrängt hatte, als falsch erwies – die Konsequenzen wären fatal. Doch die Art und Weise dieses Verhörs gefiel ihr überhaupt nicht.

»Wie soll ich denn an ein Kind kommen, wo ihr mir dauernd an den Hacken klebt?«, wagte Lomack jetzt mit hochgezogenen Schultern zu fragen. Mit jedem Wort wurde seine Stimme um Nuancen schriller. Die Angst stand ihm ins Gesicht geschrieben.

»Hör mir bloß auf«, herrschte Brock ihn an, »ihr Typen kennt doch sämtliche Schlupflöcher. Hast dich wohl köstlich amüsiert, als du die doofen Bullen abgehängt hast? Los. Rede endlich.«

Franca hörte sich das alles eine ganze Weile mit einem unguten Gefühl an. Nicht nur, dass Brock nach Schimanski-Art den Mann auf herablassende Weise behandelte, er wurde immer ausfallender und schleuderte Lomack seine Wut auf alle Kinderschänder dieser Welt ins Gesicht.

Dieses Verhalten war nicht mehr tragbar. Immerhin hatte Brock, wie alle Kriminalpolizisten, Schulungen durchlaufen, in denen darauf hingewiesen wurde, dass bei Vernehmungen moralische Beurteilungen vermieden werden sollten. Seine Befragung jedoch ließ jegliche Taktik und erkennbare Strategie vermissen.

Sie atmete mehrmals tief durch, bis sie schließlich den zeternden Brock mit scharfen Worten aufforderte, kurz mit ihr vor die Tür zu kommen. Überrascht folgte er ihr.

»Bei allem Verständnis. Aber so geht das nicht. Das, was du hier machst, ist vollkommen unprofessionell und widerspricht allem, was man dir jemals beigebracht hat«, sagte sie in einigermaßen ruhigem Ton.

»Dieses Sex-Schwein lügt doch, wenn er nur den Mund aufmacht«, entgegnete er aufgebracht und fuchtelte wild mit den Händen. »Wir sind viel zu lasch im Umgang mit solchen Typen. Immer schön mit Samthandschuhen anfassen, ja? Auch wenn er eine noch so große Schweinerei begangen hat.« Sein Gesicht begann sich zu röten, seine Augen blitzten.

»Du weißt doch so gut wie ich, dass das überhaupt nichts bringt«, wandte sie in ruhigem Tonfall ein. »Er hat wie jeder andere das Recht, anständig behandelt zu werden. Solange wir ihm nichts beweisen können, gilt er als unschuldig.«

»Unschuldig!« Theatralisch schnappte er nach Luft und reckte das Kinn vor. »Der ist so unschuldig wie der Teufel.«

Brocks Augen funkelten zornig. Sein Gesicht rötete sich immer mehr. Er sollte mal seinen Blutdruck messen lassen, dachte Franca. Es war wirklich verwunderlich, wie leicht der früher so besonnene Kommissar in letzter Zeit aus der Ruhe zu bringen war. Einige Kollegen hatten sich bereits über seine unbeherrschten Ausbrüche beschwert. Als sie ihn so vor sich sah, verstand sie, warum ihm manche Kollegen den Spitznamen Kotzbrocken gegeben hatten.

»Dann mach du doch weiter, wenn du es besser kannst«, zischte er mit hochrotem Gesicht.

19

Beide Eltern saßen auf dem Sofa, versteinert vor Anspannung. Jeder für sich gefangen in seinem Schmerz.

Franca tat der Blick in das verquollene Gesicht von Barbara Sielacks im Herzen weh. Mit ihrer schmalen Figur und der von roten Flecken übersäten blassen Haut wirkte sie sehr zerbrechlich. Ganz anders dagegen ihr Mann. Er war groß und muskulös und braun gebrannt. Wem der Sohn wohl mehr ähnelte?

Seit Timos Verschwinden wurde alles getan, um den Jungen aufzufinden. Fährtensuchhunde sollten etwaige Geruchsspuren aufnehmen, sogar Staffeln aus anderen Bundesländern hatten Verstärkung geschickt. Bundeswehr-Tornados überflogen das Gebiet und suchten mit Wärmebildkameras die Umgebung rund um den Bolzplatz ab. Beamten hielten Fahrzeuge an und durchsuchten Kofferräume.

»Jedes Mal, wenn das Telefon klingelt, bleibt mir fast das Herz stehen«, flüsterte Barbara Sielacks. »Obwohl …« Sie sprach ihre Befürchtung nicht aus.

»Viele Kinder tauchen nach kurzer Zeit wieder auf«, versuchte Franca zu trösten. Gleichzeitig dachte sie daran, dass die ersten Tage zählten, wenn ein Kind unter 14 Jahren verschwand. Danach sanken die Aussichten dramatisch, es unversehrt zu finden. Nicht immer musste es sich um ein Verbrechen handeln, einige verunglückten auch. Doch das würde den Eltern kein Trost sein.

»Timo ist couragiert. Ich hab ihm beigebracht, sich zu

wehren, wenn er angegriffen wird«, tönte der Vater. Sein von vielen Falten durchzogenes Gesicht hatte etwas Verlebtes, was einen merkwürdigen Kontrast zu seinem fitnessgestählten Körper bildete. Unter seinen Augen, die leicht aus den Höhlen hervortraten, hingen Tränensäcke. Franca meinte zu erkennen, dass sein dunkles, schütteres Haar gefärbt war. »Mein Sohn ist keine Memme.«

»Wer weiß, was die jetzt mit ihm machen«, flüsterte Barbara Sielacks und richtete einen flehenden Blick auf Franca. »Ich hab überlegt, zu einer Hellseherin zu gehen. Vielleicht kann die weiterhelfen.«

»Red doch nicht solchen Quatsch«, fuhr ihr Mann sie in scharfem Tonfall an. »Das ist ja wohl das Allerletzte.« Wie ein geprügelter Hund fiel Barbara Sielacks in sich zusammen und ließ den Kopf hängen.

»Ich würde allerdings auch davon abraten«, ließ sich Hinterhuber vernehmen. »Solche Scharlatanerie ist unverantwortlich und weckt nur falsche Hoffnungen. Das hat es leider noch nie gegeben, dass ein vermisstes Kind von einer Wahrsagerin wiedergefunden wurde.«

Franca nickte bestätigend. Sie war immer wieder verwundert, welches Vertrauen die Menschen in solche fragwürdigen Methoden setzten. Sie fühlte sich an Clarissas Vorschlag erinnert, die kleine Lara Weisglas in Hypnose zu versetzen. Ein Ansinnen, das nicht nur sie, sondern auch Frau Dr. Schiller energisch zurückgewiesen hatte.

Im Grunde war sie froh, dass Hinterhuber sie begleitete. Solche Aufgaben gehörten zu den unangenehmsten ihres Berufes: quälende Gespräche mit Eltern, deren Kind vermisst gemeldet war, und die sich an jeden Strohhalm klammerten.

»Wir werden die Bevölkerung um Mithilfe bitten und

Flyer und Plakate drucken.« Franca sprach leise und voller Mitgefühl. »Haben Sie ein Foto, das wir benutzen dürfen?«

Frau Sielacks erhob sich wie in Trance, zog eine Schublade auf und entnahm ihr einen Umschlag. »Das ist vor ein paar Wochen aufgenommen worden.« Sie legte Franca ein Foto vor, das einen lachenden Jungen an einem Wasserlauf zeigte. Die dunklen Haare trug er modisch schräg ins Gesicht gekämmt.

»Dann bräuchten wir noch Angaben über Timos Kleidung.«

»Er trug abgeschnittene hellblaue Jeans mit ausgefransten Beinen und ein weißes T-Shirt mit der Aufschrift ›Champion‹«. Barbara Sielacks hielt sich die Hand vor den Mund. Schluckte. Dann fuhr sie fort. »Und eine lila Kappe mit den Buchstaben ›JB‹ für Justin Bieber. Für den hat er geschwärmt. Sie sehen ja, die Haare hat er sich gekämmt wie dieser Sänger. Er hat alle seine CDs. Die hat er auf seinen MP3-Player überspielt, damit er sie überall hören kann.«

»Das ist auch so eine Marotte«, sagte der Mann. Es war deutlich, was er von dieser Marotte hielt.

»Können Sie uns den genauen Ablauf des gestrigen Abends schildern?«, fuhr Franca sachlich fort.

»Timo war mit seinem Mountainbike auf dem Bolzplatz, dort ist er fast jeden Abend, besonders jetzt in den Ferien. Der ist nur gute zehn Minuten mit dem Fahrrad von hier entfernt. Mein Bruder war hier und wollte sich zusammen mit meinem Mann ein Fußballspiel im Fernsehen anschauen.« Barbara Sielacks sprach leise und monoton.

»Wollte Timo nicht auch das Match sehen?«, fragte Hinterhuber.

»Er hat lieber selbst gespielt als das im Fernsehen geschaut.«

»Also, Sie beide und Ihr Bruder saßen gestern Abend im Wohnzimmer und schauten fern«, hielt Franca fest.

»Nein, mein Bruder saß allein im Wohnzimmer. Mein Mann kam erst später nach Hause.« Anklagend sah Frau Sielacks auf ihren Mann. Der richtete sich stocksteif auf. Seine Miene verhärtete sich.

Franca wurde hellhörig. »Wann genau kamen Sie denn nach Hause?«, wandte sie sich an ihn.

»So um neun war es, glaube ich.« Heinrich Sielacks blinzelte argwöhnisch.

»Es war später. Das Fußballspiel war schon zu Ende«, berichtigte seine Frau. »Und es wurde schon dunkel.«

»Was soll das?«, herrschte er seine Frau an und zu den Polizisten gewandt knurrte er: »Sie wollen doch wohl nicht mich verdächtigen?«

»Sagen Sie uns einfach, wo Sie waren. Wenn Ihr Alibi in Ordnung ist, dann behelligen wir Sie deswegen nicht weiter.«

»Alibi? Das gibt's ja wohl nicht. Also jetzt hört sich aber alles auf.« Heinrich Sielacks schüttelte voller Unverständnis den Kopf.

»Du kannst ruhig zugeben, dass du eine Freundin hast«, sagte die Frau tonlos. »Ich weiß es sowieso längst.«

»Du hast sie ja wohl nicht alle. Nur weil ich nicht pünktlich war, heißt das noch lang nicht, dass … ach, das ist mir alles zu blöd.« Der Mann sprang vom Sofa auf und lief türknallend aus dem Zimmer.

Die Frau begann haltlos zu weinen. »Nichts ist mehr, wie es mal war«, sagte sie. »Aber das war schon lange, bevor Timo …« schluchzend brach sie zusammen.

»Scheint ja nicht alles zum Besten zu stehen mit dem Familienfrieden«, sagte Hinterhuber, als sie ins Auto stiegen. »Vielleicht ist Timo von sich aus weggelaufen. Weil er diesen Zoff nicht mehr aushielt.«

»Mir geht was ganz anderes durch den Kopf: Wenn der Junge fast täglich auf dem Bolzplatz war, ist er womöglich beobachtet und ausspioniert worden«, sinnierte Franca.

»Du hältst also ein Verbrechen auch für wahrscheinlicher als alles andere«, konstatierte Hinterhuber.

Sie bogen auf den von Barbara Sielacks beschriebenen Wirtschaftsweg ab. Wenige Minuten später erreichten sie den Bolzplatz. Der Lärmpegel zeugte von einem fröhlichen Spiel. »Schieß doch endlich«, rief einer der Jungs. Einer fiel hin. Zwei andere warteten in Lauerstellung in den einander gegenüberliegenden Aluminiumtoren. Die Kinder waren verschwitzt. Auch ein paar Mädchen spielten mit.

Ein Junge in einem gelben Fußballtrikot lief an den Platzrand und zog eine Flasche Wasser aus einem Rucksack, setzte sie an die Lippen und trank gierig. Franca trat auf ihn zu.

»Darf ich dich mal was fragen?«

Der Kopf des Jungen schnellte herum. Dann sah er zum Feld, wo seine Kameraden hinter dem Ball herhetzten.

»Gleich. Ich muss wieder zurück. Die anderen sind am Gewinnen.« Bevor Franca etwas erwidern konnte, lief er zurück auf den Platz zu seinen Kameraden.

»Gucken wir halt ein bisschen zu«, meinte Hinterhuber lächelnd. »Ich hab früher auch gern gebolzt.«

Als das Spiel zu Ende war, liefen Franca und Hinterhuber in die Mitte des Spielfelds. »Könnt ihr alle mal einen Moment zuhören? Es ist wichtig.«

Ein Junge, vielleicht zehn Jahre, in kurzen Hosen und mit aufgeschürften Knien kam direkt auf sie zu. »Sie kommen bestimmt wegen Timo«, sagte er.

»Könnt ihr uns was über ihn erzählen?«

»Der Timo hat jeden Tag mit uns gekickt«, begann der Junge. »Und da war immer so ein komischer Mann. Der stellte sich an den Rand und glotzte blöd«, sagte ein anderer ein wenig älterer Junge.

»Ja, den hab ich auch gesehen«, bestätigte ein Mädchen.

»Was für ein Mann? Könnt ihr den beschreiben?«, fragte Franca alarmiert.

Der Junge mit den aufgeschürften Knien zuckte mit den Schultern. »Der war halt alt.«

»Wie alt?«

»40 oder so. Der trug so eine altmodische Jacke und ausgebeulte Hosen.«

»Der hat sein Auto immer da drüben abgestellt und ist dann zu uns rübergekommen und hat geglotzt wie ein Weltmeister.«

»Der war richtig eklig. Hatte eine Triefnase. Da hing immer so ein Tropfen dran. Ihhh.« Mit einem Mal sprachen alle durcheinander.

»Habt ihr euch zufällig das Kennzeichen des Autos gemerkt?«

Die Kinder sahen sich gegenseitig an.

»KOTZ«, sagte einer. Die anderen lachten.

»Also Koblenz und TZ. Die Nummer weiß ich nicht genau, irgendwas mit einer Sechs und einer Neun oder so.«

»Sehr gut!«, sagte Hinterhuber anerkennend.

»Ja, das hab ich mir gemerkt.« Bewunderung heischend sah der Junge um sich.

»Weil der zum Kotzen war.« Sein hinter ihm stehender Kumpel schlug ihm auf die Schulter. »So wie du.«

»Blöde Sau.«

Gelächter und eine kleine Rangelei.

»Wisst ihr auch, was das für ein Auto war?«

»Es war ein älterer Ford Fiesta. Dunkelgrün«, meinte der im gelben Trikot. Die anderen nickten. »Fünftürig«, fügte jemand hinzu.

»Vielen Dank, ihr habt uns sehr geholfen.«

Franca lief nachdenklich neben Hinterhuber her. Sie selbst war Mitte 50. Da musste sie in den Augen der Kids uralt sein.

Sie waren schon fast an ihrem Dienstwagen angekommen, da kam ihnen einer der kleineren Jungs nachgelaufen. »Ich glaub, das ist Timos Handy«, sagte er und drückte dem verdutzten Hinterhuber ein Mobiltelefon in die Hand.

»Moment«. Sofort zog Franca einen Klarsichtbeutel hervor und tütete es ein. »Wo hast du das denn her?«

Der Junge hob die Schultern und wich ihrem Blick aus. »Gefunden.«

»Wo gefunden?«

»Ein Stück weiter da vorn am Straßenrand. Ich glaub, Timo hat es gestern Abend verloren.«

»Wie heißt du denn?«

Der Junge blinzelte, als ob er überlegen müsste, was er sagen sollte. »Ich wollte es nicht behalten«, druckste er schließlich.

20

Er schloss die Augen und stellte abermals sein Kopfkino an. Wieder und wieder ließ er *die Sache,* wie er das
Geschehene nannte, vor seinem geistigen Auge ablaufen.
Die Sache, die es lange Zeit nur in seinem Hirn gegeben
hatte.

Nach so vielen Fehlschlägen war diesmal alles gut vorbereitet gewesen. Lang hatte er auf diesen Augenblick
gewartet. Die Sonne sank immer tiefer und blendete ihn.
Endlich sah er den Schatten des Jungen von Weitem auf
seinem Fahrrad. Ein dunkler Umriss, kein Licht brannte.
Er drehte den Zündschlüssel um und fuhr los, dem Jungen entgegen. Das alles hatte er gut berechnet. Er wollte
das Kind nicht wirklich verletzen, nur erschrecken. Die
Bremsen quietschten. Ein dumpfer Aufprall. Der Junge
fiel vom Fahrrad.

Er öffnete die Tür und sprang auf das Kind zu, das am
Boden lag. »Um Gottes willen, hast du dich verletzt?« Er
fand, dass seine Anteilnahme echt klang.

Der Junge erhob sich mühsam. Bückte sich, um sein
Fahrrad aufzuheben. »Es ist nicht so schlimm.« Er hinkte
sich in Position. Wollte auf das Fahrrad steigen.

»Ich fahr dich zum Arzt!«

»Nein. Ich muss nach Hause. Meine Eltern warten«,
erwiderte er und besah sich sein Bein.

»Du bist ohne Licht gefahren!«

Der Junge nickte. »Das ging von Anfang an nicht. Mein
Vater hat versprochen, es zu reparieren.«

»Du fährst jetzt mit mir zum Arzt.« Seine Stimme hatte einen Befehlston angenommen. »Man weiß nie, ob da noch was nachkommt. Und dann macht man sich Vorwürfe.«

»Aber es ist doch gar nicht schlimm.«

»Das weiß man erst nach einer Untersuchung.« Er nahm dem Jungen das Fahrrad weg und warf es ins Feld.

»Was machen Sie denn?«, zeterte der Junge. »Das Fahrrad ist ganz neu. Meine Mutter hat es vor ein paar Tagen erst gekauft.«

»Jetzt ist es Schrott«, sagte er in barschem Ton. »Du kommst mit mir.« Er packte das Kind am Handgelenk, zog es zu sich ins Auto und drückte es auf den Beifahrersitz, schnallte es an.

»Wo fahren Sie denn hin?« Ein ängstlicher Blick streifte ihn.

»Das wirst du schon sehen.«

»Aber meine Eltern … die machen sich Sorgen.«

»Maul halten!«, befahl er und bemerkte mit Genugtuung, wie der Junge zusammenzuckte.

»Komm ja nicht auf dumme Gedanken!« Aus den Augenwinkeln beobachtete er, wie der Junge sich verängstigt in den Beifahrersitz kauerte.

Diesmal verlief alles wie geplant. Seine Vorbereitungen machten sich bezahlt und seine Einschätzung war richtig gewesen. Er fuhr an den Ort, an dem er sich sehr gut auskannte. Vor dem Aussteigen klebte er dem Jungen Heftpflaster auf den Mund und fesselte ihn. Dann zerrte er ihn aus dem Auto.

Doch der Junge erwies sich als widerspenstig. Er versuchte heftig, sich zu wehren und machte sich vor Angst in die Hose. Wie besoffen stolperte er neben dem Mann her. Als sie die Höhle erreichten, deren Eingang verborgen hinter dichtem Gestrüpp lag, zog er das Heftpflaster von dem Mund des Jungen ab, der sofort laut zu schreien begann, obwohl er es ihm ausdrücklich verboten hatte. Ein Schrei, der in den Ohren gellte und von dem er hoffte, dass das Rauschen des Wassers ihn übertönte. Schnell stopfte er dem Kind ein Papiertaschentuch in den Mund und drängte es zu Boden. Er war es, der bestimmte, ob jemand schrie oder still war.

Dass er das Kind in seiner Gewalt hatte, erregte ihn ungeheuer. Schweiß lief an ihm hinunter. Im Inneren der Höhle war es kühl, er roch feuchten Boden. Wie in Trance tat er sein Werk. Begann, die Kleidung des Jungen abzustreifen. Er handelte unter Zwang, fühlte sich wie im Traum und wusste gleichzeitig, dass alles real war. Etwas in ihm war explodiert, etwas, das nicht mehr zu stoppen war. Und das er auch nicht mehr stoppen wollte.

Der Junge wehrte sich weiterhin heftig. Das konnte er nicht hinnehmen. Nie die Kontrolle verlieren. Die Kontrolle verlieren, ist tödlich.

Plötzlich roch er Eisen. Mit dem Blut hatte er nicht gerechnet. Jedenfalls nicht so. Er verstand das nicht. Diesmal hatte doch alles gestimmt und dennoch war es wieder ganz anders als in seinen Fantasien. Aber er hatte einfach weitergemacht, obwohl der magische Moment vorbei war. Schließlich hatte er sich gezwungen, wegzusehen.

Ernüchterung kehrte ein. Der Ernüchterung folgte die Scham. Und die Gewissheit, dass das, was er getan hatte, niemand erfahren durfte. Niemand.

»Es tut mir leid«, flüsterte er und streichelte den nackten Arm des still daliegenden Jungen. »Es tut mir so leid.« Sein Hemd klebte an seinem Körper. Er zitterte und fror. Tränen liefen ihm die Wangen herunter.

Den Anblick konnte er nicht länger ertragen. Er zerrte die Rolle Mülltüten aus dem Plastikbeutel. Verpackte das leblose Bündel. Seine Hände und das Messer wischte er an dem T-Shirt des Jungen ab.

Der Film in seinem Kopf war zu Ende.

Er zitterte. Er bebte. Und fühlte sich vollkommen leer.

Durfte ein Mensch solche Wünsche haben?

Wahrheit, was war schon Wahrheit. War der Tod Wahrheit? Oder das Leben. Was konnte er dafür, dass sich die Moralvorstellungen der anderen nicht mit den seinen deckten? Dass er Lust empfand, wo andere sich mit Abscheu abwandten?

Angst, Lust und Selbstekel zerrten an ihm, bildeten ein Konglomerat, das zäh an ihm klebte. Einerseits fürchtete er sich vor dem Blick in den Spiegel, weil er Angst hatte, darin einen anderen, ihm bisher unbekannten Menschen zu erblicken. Andererseits fühlte er sich erhaben, schließlich hatte er eine Grenze überschritten und etwas Außergewöhnliches getan. Er wusste nun, was es bedeutete, Herr über Leben und Tod zu sein.

Doch seit *der Sache* war er gezwungen, sich noch mehr wie ein Schauspieler zu verhalten. Er fand, dass er eine verdammt gute Rolle spielte. Eine Rolle, die absolut nicht einfach war.

Sie dürfen mich nicht kriegen! Auf gar keinen Fall wollte er in den Knast. Alles, nur das nicht. Da landeten solche wie er auf der alleruntersten Stufe. Das war ihm bekannt.

Sie werden mich nicht kriegen, dachte er zuversichtlich. Wenn ich keinen Fehler mache, kriegen sie mich nicht.

Plötzlich schob sich sein eigenes Konterfei vor das des fremden Jungen. War er es selbst, der sich eingenässt hatte? Der nackt und hilflos auf dem Boden lag und mit schreckgeweiteten Augen den großen Mann über sich anstarrte, der ein Jagdmesser mit einem Horngriff in der Hand hielt?

Er war irritiert, diese Vision gefiel ihm überhaupt nicht. Erneut versuchte er, seine Gedanken in eine andere, angenehmere Richtung zu bewegen. Aber das klappte nicht mehr. Und auf einmal pochte in seinem Hinterkopf überlaut die Frage: Wer war es eigentlich, den du töten wolltest?

21

Dorothee schaltete den Fernseher ein. »Da ist wieder was über den vermissten Jungen«, rief sie. Gebannt sah sie auf den Bildschirm. »Wie lang ist der jetzt schon verschwunden? Komisch, dass die immer noch keine heiße Spur haben. Ich glaube ja nicht, dass der noch lebt.«

Michael brummte etwas Unverständliches. Er saß am Computer, der auf dem Schreibtisch in der Ecke stand. Ab und zu griff er zu der Flasche Bier neben sich, setzte sie an die Lippen und trank einen Schluck.

»Ich finde das wirklich schlimm«, bemerkte sie. »Stell

dir mal vor, eins von unseren Kindern wäre plötzlich verschwunden, und sie würden es tot auffinden. Ich würde mir ein Leben lang Vorwürfe machen, dass ich nicht gut genug aufgepasst habe.«

Nun drehte sich Michael um und sah ebenfalls auf den Fernseher. »Denk doch nicht an so was«, sagte er, stand auf und setzte sich neben sie auf das Sofa. Vorsichtig strich er ihr über den Arm. Fast unbewusst machte sie eine abwehrende Bewegung und konzentrierte sich auf das, was der Sprecher sagte:

»Inzwischen wurde Timos Handy in der Nähe des Bolzplatzes, wo er zuletzt gesehen wurde, gefunden. Auch das leicht beschädigte Fahrrad des Jungen ist aufgetaucht, und zwar in einer Kleingartenkolonie. Die Pächter hatten festgestellt, dass in ihrer Laube eingebrochen wurde. Dabei haben sie das Fahrrad, ein blaues Mountainbike, entdeckt. Ob sich der vermisste Junge in der Gartenlaube aufgehalten hat, kann zum jetzigen Zeitpunkt nicht nachgewiesen werden. Von ihm fehlt immer noch jede Spur.«

Eine Frau in mittleren Jahren mit kurzem hellbraunem Haar, an dem der Wind zerrte, erschien auf dem Bildschirm. Ein Schriftzug wies sie als Kriminalhauptkommissarin Franca Mazzari aus.

»Wir danken der Bevölkerung sehr für die außerordentliche Hilfsbereitschaft, die der Polizei entgegengebracht wird. Wir versichern Ihnen, dass wir jedem Hinweis nachgehen, auf Wunsch natürlich auch vertraulich. In diesem Zusammenhang beschäftigen uns folgende Fragen: Wer ist am 15. Juli später als gewöhnlich nach Hause gekommen? Wer hat noch nachts sein Auto gesäubert? Wer ist in auffälliger Weise Schleichwege gefahren?« Franca Mazzari lächelte freundlich in die Kamera: »Wir sind sehr zuversichtlich, dass wir diesen Fall mit Ihrer Hilfe bald aufklären werden«, sagte sie mit Nachdruck.

»Du, ich glaub, das ist die Mutter von der Gina«, rief Dorothee überrascht.

»Welche Gina?« Ihr Mann schaute verständnislos.

»Erklär ich dir gleich.«

Eine Filmsequenz der verzweifelten Eltern wurde eingeblendet. »Unsere Welt ist in Stücke gebrochen, seit Timo fort ist«, sagte die Mutter. Der Vater nickte mit zusammengepressten Lippen. Beide Eltern hatten Tränen in den Augen. »Bitte Timo, wenn du dies hörst, komm zu uns zurück. Wir vermissen dich so.«

Dorothee musste schlucken, so sehr bewegten sie diese Bilder. »Das ist wirklich das Schlimmste, was ich mir vorstellen kann«, sagte sie. Sie hätte sich einen Kommentar von ihrem Mann gewünscht, doch der starrte nur bewegungslos auf den Bildschirm. Seine neue Frisur, wenn man das überhaupt so nennen konnte, gefiel ihr gar nicht. Er hatte sich den Kopf regelrecht kahl scheren lassen. Und als sie ihn darauf ansprach, hatte er nur gemeint: »Sommerfrisur. Pflegeleicht.«

Manchmal wirkte er so in sich gekehrt, dass sie nicht wusste, was in ihm vorging. Andererseits hatte sie ihn auch so kennengelernt. Er war nie ein großer Redner gewesen und vieles machte er einfach mit sich selbst ab ohne sie einzubeziehen.

»Ich will dich nicht mit meinen Problemen auch noch belasten«, hatte er mal gesagt, als sie ihn auf seine Schweigsamkeit ansprach. Das hatte sie nicht vergessen. Aber worin genau seine Probleme bestanden, das hatte sie bis jetzt nicht herausgefunden.

»Was meintest du denn für eine Gina?«, wollte er jetzt wissen.

»Na, unsere Babysitterin. Das dunkelhäutige Mädchen, das schon ein paar Mal da war. Doktor Johnson ist ihr Vater.«

»Ach, der Neger. Und die Eltern leben nicht zusammen?«

»Man sagt nicht Neger.« Dorothee schüttelte missbilligend den Kopf. »Er ist schwarzhäutig und ziemlich gut aussehend. Seine Freundin Bianca ist für dich eingesprungen, als ich mit dir ins Theater wollte und du lieber mit deinen Kumpels gefeiert hast.«

»Ja, ich weiß, das wirst du mir wohl nie verzeihen.« Er stand auf und holte sich sein Bier, das neben dem Computer stand.

»Hast du eigentlich was gegen Gina?«

»Wieso sollte ich?« Geräuschvoll trank er ein paar Schlucke aus der Flasche.

»Weil sie dunkelhäutig ist wie ihr Vater. Und weil du Neger gesagt hast.«

»Meine Güte.« Er unterdrückte einen Rülpser. »Das ist mir halt so rausgerutscht. Du musst doch nicht immer alles auf die Goldwaage legen.« Seine Stimme klang entrüstet.

»Mama«, piepste ein Stimmchen an der Tür. Dort stand Lucia. Ihr Windelpopo wölbte sich unter dem Schlafanzug, ihr Frotteehäschen mit den langen Schlappohren hatte sie fest an sich gepresst. Ihre Wangen waren gerötet, die Haare verwuschelt. »Kann nicht schlafen«, nuschelte sie.

Michael stellte das Bier ab, ging zu seiner Tochter und nahm sie auf den Arm. Den Mund dicht an ihrem Kopf, sprach er ruhig auf sie ein und blies ihr ins Ohr, bis sie kicherte und die Schultern hochzog. Sie versuchte, seine Nase zu fassen. Er wich ihr lachend aus. Nachdem er ein bisschen mit Lucia herumgealbert hatte, sagte er: »So, jetzt ist es aber Zeit. Auf geht's.«

Dorothee sah den beiden mit zärtlichem Blick nach. Wie liebevoll Michael mit Lucia umging. Mit Elias hielt er es ebenso. Er war eindeutig der Geduldigere von ihnen beiden. Allerdings verbrachte er auch weniger Zeit mit den Kindern als sie.

Bald darauf kam Michael zurück und setzte sich wieder neben sie.

»Kannst du den Fernseher mal ausmachen oder willst du das noch sehen?«, fragte er.

Sie schüttelte den Kopf. Die Nachrichten waren zu Ende.

Sie sah ihn erwartungsvoll an. Es kam nicht oft vor, dass er etwas mit ihr besprechen wollte.

»Ich hab doch nächste Woche Urlaub. Wollen wir uns mal ein paar Tage gönnen und wegfahren? Du und ich und die Kinder?«, begann er.

Dorothee sah ihren Mann verwundert an. »Können wir uns das denn leisten?«

Er lächelte vielsagend. »Im Internet gibt es tolle Sonderangebote. Ich hab vorhin ein bisschen gestöbert. *Last minute*. Das ist echt günstig, besonders, wenn man kein bestimmtes Ziel hat. Die Kleinen kosten in der Regel nichts extra, wenn sie bei uns mit im Zimmer schlafen. Und du weißt doch, dass ich nach Vaters Tod ein bisschen was geerbt habe.«

Ihr Blick war skeptisch. »Das wolltest du doch ins Haus stecken. Hast du nicht gesagt, die Heizanlage tut's nicht mehr lang?«

»Die hält schon noch ein Weilchen. Das hatte ich hauptsächlich wegen der Energieersparnis überlegt. Aber ich finde, wir sollten uns was gönnen. Ich meine, der Mensch ist in dem Fall wichtiger als die Sache. Wir sollten einfach mal weg, die Seele baumeln lassen. Wann waren wir zuletzt in Urlaub?«

Das war in der Tat lange her. Vor der Geburt der Kinder, wenn sie sich recht erinnerte. Dennoch, als sie versuchte, die Kosten zu überschlagen, schien ihr der Preis zu hoch.

»Wenn wir campen, wird es billiger. Das Wetter ist momentan gut, und wir haben doch noch das große Zelt. Wir könnten nach Frankreich fahren. Oder nach Holland. Das ist nicht so weit. Ich denke, das würde uns allen gut tun. Die Kinder würden ihren Spaß haben.«

Er verstand es, ihre Zweifel zu zerstreuen. Schließlich wurde sie von seinem Optimismus angesteckt. Sie schmiegte sich eng an ihn. Dann küsste sie ihn. »Ich hab ja gewusst, dass ich den wunderbarsten Mann auf der ganzen Welt geheiratet habe.«

22

Franca Mazzari saß pünktlich um Viertel vor acht im Besprechungszimmer. Mit dem bunten Top und ihren roten Haaren wirkte Clarissa wie ein frischer Farbklecks in dem kahlen, von gedeckten Farben dominierten Raum. Hinterhuber nahm neben ihr Platz. Franca wartete, bis die restlichen Mitglieder der ›Soko Timo‹ erschienen waren, bevor sie begann, den bisherigen Stand der Ermittlungen zu erläutern.

Zeitungen, Rundfunk und Fernsehen hatten inzwischen ausführlich über Timos Verschwinden berichtet und taten jede neue Wendung kund, die der Fall nahm. Franca hatte bereits mehrere Interviews gegeben, aber natürlich war nicht jedes Detail der Öffentlichkeit preisgegeben worden. Damit der Täter nicht frühzeitig gewarnt werden konnte, drang über Interna nur so viel wie nötig nach draußen.

Die Suchmaßnahmen im Großbereich um den Laacher See liefen noch immer auf Hochtouren und wurden jeweils erst bei Einbruch der Dunkelheit abgebrochen. Eine Vielzahl von Gegenständen und Spuren war bisher gefunden worden. Manche konnten schnell als weniger interessant für die weiteren Ermittlungen eingestuft werden, andere führten dazu, dass sofort der Erkennungsdienst zum Fundort kam, um deren Relevanz nach eingehender kriminaltechnischer Untersuchung zu bewerten. Aus der Bevölkerung gingen weiterhin zahlreiche Hinweise ein. Leider waren viele Meldungen dabei, die ins Nichts führten oder völlig belanglos waren. So hatte jemand am

Ufer des Laacher Sees beobachtet, wie Blasen im Wasser hochstiegen und die Vermutung geäußert, das Kind könne dort hineingefallen sein und noch atmen. Rasch konnte geklärt werden, dass es sich bei den Luftblasen um Mofetten handelte, Kohlendioxidaustritte, wie sie in vulkanischen Gebieten häufiger vorkommen.

»Es ist wirklich nicht zu fassen, mit welchem Scheiß wir uns herumärgern müssen.« Die EDV-Spezialistin Renate Julien – von den Kollegen liebevoll Renate-Granate genannt – war bekannt für ihre temperamentvollen Kommentare. Wild gestikulierend berichtete sie über eine wenig erfreuliche Seite der öffentlichen Mithilfe: Im Internet kursierten inzwischen die krudesten Spekulationen, die jeglicher Grundlage entbehrten. Selbst ernannte Ermittler warfen der Polizei Fahndungspannen und Logikfehler vor. »Die Spinner glauben, sie müssten der Polizei erklären, wie sie zu ermitteln habe. Da ist die Rede von ›haarsträubendem Expertenversagen‹ oder von ›hochgradig peinlichen Denkfehlern‹. Die kombinieren einfach Fakten, die sie natürlich nicht zur Gänze kennen, und basteln sich ihre eigene Logik zurecht.« Renate verdrehte missbilligend die Augen. »Und diese abenteuerlichen Theorien versuchen sie auch noch mit Lageskizzen zu untermauern.«

Clarissa nickte. »Das ist mir auch aufgefallen. Einige soziale Netzwerker meinen, Wildwestmethoden wieder einführen zu müssen«, bestätigte sie. »Diese Deppen sollten lieber Krimis schreiben, damit richten sie wenigstens keinen Schaden an«, war ihr trockener Kommentar.

»Die üblichen Parolen der ›Schwanz-ab-Rübe-ab-Fraktion‹ kennt man ja zur Genüge. Mir kommt es fast so vor, als ob das Internet den Stammtisch abgelöst hat«, fuhr Renate fort.

»Manchmal haben die ja nicht so ganz unrecht.« Brock mal wieder.

»Lasst uns doch bitte sachlich bleiben«, bat Franca und berichtete von einer wichtigen Spur: Ein Rucksack war in einem Gebüsch nahe der A61 in Richtung Koblenz aufgefunden und bei der Polizeiinspektion Mayen abgegeben worden. Die Untersuchung ergab, dass es sich tatsächlich um Timos Rucksack handelte, was die Befürchtung eines Verbrechens weiter erhärtete.

Franca richtete den Blick auf den Leiter der Spurensicherung. »Frankenstein, du hast ebenfalls Neuigkeiten?«

Wer Frank Stein hieß, forderte die Verballhornung seines Namens regelrecht heraus. Er hatte an Gewicht zugelegt. Mehr denn je glich seine Physiognomie dem Hollywoodmonster. Sein schütteres, immer grauer werdendes Haar stand verstrubbelt vom Kopf ab. Es sah aus, als ob er sich ständig die Haare raufte. Jemand sollte ihm sagen, dass er unbedingt mal zum Friseur gehen soll, dachte Franca.

Der Angesprochene nickte. »Das Fahrrad des Jungen haben wir inzwischen genau untersucht. Der Lenker ist leicht verbogen, der linke Gabelarm hat kaum erkennbare Riefen. Aber an der vorderen Radmutter haften Partikel von Autolack. Und zwar ein rostschützender Aluminium-Effektlack auf Alkydharz-Basis«, erläuterte Frank Stein. »Silberfarben.«

»Das heißt, das Kind wurde auf seinem Fahrrad von einem silberfarbenen PKW angefahren«, folgerte Hinterhuber.

»Davon kann man ausgehen. Aber der Aufprall war nicht sonderlich stark, sonst wäre das Fahrrad schlimmer zugerichtet.«

»Vielleicht war's ja doch ein Unfall, der Typ hat den Kopf verloren und Fahrerflucht begangen. Gibt's Blutspuren?«, wollte Franca wissen.

Frankenstein verneinte.

Die Tür ging auf. Staatsanwalt Gregor Hansen betrat den Besprechungsraum und nickte Franca zu.

»Bitte lassen Sie sich nicht stören. Ich will mir nur ein Bild vom Stand der Ermittlungen machen«, sagte er und setzte sich auf den freien Stuhl am Kopfende neben Clarissa. Hansen war Anfang 40, klug und besonnen. Stets trug er Anzug und Krawatte. Seine Frisur hätte man in früheren Zeiten als Pilzkopf bezeichnet, heutzutage wirkte sie reichlich unmodern. Franca fiel jedes Mal auf, dass Hansen offenbar ein Faible für ausgefallene Schuhe hatte. Heute trug er kamelfarbene Boots.

»Ausschließen, dass Timo in der Gartenlaube übernachtet hat, würde ich nicht unbedingt.« Roger Brock war inzwischen, wie alle anderen auch, von der Mutmaßung abgewichen, Lomack könnte etwas mit dem Verschwinden des Jungen zu tun haben. Zur Tatzeit hatte er in einer Kneipe gesessen, wo er sich volllaufen ließ. Das hatten nicht nur der Wirt des Lokals bestätigt, sondern auch einige Gäste.

»Das Fahrrad war neu, es war schon spät, Timos Licht funktionierte nicht. Es ist denkbar, dass er sich schuldig fühlte und sich nicht mehr nach Hause traute, weil er Strafe fürchtete«, fuhr Brock fort. »Dafür würde sprechen, dass eine der Sonnenliegen als Nachtlager benutzt wurde und außer ein paar Lebensmitteln nichts geklaut wurde.«

»Das glaub ich nicht.« Franca schüttelte nachdenklich den Kopf. »Wo soll er denn jetzt sein? Und warum lässt er das Fahrrad dort stehen? Das war ja nicht fahruntüchtig.«

»Ich bleibe bei der Theorie, dass ein Herumstreuner das Fahrrad gefunden hat, damit losgefahren ist und sich in der Laube eine Bleibe für die Nacht gesucht hat«, sagte Hinterhuber. »Dafür spricht auch, dass Lebensmittel fehlen. Als er mitbekommen hat, dass wir nach dem Rad suchen, hat er kalte Füße bekommen und ist abgehauen. Weil er auf gar keinen Fall was mit der Polizei zu tun haben will.«

»Wollt ihr denn gar nichts weiter über unsere Ergebnisse wissen?«, meldete sich Frankenstein erneut zu Wort.

»Bitte«, forderte Franca ihn auf.

»Ja, meine Leute waren ziemlich tüchtig.« Frankenstein grinste vielsagend. Es war offensichtlich, dass er förmlich auf diesen Moment gewartet hatte. »Es handelt sich um einen silberfarbenen Golf.«

»Wisst ihr, wie viele silberfarbene VW-Golf auf Deutschlands Straßen unterwegs sind?«, äußerte Brock skeptisch.

»Dass wir immer wieder unterschätzt werden.« Frankenstein bleckte sein strahlend weißes Gebiss und sah triumphierend von einem zum anderen. »Wir haben ihn natürlich gefunden.«

»Was?« Sämtliche Augenpaare waren auf den Kriminaltechniker gerichtet.

Frankenstein ließ seine Worte noch ein klein wenig wirken, bevor er fortfuhr. »Ein PKW aus Mendig. Gestern hat sich der Besitzer gemeldet. Er war verreist, das Auto stand mehrere Tage unbeobachtet am Straßenrand. Der hat sich vielleicht die Augen gerieben, als er nach Hause kam und sein Auto an anderer Stelle vorfand, also nicht genau dort, wo er es abgestellt hatte, aber in der Nähe. Es war aufgebrochen und wies geringfügige Spuren eines Unfalls auf. Da es sich um einen silberfarbenen Golf handelt, haben wir sofort reagiert. Jetzt ist er in der KTU und wird dort nach allen Regeln der Kunst untersucht. Sollte mich schwer wundern, wenn die nichts finden.«

»Sehr gut, Herr Stein!«, lobte der Staatsanwalt.

Frankenstein fuhr in sachlichem Ton fort: »Meine Leute arbeiten wie blöd. Es gibt keinen, dem das Schicksal dieses kleinen Jungen nicht zu Herzen geht. Ihr werdet sehen, es dauert nicht mehr lang und wir können denjenigen zur Rechenschaft ziehen, der dafür verantwortlich ist.«

»Ich wünsche mir so sehr, dass du recht hast«, erwiderte Franca inständig.

23

Barbara Sielacks stand im Garten ihres Hauses, der langsam verwilderte. Sie nahm weder den strahlend blauen Himmel noch das Schattenmuster der Blätter des Kirschbaums wahr, das die Sonne auf den vertrockneten Rasen malte. Nichts war mehr wichtig. Früher hatte ihr der Garten alles bedeutet. Sie hatte stets üppige Blumenarrangements gepflanzt, das Unkraut regelmäßig gejätet und die reifen Früchte und das Gemüse geerntet und verarbeitet. Doch jetzt war alles anders. In Haus und Garten war es still. Die Welt hatte einen Riss bekommen, und sie wusste nicht, ob dieser jemals zu flicken war. Durch diesen Riss war ihr Sohn hindurchgefallen. Hinaus in eine andere Welt, zu der sie momentan keinen Zutritt hatte.

Die Terrassentür stand weit offen, damit sie das Klingeln des Telefons nicht überhörte. Hartnäckig hielt sie an der Hoffnung fest, dass ein befreiender Anruf käme und alles wieder gut wäre. Überall im Haus hatte sie Schälchen mit ›Sauren Zungen‹ aufgestellt. Niemand außer Timo mochte diese Süßigkeit. Er sollte sich freuen, wenn er nach Hause zurückkam.

Manchmal ertappte sie sich dabei, dass sie Timos Namen rief. Bis ihr in der nächsten Sekunde einfiel, dass er gar nicht da war. Unablässig quälte sie sich mit Selbstvorwürfen. Wieso hab ich Timo nicht rechtzeitig abgeholt? Hätte ich früher mit dem Suchen begonnen, wäre alles gut. Wer weiß, wo er jetzt ist und was er alles durchmachen muss … Am schlimmsten wog der Gedanke, dass sie nicht für ihr Kind da sein konnte, jetzt, wo es sie vielleicht am meisten brauchte. Sobald sich etwas Konkretes, etwas unfassbar Schreckliches in ihrem Hirn zu formen begann, eine Ahnung, was tatsächlich mit ihrem Sohn geschehen sein könnte, verschloss sie die Augen und drängte diese Gedanken zurück.

Wie versteinert war sie vor Anspannung. Den Schmerz spürte sie am stärksten unterhalb ihres Herzens. Dort, wo Timo vor neun Jahren gewachsen war. Ein Schmerz, den auch die Medikamente nicht zu mildern vermochten.

Ein entferntes Rotorengeräusch ertönte am Himmel, das langsam näher kam. Ein Hubschrauber flog über ihr Haus, weiter über Wälder, Wiesen und den Laacher See. So viele Menschen suchten nach Timo, dafür war sie dankbar.

Und doch, das Warten war schier unerträglich. Die ständige Grübelei. Nicht zu wissen, was passiert war. Nicht zu wissen, wo Timo sich aufhielt. Manchmal fürchtete sie zu platzen. Weil sie nicht wusste, wohin mit dieser Ohnmacht, wohin mit dieser Ungewissheit. Dem furchtbarsten aller Gefühle.

Ohne Beruhigungsmittel wäre das überhaupt nicht zu ertragen. Doch die Arznei verfälschte vieles, es kam ihr alles so unwirklich vor, lähmte sie, und sie wollte doch wach sein. Bereit sein, wenn Timo wiederkam. Dass er nicht mehr wiederkommen könnte, verbot sie sich zu denken. Ihre Gefühlswelt bewegte sich zwischen Annehmen und Hadern, zwischen Dulden und dem Bedürfnis, laut zu schreien. Doch sie bemühte sich, leise zu sein und zu funktionieren, den Schmerz auszublenden. In ihrem Gehirn suchte sie nach tröstlichen Episoden, um die schlimmen Bilder, die sich immer wieder einzunisten drohten, zu verdrängen. Sie atmete schwer. Ihr Mund war trocken. Plötzlich begann sie aus einem Impuls heraus zu beten. Doch ihr Gebet war eine einzige Anklage: »Lieber Gott, warum hast Du zugelassen, dass mir so etwas angetan wird? Heißt es nicht immer, man bekommt nur solche Bürden, die man auch tragen kann? Ich weiß nicht, wie lang es noch dauert, bis ich zusammenbreche.« Erschrocken vor ihrer lauten Stimme sah sie sich um. Hoffentlich hatte das keiner der Nachbarn mitbekommen. Schnell ging sie zurück ins Haus und schloss die Terrassentür hinter sich.

Das Haus mit seinen vielen Ecken und Winkeln war ihr stets ein Refugium gewesen. Hier hatte sie viele schöne und auch manch schlimme Momente erlebt. Die Kleinstadt Mendig nahe dem Laacher See war ein ländlicher Ort, den sie als friedlich und idyllisch angesehen hatte. Als sicher.

Wo niemand Angst zu haben brauchte. Hier war ihr Kind aufgewachsen. Hier war Timo glücklich.

Ob er mitbekommen hatte, dass es mit der Ehe seiner Eltern nicht zum Besten stand? Dass sein Vater fremdging, wann immer sich eine Gelegenheit bot? Sie hatte sich stets bemüht, normal zu wirken. Man behauptete ja, Kinder hätten Antennen für so etwas. Aber ihr Sohn hatte nie etwas in dieser Richtung geäußert. Und sie hatte still Heinrichs Eskapaden geduldet und sich gehütet, ihrem Mann vor dem Kind eine Szene zu machen.

Fast gewaltsam versuchte sie, sich an die schönen Stunden zu erinnern. Glücksmomente, von denen es viele gegeben hatte. Sie holte zwei der zahlreichen Fotoalben hervor. Dokumente, dass dieses Kind existierte.

In Timos erstem Lebensjahr hatte Heinrich so viele Fotos geschossen, dass mehrere Alben gefüllt waren. Wie war er vernarrt gewesen in seinen Stammhalter. Wie stolz. Damals war ihre kleine Welt noch in Ordnung gewesen. Oder hatte es da schon Anzeichen gegeben, die sie nicht bemerkte?

Sie dachte an Timos Geburt, diesen Moment, in dem das neue Leben sichtbar auf ihrem Bauch lag. Ihr Mann hatte schützend die Hand um das kleine Köpfchen gelegt, und sie waren von einem starken Zusammengehörigkeitsgefühl durchdrungen gewesen. Damals hatte sie fest daran geglaubt, dass nichts und niemand diese Dreieinigkeit zerstören könnte.

Spätere Fotos zeigten ein rundes rotwangiges Gesichtchen mit den ersten Zähnchen zwischen den geöffneten Lippen. Ein Foto hatte sie aufgenommen, als Heinrich im Bett lag, das Baby auf seinem Bauch, das er behutsam zugedeckt hatte. Beide schliefen.

Wehmütig dachte sie an die Sonntagmorgen, in denen sie alle drei miteinander im Bett gekuschelt hatten, als der Kleine schon ganz früh ins Elternschlafzimmer gehuscht kam und sofort in ihre Mitte schlüpfte. Da war er vielleicht drei oder vier gewesen. Wann hatte dieses vertraute Miteinander aufgehört? Sie konnte es nicht benennen. Die Dinge hatten sich schleichend entwickelt.

In Timos Zimmer hatte sie nichts verändert. Jeden Tag ging sie hinein und hielt dort eine Art Andacht. Sie setzte sich auf sein Bett, an dem die Suchhunde geschnüffelt hatten, versuchte, sich an den Duft seiner Haare zu erinnern, die Wärme seiner Haut. Wollte in den Moment eintauchen, ihn festhalten und alles andere ausblenden. Sie streichelte seinen Schlafanzug, den sie nicht wusch, weil sie seinen Geruch bewahren wollte, und wusste nicht mehr, wohin mit dieser Liebe.

Ihr Blick streifte die Fotos an den Wänden seines Zimmers, hauptsächlich Landschaftsaufnahmen, die Timo fotografiert hatte. Sie hatte sich stets darüber gefreut, dass er sich für die Besonderheiten seiner Heimat, die vulkanische Osteifel, interessierte. Viele Ausflüge in die nahe Umgebung hatten sie gemacht, weil er aus dem gesammelten Material über den Vulkanismus eine Mappe erstellen und nach den Ferien abgeben wollte. Den Ordner hatte die Polizei mitgenommen, wie so manches aus Timos Zimmer.

Den Lava-Dome in Mendig hatte er sehr oft allein besucht und jedes Mal voller Begeisterung darüber berichtet. Dort konnte man die Entstehungsgeschichte der Vulkane in einer virtuellen Zeitreise hautnah miterleben. Auch die unterirdischen Felsenkeller und -gänge, die durch den Abbau des Basalts entstanden waren und sich als labyrinthartiges Höhlensystem durch Mendig zogen, fand sie selbst so interessant, dass sie sie mit ihm zusammen besucht hatte. Dort unten war es so kühl, dass die Höhlen den zahlreichen Bierbrauereien der Umgebung einst als riesiger Kühlschrank gedient hatten.

Noch am letzten Sonntag hatten Timo und sie einen gemeinsamen Ausflug unternommen, bei dem sein Vater wieder einmal in der letzten Minute einen Rückzieher gemacht hatte. Timo hatte sich so sehr gewünscht, den Andernacher Kaltwasser-Geysir zu sehen. Im Infozentrum hatte er aufmerksam die Schautafeln und Exponate betrachtet, jede Erklärung über die Entstehung dieses Naturphänomens gelesen und jedes Faltblatt mitgenommen. Aufgeregt war er, als es dann mit dem Schiff zum Geysir ging, der inmitten eines Naturschutzgebietes liegt und der der größte seiner Art auf der ganzen Welt ist. Wie beeindruckt war er über die Kraft des Wassers, das meterhoch in die Höhe schoss.

Timo hatte ein schönes Leben, versuchte sie sich einzureden, auch wenn es vielleicht viel zu kurz war und er nicht mehr zurückkam. Nur zögerlich gestand sie sich ein, dass sich die Ahnung, dass er tot war, längst mit ihren Widerhaken in ihr Hirn gekrallt hatte und nicht mehr länger verdrängt werden konnte. Obwohl dieser Gedanke ihr fast das Herz zerriss. Sie hoffte so inständig, dass er nicht hatte leiden müssen. Dass ihm niemand etwas Schlimmes angetan hatte. Obwohl sie wusste, dass dies ein barmherziger Wunsch war. Nachts schreckte sie schweißgebadet aus ihren Albträumen auf. Hörte die Hilfeschreie ihres Kindes. Und konnte ihm nicht helfen. Diese verdammte Ohnmacht. Und die Wut auf einen unbekannten Menschen, der ihm und ihr solches antat.

Sie konnte sich über nichts mehr freuen. Nicht über den neuen Tag, nicht über Vogelgezwitscher oder Sonnenschein. Immer war da dieses dumpfe Gefühl, dass sie sich nicht freuen dürfe. Weil man ihr das Liebste weggenommen hatte.

Aber am schlimmsten war, dass sie sich so schrecklich alleingelassen fühlte. Ihr Mann redete kaum noch mit ihr. Nach außen wahrte er die Fassade. Doch sie wusste, er ging weiterhin regelmäßig zu seiner Freundin. Manchmal blieb er sogar über Nacht dort.

Ein paar Mal hatte sie zu einem Gespräch angesetzt. Wenn er schon nicht mit ihr über seine Freundin sprechen wollte, dann doch wenigstens über das, was sie einst am stärksten miteinander verbunden hatte: ihr gemeinsames Kind. Zaghaft hatte sie nach Worten gesucht, die ihm ihre Angst verständlich machen sollten und in denen die Ahnung mitschwang, dass Timo nicht mehr leben könnte.

»Sei doch nicht so pessimistisch«, hatte Heinrich unwirsch geäußert. »Es hat doch schon öfter Fälle gegeben, dass Kinder sogar nach Jahren wieder aufgetaucht sind. Lebend.« Vielleicht meinte er es sogar gut. Andererseits wusste sie, wie ausgeprägt die Neigung ihres Mannes war, die Dinge schönzureden und wie er es stets liebte, an der Realität vorbei zu urteilen.

24

»Tagt der Familienrat?«, fragte Konny, als er den feierlich gedeckten Tisch sah. Das gute Geschirr mit den blauen Blümchen war auf einer weißen Damastdecke hübsch arrangiert. Die silbernen Kerzenhalter standen in der Mitte, in denen sich kleine Flammen spiegelten. »Gibt's was Wichtiges zu besprechen?«

»Setz dich doch erst mal.« Sein Vater räusperte sich und faltete die Hände.

»Es geht um deine Zukunft«, begann er, nachdem sie gemeinsam das Tischgebet gesprochen hatten. Er hob die Hände, wie er das auch oft auf der Kanzel tat. »Wir haben uns viele Gedanken um dich gemacht. Wir beide, deine Mutter und ich, wir wollen für dich nur das Beste.«

»Weiß ich«, sagte Konny ungeduldig. Diese salbungsvolle Art ging ihm manchmal ein wenig auf die Nerven. Er fand, solche Gestik wirkte übertrieben. Vor allem jetzt, da er die Absicht dahinter klar erkannte. Kürzlich hatte er seinen Eltern Britta offiziell vorgestellt, doch sie hatten sich bisher mit keinem Wort über diese Begegnung geäußert. Nun sah er aufmerksam von einem zum anderen. »Wollt ihr mir etwa den Umgang mit Britta verbieten? Das könnt ihr euch abschminken.« Er faltete die Serviette auseinander und legte sie sich auf den Schoß.

»Wir wollen dir gar nichts verbieten. Wir wollen dir nur nahelegen, genau über alles nachzudenken«, sagte seine Mutter.

»Deine Freundin ist sehr hübsch, und insofern kann ich

dich in gewisser Weise verstehen.« Der Vater lächelte seinen Sohn verständnisvoll an. »Aber ein schönes Gesicht ist nun mal nicht alles. Sie ist schwanger, aber nicht von dir. Sie ist unvernünftig, raucht und trinkt trotz Schwangerschaft, wie mir berichtet wurde.«

»Wer hat dir das denn berichtet?« Konny kniff argwöhnisch die Augen zusammen. »Hast du einen Spitzel auf sie angesetzt?«

»Lass mich bitte ausreden: Dir muss doch klar sein, dass sie mit ihrem Verhalten das Leben ihres ungeborenen Kindes gefährdet. Sie geht nur unregelmäßig zur Schule.Ihre Noten sind entsprechend. Sie hält offenbar nichts von Bildung, und du solltest dich ernsthaft fragen, ob solch eine Frau zu dir passt. Und ob du wirklich gewillt bist, mit ihr den Rest deines Lebens zu verbringen. Du bist schließlich erst 17.«

»Bist du fertig?«, fragte Konny mit düsterem Blick.

»Wir möchten nur deine Stellungnahme dazu, nichts weiter. Und wir wollen wissen, ob du all das bedacht hast, was dein Vater gerade gesagt hat.« Seine Mutter klang wie das Echo ihres Mannes.

»Du hast vergessen zu erwähnen, dass sie ein Heimkind ist, und die sind ja schon per se des Teufels.« Konnys Blick wanderte von einem zum anderen. Dann fixierte er seinen Vater. »Weißt du was, du redest wie einer von der Stasi, und zwar einer von der übelsten Sorte. Hast du sie beobachtet? Hast du ihr nachspioniert? Oder hast du etwa jemanden damit beauftragt? Wenn du es genau wissen willst: Ja, Britta ist die Frau, die ich liebe und mit der ich meine Zukunft verbringen möchte. Hast du nicht selbst immer gesagt, jeder Mensch hat Fehler, aber man muss den Menschen mitsamt seinen Fehlern annehmen und lieben? Das gilt wohl nur für die anderen? Und jetzt lässt du so einen heuchlerischen Sermon ab. Wisst ihr was, mir ist jeglicher Appetit vergangen.« Er warf seine Serviette auf den Tisch und stand so heftig auf, dass sein Stuhl kippte. Er fing ihn gerade noch rechtzeitig auf, schob ihn an den Tisch zurück und lief aus dem Zimmer.

Andrea und Rainer sahen sich erschrocken an.

»Hättest du das nicht ein wenig geschickter anfangen können?«, fragte sie vorwurfsvoll. »Jetzt hast du ihn ganz gegen uns aufgebracht.«

»Herrgott«, brauste der Pfarrer auf. »Was wahr ist, muss auch wahr bleiben. Da nützt kein Drumherumreden. Er ist eben in einem schwierigen Alter. Da fangen Kinder an, sich von ihren Eltern zu lösen. Und stellen sich gegen jegliche vernünftigen Argumente taub.«

»So wie eben hat er sich noch nie verhalten.« Sie schüttelte den Kopf. »Ich frage mich, ob wir übertrieben fürsorglich sind. Ich verstehe nicht, warum er mir so fremd geworden ist. Gestern war er noch der liebe Junge, der folgsam und dankbar war, und heute ist er so aufmüpfig.«

»Ist halt die Pubertät«, erwiderte ihr Mann. »Bisher hatten wir Glück. Ein bisschen Meuterei ist doch okay. Der kriegt sich wieder ein. Aber ich finde, er soll wissen, dass wir als seine Eltern ihn nicht sehenden Auges ins Verderben rennen lassen. Wir haben schließlich einen Erziehungsauftrag, den wir weiterhin sehr ernst nehmen sollten. Andererseits müssen wir lernen, die Verantwortung für das Leben unseres Sohnes nach und nach abzugeben.«

Sie hob die Augenbrauen. »Jetzt redest du wie ein Pfarrer.«

»Was Wunder, wo ich doch einer bin.« Er sah Andrea an und begann zu lachen. Prustend fiel sie in sein Lachen ein.

»Waren wir wirklich anders in dem Alter?«, sagte er nach einer Weile.

»Ich glaube nicht«, sie lächelte mit schmerzlich verzogenem Gesicht. »Ich war ziemlich biestig zu meiner Mutter. Wie hat mir das leidgetan, als ich wieder klar denken konnte. Ich glaube, ich hab mich tausend Mal bei ihr entschuldigt.«

Rainer nickte. »Ich hatte auch nicht immer nur heilige Gedanken. Da müssen wir jetzt durch, hilft alles nichts.«

»Jetzt musst du zur Abwechslung mal für die Seele deines eigenen Kindes sorgen und nicht immer nur für die fremder Leute«, meinte sie mit einem Augenzwinkern.

25

Die Krone der Schöpfung. Das Schwein, der Mensch, dachte Tobias Gärtner, als er die dümpelnde Müllansammlung vor einem querliegenden Baumstamm im Flusslauf der Nette betrachtete. Da hatte man die schönste Natur vor der Haustür und hatte offenbar nichts Besseres zu tun, als diese zu verschandeln. Es war ihm ein Rätsel, ob aus Mutwillen oder aus Gedankenlosigkeit. Nicht nur hier im Naturschutzgebiet Rauscherpark, auch an den Straßenrändern stach ihm allenthalben der Abfall der Wohlstandsgesellschaft ins Auge. Unglaublich, was sich da alles ansammelte: verbeulte Getränkedosen, zerrupfte Plastiktüten, Bierflaschen, Taschentücher, Zigarettenkippen sowie deren Verpackungen und auch das eine oder andere benutzte Kondom. Die ganze Palette dessen, wessen sich der Mensch entledigen wollte, sammelte sich an bestimmten Stellen zu langsam wachsenden Haufen und mutierte zu regelrechten Müllkippen.

Weg mit dem Zeug und nach mir die Sintflut. Rücksichtslos und dreist war das. Wahrscheinlich waren das dieselben Zeitgenossen, die ihr Auto jeden Samstag mit Hingabe einer Waschorgie unterzogen.

Er fragte sich, was für eine Erziehung diese Menschen genossen hatten. Ob die keine Eltern gehabt hatten, die sie darauf hinwiesen, dass sich so was einfach nicht gehörte?

Seine Eltern engagierten sich für den *Nabu*, den Naturschutzbund sowie für den Verband der Naturfreunde, und lebten ihren Kindern ökologisches und umweltfreundliches Verhalten vor, das ihm in Fleisch und Blut übergegangen war. Die Gärtners wählten selbstverständlich Grün, waren gegen Atomkraftwerke und hatten zu den Vorreitern der Renaturierung der Nette gehört.

Mit Recht konnten sie stolz darauf sein, dass seit ihrer hartnäckigen Initiative in dem Lauf des wie ein Gebirgsbach anmutenden Flüsschens wieder Lachse heimisch waren. Deren eigentlicher Lebensraum ist zwar der Atlantik, aber im Spätherbst ziehen die Fische die Flüsse hinauf, um zu laichen. So kommen sie durch den Rhein bis zur Nette, deren Durchgängigkeit für Wanderfische jetzt wieder gewährleistet ist. Auch sonst wurden die Bemühungen und das Engagement der Naturfreunde belohnt. Im Jahr 2009 war die Nette zur Flusslandschaft des Jahres gekürt worden, und der Verband tat sein Bestes, das Umweltbewusstsein wachzuhalten und regelmäßige Säuberungsaktionen durchzuführen.

Der Rauscherpark bei Plaidt war Tobias Gärtners Revier, das er oft bei Erkundungsgängen durchstreifte. Im Laufe der Jahrtausende waren tonnenschwere Basaltbrocken freigespült worden, die verstreut im Flussbett lagen, und um die sich das reißende Wasser in kleinen Kaskaden seinen Weg bahnte. Mit Besorgnis betrachtete er das üppig wuchernde Indische Springkraut an beiden Ufern. Es stammte aus dem Himalaja und seine rosa Blüten sahen zwar hübsch aus, aber es breitete sich immer mehr aus und bedrohte somit das einheimische Ökosystem mit dessen Artenvielfalt.

Noch waren hier Wasseramseln, Mandarinenten und Kanadagänse heimisch. Letztens hatte er sogar einen Eisvogel beobachtet, ein eher seltener Anblick.

Wenn sich Schulklassen angemeldet hatten, die Kinder mit Eimerchen, Sieb und Lupe kamen, um zusammen mit ihren Lehrern Gewässerproben zu entnehmen, war er ihnen kundiger Begleiter. Leicht zugängliche Stellen gab es viele am Ufer der Nette. Wenn die Schüler voller Eifer ihre Experimentiergläser mit interessanten Inhalten füllten und dies stolz ihren Lehrern zeigten, fühlte er sich daran erinnert, wie er selbst Flohkrebse, Wasserasseln oder Schlammschnecken begutachtet hatte, ehe er sie wieder ihrem natürlichen Lebensraum zurückführte. Die Natur fühlen und mit allen Sinnen erleben hielt er noch immer für eine der besten Lehrmethoden, da trug er gern seinen Teil dazu bei, wenn seine Zeit es erlaubte.

Bei diesen Exkursionen erzählte er den Kindern schmunzelnd von den beiden Kobolden Netterich und Hummerich, die allerlei Unsinn trieben und zeigte ihnen den riesigen moosüberwachsenen ›Wunschstein‹, in dem römische Steinhauer ihre Spuren hinterlassen hatten. Legte man seine Hände in zwei der Keiltaschen genannten Einbuchtungen, durfte man sich etwas wünschen. »Aber nur wenn der Geist im Stein gut gelaunt ist, geht der Wunsch in Erfüllung, ansonsten muss man es noch einmal versuchen«, erklärte er augenzwinkernd den Kindern.

In der Nacht hatte es geregnet, die Sonne ließ die Wassertropfen auf den sattgrünen Blättern der Laubbäume blinken, die das Ufer der Nette säumten. Die Luft roch feucht und ein wenig modrig. Das ständige Wasserrauschen bildete einen beruhigenden Geräuschpegel.

Beim letzten Sturm waren etliche Bäume entwurzelt worden.

Mit Missfallen sah Tobias auf den Buchenstamm, der quer über dem Flussbett lag. Allein würde er hier nichts ausrichten können. Da musste man später mit der Kettensäge ran. Aber erst wollte er den Müll beseitigen, der sich vor dem Stamm angestaut hatte.

Da lag doch tatsächlich ein großer schwarzer Müllbeutel im Flussbett. Hatten denn die Leute zu Hause keine Mülltonnen? In seinen Gummistiefeln trat er ein paar Schritte ins Wasser, doch er bekam den Sack nicht richtig zu fassen. Er nahm einen abgebrochenen Ast zu Hilfe und versuchte, den Plastiksack näher zu sich heran ans Ufer zu ziehen.

Die Verschnürung löste sich. Etwas dunkel Glänzendes lugte hervor. Wie der Pelz eines Tiers. Sollte das etwa eine tote Ratte ...? Wäre sie lebendig, wäre sie schon längst herausgeschlüpft, doch es rührte sich nichts. Mit aller Kraft hielt er den Sack, der ziemlich schwer war und den die Strömung wegzuzerren drohte, mit dem Stock fest. Unwillkürlich dachte er an das Gedicht von Gottfried Benn. ›Schöne Jugend‹, hieß es. Kein Poem für zarte Seelen, wie der Titel auf den ersten Blick vermuten ließe. Aber ihm hatte es gefallen. Wie überhaupt die Sammlung ›Morgue‹, was soviel bedeutete wie Leichenschauhaus. Er bewunderte Benn, dem als Arzt der Tod vertraut war, und der das Sterben von einer ganz anderen Seite betrachtete.

Ach, wie die kleinen Schnauzen quietschten. Dieser Satz war Tobias am deutlichsten in Erinnerung. Merkwürdig. Wieso dachte er gerade jetzt an dieses Benn-Gedicht?

Endlich war es ihm gelungen, den schwarzen Müllsack ans Ufer zu ziehen. Vorsichtig öffnete er das Plastik und schob es ein wenig beiseite. Was er sah, war keine tote Ratte. Er riss die Augen auf und konnte nicht verhindern, dass ihm ein lauter Schrei entfuhr. Er ließ alles stehen und liegen und rannte so schnell er konnte davon.

26

»Okay, wir sind gleich da.« Franca sah Clarissa mit ernster Miene an und legte den Hörer auf. »Sie haben was gefunden. In der Nähe der Rauschermühle. Hinterhuber ist schon vor Ort.«

»Ich weiß, die liegt zwischen Plaidt und Saffig. Ich kenn mich da aus«, antwortete die Jungkommissarin. »In dem Gebäude ist ein Infozentrum über den Vulkanpark. Dort ist auch ein Künstleratelier. Da hab ich an einem Malkurs teilgenommen.«

»Ist das nicht direkt neben dem RWE?«

»Genau.«

Sie liefen nebeneinander her in die Tiefgarage. Franca schloss den Dienstwagen auf und setzte sich ans Steuer.

Clarissa nahm auf dem Beifahrersitz Platz. »Glaubst du, es ist der vermisste Junge?«, fragte sie leise.

Franca hob die Schultern. Noch konnte sie klare Visionen ausblenden, die sie wahrscheinlich am Tatort erwarteten. Die Fahrt verlief schweigend.

Franca verließ die A61 bei der Ausfahrt Plaidt und folgte dem Wegweiser zum Infozentrum Vulkanpark. Das gelb gestrichene Haus befand sich direkt neben den Gebäuden des Energieversorgers RWE. Davor standen bereits einige Polizeifahrzeuge. Clarissa und sie stiegen aus und liefen ein Stück den Wanderweg entlang, wie Hinterhuber beschrieben hatte. Zeichen an den Bäumen teilten mit, dass es sich hier um einen der Eifel-Traumpfade handelte. Sonnenlicht schimmerte grüngolden durch dichtes Laubdach, das durch die Regentropfen auf den Blättern verstärkt wurde und zusammen mit dem stetigen Rauschen des Flüsschens eine unwirkliche Atmosphäre heraufbeschwor. Einen Augenblick lang hatte Franca die Illusion, sich in einem Heimatfilm zu befinden. Dieser Gedankenblitz war sofort zunichte, als Franca die Kollegen in ihren weißen Schutzanzügen sah, die die mit rot-weißem Plastikband abgesperrte Umgebung rechts und links des Ufers absuchten, sich bückten, maßen und fotografierten.

Wie schon so oft erstaunte sie dieses Nebeneinander von friedlicher Idylle und gewaltsamem Tod.

Aus dem Wasser war ein schwarzer Plastikmüllsack geborgen worden, der am Ufer lag. Der junge Mann, der den vermeintlichen Unrat entsorgen wollte, war ziemlich erschrocken über den Inhalt des Müllsacks gewesen und hatte sofort die Polizei verständigt.

Frankenstein kam zusammen mit Hinterhuber den beiden Frauen entgegen. Der Gesichtsausdruck der Männer verhieß nichts Gutes.

»Und?«, fragte Franca.

»Es ist wahrscheinlich der vermisste Junge.« Hinterhuber kratzte sich mit dem Daumennagel über das Kinn, was ein schabendes Geräusch verursachte. Clarissa wollte an Frankenstein vorbei. Der Kriminaltechniker hielt sie zurück. »Mädchen. Das ist nichts für dich.« Er fuhr sich durch das wirre Haar.

»Das ist nicht meine erste Leiche«, antwortete sie tapfer und schluckte.

»Trotzdem. Tu dir das nicht an. Man muss nicht alles …«

Sie ignorierte seine Warnung, ging direkt auf den Plastiksack zu.

Franca folgte ihr mit einem flauen Gefühl im Magen. Clarissa hatte sich Einmalhandschuhe übergezogen und kaum die schwarze Folie angehoben, da ließ sie sie schon wieder fallen, stand kurz wie erstarrt und rannte schließlich mit schnellen Schritten ins angrenzende Gebüsch.

Francas Beine begannen zu zittern. Angesichts dessen, was sie in dem Müllsack vorfand, überfielen sie Ohnmacht und Wut. Sie versuchte, ihren Atem zu kontrollieren und den stechend bitteren Geschmack in ihrem Mund zu ignorieren. Zu ihren Füßen lag das, was einmal ein lebendiges Kind gewesen war. Eingepackt in einen Müllsack und nach Gebrauch weggeworfen. Dunkle, feuchte Haare schauten zwischen dem Plastik hervor. Sie roch Cadaverin. Irene Seiler von der Bonner Rechtsmedizin hatte ihr einmal erklärt, wie die stinkende Stickstoffverbindung entsteht. Dass mit dem Tod die Körperzellen und deren Wände zerfallen. Dann wandern die Bakterien durch den Körper und sind mitverantwortlich für den Verwesungsprozess. Irene Seiler hatte damals ganz enthusiastisch geklungen, weil die Fäulnisbakterien oft bei der Lösung ungeklärter Todesfälle behilflich seien.

Schwindel überfiel Franca. Ihr Magen rebellierte. Den Würgereiz hielt sie nur mühsam zurück. Ein Kind, das sein ganzes Leben noch vor sich gehabt hatte, übel zugerichtet, missbraucht und weggeworfen in einem Müllsack. Ging es noch unwürdiger?

Frankenstein war neben sie getreten. »Ich hätte euch beiden das hier gern erspart«, sagte er leise. »Wenn man nur ein bisschen Ehrfurcht vor der Schöpfung hat ...« Mit verschleiertem Blick sah er hinüber zu Clarissa. »Die Kleine hat's ganz schön mitgenommen.«

Die Jungkommissarin lehnte mit dem Rücken an einem Buchenstamm. Tränen liefen ihr die Wangen hinunter. Ihr Gesicht war bleich.

»Ach, Frankenstein«, antwortete Franca. »Ist es nicht ein Scheißberuf, den wir haben?« Sie gab sich einen Ruck und lief mit zitternden Beinen hinüber zu Clarissa. »Alles in Ordnung?«, fragte sie leise und strich ihr über den Arm.

»Ich wollte es ja nicht anders.« Clarissa presste die Lippen zusammen. Noch immer strömten Tränen über ihre Wangen. »Haste mal ein Tempo?«, schniefte sie.

Franca kramte ein Papiertaschentuch hervor und reichte es der jungen Kollegin. Dann ging sie zu Frankenstein zurück.

»Ist das die ursprüngliche Fundsituation?«

»Wir haben noch nichts angerührt. Du bestehst doch immer drauf, die Erste zu sein.«

»Schon gut«, winkte sie ab. »Wie lang ist er schon tot?« An diese Aufgabe musste genauso sachlich herangegangen werden wie an alle bisherigen.

»Ein paar Tage, höchstens eine Woche, würde ich schätzen. Die Rechtsmedizin ist bereits verständigt. Da kommt gleich jemand.«

»Der Täter muss sich hier ausgekannt haben«, bemerkte Hinterhuber. »An dieser Stelle kommt man nicht einfach so zufällig vorbei.«

»Der junge Mann sagte, dass er hier regelmäßig nach dem Rechten sieht. Zuletzt war er vor drei Tagen hier. Da lag der Sack noch nicht im Wasser. Das wäre ihm aufgefallen.«

Grausam war das, was sich in dem Müllsack befand, schrecklich, furchtbar. Eine neue Variante dessen, was sich Unbeschreibliches hinter dürren Worten verber-

gen konnte. Franca dachte an Barbara und Heinrich Sielacks und fürchtete sich vor dem Moment, Timos Eltern
Bericht erstatten zu müssen. Hoffentlich bestanden sie
nicht darauf, das, was von ihrem Sohn noch übrig war,
zu sehen.

27

»Ich spüre mein Kind hier in mir drin«, Timos Mutter
fasste mit der Hand auf ihr Herz, »aber ich kann es nicht
berühren. Es ist, als ob Timo neben mir steht und mich
zu sich winkt. Im ersten Moment denke ich, ach, da ist er
ja, und bin total erleichtert. Ich gehe mit ausgestreckten
Armen auf ihn zu und will ihm sagen, dass er mir einen
gehörigen Schrecken eingejagt hat – und dann ist er wieder weg. Verschwunden.« Sie zog ein Taschentuch hervor
und putzte sich die Nase. »Verrückt, nicht? Dabei möchte
ich nur, dass der Schmerz weggeht. Dieses unerträgliche
Feuer in mir drin. Von dem ich nicht weiß, wie ich das
löschen soll.« Barbara Sielacks entfuhr ein tiefer Seufzer,
bevor sie sich auf die Handknöchel biss. Sie hatte rot ver-
weinte, geschwollene Augen.

Franca hörte geduldig zu und nickte verständnisvoll. Sie war selbst Mutter und ahnte, was es bedeutete, ein Kind auf solche Weise zu verlieren. Dennoch vermochte sie sich diese Ungeheuerlichkeit nicht in letzter Konsequenz vorzustellen. Aber sie war auch die Überbringerin der schlimmen Nachricht und nicht zuletzt Polizistin, die einen klaren Kopf behalten musste.

»Danke, dass Sie gekommen sind«, sagte Timos Mutter. »Es ist zwar schlimm, und ich kann es wahrscheinlich noch gar nicht richtig begreifen. Aber wenigstens hat diese furchtbare Ungewissheit ein Ende.« Sie schluckte und sah eine Weile still auf das zerknüllte Taschentuch in ihren Händen. Dann hob sie den Blick. »Ich frage mich die ganze Zeit, was das Letzte war, das er gesehen hat. Was er gespürt hat.« Franca sah die Panik in ihren Augen. »Wie genau ... ist er zu Tode gekommen?«, fragte sie tonlos.

Obwohl Franca diese Frage erwartet hatte, tat sie sich schwer mit der Antwort. »Das wissen wir noch nicht ganz genau. Wir müssen die Obduktionsergebnisse abwarten«, flüchtete sie sich in eine vage Antwort.

»Ich will ihn sehen!«, sagte Barbara Sielacks plötzlich mit Bestimmtheit. »Und ich will alles wissen. Bitte sagen Sie mir die Wahrheit. Auch wenn sie noch so brutal ist.«

Franca wollte einlenken. »Es wäre besser, wenn Sie Ihren Sohn so in Erinnerung behielten, wie Sie ihn kannten.«

Frau Sielacks schüttelte den Kopf. Biss sich auf die Lippen. »Ich kann es erst glauben, wenn ich ihn sehe. Und ich muss mich von ihm verabschieden. Das verstehen Sie doch, oder? Bitte verweigern Sie mir das nicht.« Das klang flehentlich.

Franca hatte unendliches Mitleid mit der zierlichen Frau, die so tapfer war. Obwohl man ihr ansah, welche Qualen sie durchlitt.

»Ich habe Ihnen Fotos mitgebracht, für den Fall ...«

»Ja. Bitte zeigen Sie sie mir. Wenn ich sonst schon nichts mehr für meinen Jungen tun kann, will ich wenigstens wissen, wie er gelitten hat.«

Franca legte ein Foto nach dem anderen auf den Tisch. Zunächst die harmloseren, auf denen der Fluss und die umstehenden Bäume zu sehen waren. Die Polizisten, die in ihren weißen Schutzanzügen wie Fremdkörper wirkten, die dort in dieser friedlichen Idylle eigentlich nichts zu suchen hatten. Dann sah man den entwurzelten Baumstamm, der quer über dem Fluss lag, den schwarzen Müllsack am Ufer, aus dem etwas Dunkelglänzendes wie ein nasses Fell herausschaute, in dem sich Blätter verfangen hatten.

Barbara Sielacks entfuhr ein spitzer Schrei. Sie schlug die Hand vor den Mund.

»Es ist alles zu viel, nicht wahr?« Franca war besorgt. »Wir hören besser damit auf.«

»Nein, bitte entschuldigen Sie, ich will alles sehen.«

Sie hatte ein Recht darauf, so schmerzlich es auch war. Franca war darauf vorbereitet. Manche Fotos waren Schwarz-Weiß-Abzüge. Frankenstein hatte die Farbe herausgenommen, damit das Blut unwirklicher aussah. Manche hatte er bearbeitet, das gar zu Schreckliche wegretuschiert. Foto um Foto legte Franca vor Barbara Sielacks hin und beobachtete ihre Reaktion.

Intensiv betrachtete sie eines der Fotos, auf dem Timos unversehrtes Gesicht zu sehen war.

»Er sieht aus, als ob er schläft«, sagte sie zärtlich.

Franca verspürte das spontane Bedürfnis, Barbara Sielacks in die Arme zu nehmen, doch sie unterdrückte dieses Gefühl, weil sie wusste, es war zu gefährlich, als Polizistin solche Dinge allzu nah an sich heranzulassen. Zumal sie dieser Fall sowieso schon bis in den Schlaf verfolgte. »Es tut mir alles so wahnsinnig leid«, äußerte sie mitfühlend. »Wenn Sie möchten, dürfen Sie die Fotos gern behalten.«

»Ich bin Ihnen sehr dankbar für das alles«, antwortete Barbara Sielacks schließlich im Flüsterton. »Mir ist klar, dass das nicht selbstverständlich ist. Mein Mann wird das nicht sehen wollen.« Sie blinzelte heftig und schluckte. »Aber für mich ist das ganz wichtig. Jetzt weiß ich wirklich, dass Timo tot ist. Es ist ein Abschluss. Und nur nach einem Abschluss kann etwas Neues beginnen.« Sie sah Franca in die Augen und fuhr sich mit schmalen Händen durchs rötliche Haar. »Timo ist tot. Das ist eine Katastrophe. Aber wir Hinterbliebenen, wir müssen doch irgendwie weitermachen. Irgendwann später möchte ich mal wieder lachen können. Obwohl ich mir das in diesem Moment nicht wirklich vorstellen kann.« Das klang so furchtbar vernünftig.

Doch mit einem Mal war es um ihre Selbstbeherrschung geschehen. Der Schrei, den sie ausstieß, war markerschütternd.

»Was ist das nur für ein Mensch, der einem kleinen Kind so etwas Schlimmes antut?«

28

»Hast du eigentlich mit deinen Eltern gesprochen?«, fragte sie und sah Konny schräg von unten her an.

Er wand sich ein wenig. »Noch nicht. Ich denke, wir sollten noch eine Weile warten. Im Moment ist die Stimmung nicht besonders.«

Sie kaute auf ihren Lippen und sah unruhig um sich. »Hast du was zu trinken da?«, fragte Britta schließlich.

»Ich kann dir gern ein Glas Wasser holen. Oder möchtest du Saft?«

»Och nee«, sagte sie gedehnt. »Hast du nichts anderes?«

»Was denn?«

»Na, Wein oder Sekt oder so.«

»Britta, du bist schwanger!«

»Na und? Mir geht's grad nicht so gut. Ich hab echt geglaubt, dass ich bei dir wohnen kann. Aber wie die Sache aussieht, wird das wohl nichts. Und da, wo ich die ganze Zeit war, kann ich auch nicht mehr hin. Jetzt brauch ich was zum Kippen.«

Er sah sie entsetzt an. »Aber das schadet doch dem Kind.«

»Ach Quatsch«, fauchte sie und fummelte eine Zigarette aus der Schachtel. »Mist, das ist die letzte.«

»Wieso kannst du denn nicht mehr ins Heim zurück?« Er sah ihr ins Gesicht. Sie war blass, blasser als sonst, und wirkte sehr nervös. Auch bemerkte er, dass ihre Augen tief in den Höhlen lagen. Sie sah krank aus.

»Britta, was ist denn los? Du rauchst, du trinkst. Mit der Schule hast du nichts mehr am Hut. Und jetzt bist du auch noch aus dem Heim geflogen.« Fehlt nur noch, dass du klaust und lügst. Aber das sagte er nicht laut. »Dauernd erklärst du mir, du würdest dein Leben ändern. Ich hab dir angeboten, mit dir zusammen den Schulstoff aufzuholen, das ist doch die Voraussetzung dafür, dass es dir mal besser geht. Aber davon willst du überhaupt nichts wissen.«

»Ich will mir von diesem Balg nicht alles verderben lassen«, trumpfte sie trotzig auf.

»Was? Wie redest du denn?« Er war entsetzt. Sowohl über ihre Aussage als auch über seine Beobachtung. Und noch mehr darüber, dass seine Eltern recht mit ihrer Vermutung hatten. Offenbar wollte Britta nichts dazu beitragen, um ihre missliche Lage zu verändern.

»Ach, du hast doch keine Ahnung. Du lebst hier in deinem behüteten Heim, umsorgt von deinen lieben Eltern. Bekommst jeden Wunsch erfüllt. Und ich?«

Plötzlich traten ihr Tränen in die Augen.

»Du hast doch mich«, versuchte er sie halbherzig zu trösten.

»Und wie lang noch? Dauernd kritisierst du an mir herum und machst mir Vorschriften.« Sie zog ein Taschentuch aus ihrer Hosentasche und putzte sich geräuschvoll die Nase.

»Ich mach dir keine Vorschriften. Ich appelliere an deine Vernunft.«

Sie sah ihn entgeistert an. »Was machst du?«

»Ich gehe davon aus, dass du ein vernünftiger Mensch bist, der weiß, was er tut, der sein Leben selber in die Hand nehmen kann, dem bestimmte Dinge wichtig sind. Aber ehrlich gesagt habe ich zunehmend das Gefühl, du willst gar nichts ändern. Du willst weiter so leben, ohne

Ziele, einfach in den Tag hinein, und lässt alles auf dich zukommen.«

Abrupt stand sie auf. Ihre Augen blitzten. »Bist du fertig? Das war's ja dann wohl.«

Sie rannte zur Tür.

»Britta. Warte doch!«

»Arschloch!« Die Tür knallte hinter ihr zu.

29

Clarissa legte einen Hefter auf Francas Schreibtisch. »Der Obduktionsbericht.«

»Hast du schon reingeschaut?«, fragte Franca. Die Jungkommissarin schüttelte den Kopf. »Ehrlich gesagt, ich trau mich nicht.«

»Schon okay.« Allen ging dieser Fall an die Nieren. Auch Clarissa hatte einen leiseren Ton angeschlagen, ihre übliche Coolness war zumindest zeitweise tiefer Nachdenklichkeit gewichen.

Franca schlug den Hefter auf und überflog die einzelnen Angaben. Als Todeszeitpunkt waren die Abendstunden des 15. Juli angegeben. Also war der Junge in der Nacht seines Verschwindens umgebracht worden. Dann musste er einige Tage in einem Versteck gelegen haben. Bis der Täter zurückkam und ihn in die Nette warf.

Der Junge war auf unterschiedliche Art misshandelt, gewürgt und gedrosselt worden. In seinem Rachen steckte ein zusammengeknülltes Papiertaschentuch. Fremdsperma konnte keines nachgewiesen werden, jedoch wurden im Analbereich deutliche Spuren von Lycopodiumsporen und Stärke gefunden, Substanzen, die das Verkleben von aufgerolltem Latex verhinderten. Am gesamten Körper konnten zahlreiche größere und kleinere Verletzungen nachgewiesen werden, darunter auch Verbrennungen. Etliche dieser Wunden waren Abwehrverletzungen sowie Fixierverletzungen und Druckspuren durch Festhalten. Das bedeutete, dass der Junge sich heftig gewehrt haben musste. Größere Hämatome im Brustbereich ließen darauf schließen, dass sich der Täter auf das Opfer gekniet hatte.

Vermutlich hatte sich das Kind einige Stunden in den Händen des Täters befunden. Was ihm während dieser Zeit zugefügt wurde, mochte Franca sich nicht in Einzelheiten vorstellen. Eine ohnmächtige Wut überfiel sie beim Lesen dieser nüchtern klingenden Zeilen.

»Todesursächlich war eine Kombination aus Würgen und Drosseln. Drosselwerkzeug war vermutlich eine Kordel oder Schnur. Zusätzlich ist dem Kind mit einem scharfen Messer die Hauptschlagader durchtrennt worden. Offenbar wollte der Täter sichergehen, dass der Junge tot ist.«

Franca war der Obduzentin Irene Seiler einerseits dankbar, dass sie stets ihre Berichte in einem verständlichen Deutsch verfasste, das nicht mit allzu vielen Fachbegriffen gespickt war. Andererseits produzierten ihre Aussagen, obwohl sie äußerst sachlich klangen, sofort schreckliche Bilder in Francas Hirn. Die Rechtsmedizinerin hatte eine handschriftliche Notiz hinzugefügt: »Ich hoffe sehr, Sie finden denjenigen bald, der diesem Kind das angetan hat.«

Franca klappte den Hefter zu. Sie erinnerte sich an ein längeres Gespräch mit der Ärztin, bei dem sie über ihr beider Berufsverständnis gesprochen hatten. Es ging hauptsächlich darum, wie man all die schlimmen Eindrücke verarbeiten konnte. Irene Seiler hatte ihr erzählt, dass sie normalerweise damit klarkäme, täglich mit dem Tod konfrontiert zu werden. In der Regel schlafe sie nachts gut. Aber wenn Kinder auf ihrem Seziertisch landeten, habe sie stets Schwierigkeiten, dies zu verarbeiten. Das konnte Franca nur bestätigen.

Auch der Staatsanwalt hatte einen handschriftlichen Vermerk angeheftet: »Keinerlei Einzelheiten hierüber an die Presse.« Versehen mit drei Ausrufezeichen. Das war eigentlich selbstverständlich. So etwas durfte niemals in die Hände von Medienleuten gelangen.

Franca gab den Hefter an Hinterhuber weiter, der ihn sofort durchlas.

Sie überlegte, ob und in welcher Form sie den Obduktionsbericht Timos Mutter zukommen lassen sollte. Barbara Sielacks hatte sie ausdrücklich darum gebeten. Sie wolle genau wissen, woran ihr Kind gestorben sei und was man ihm vor seinem Tod angetan habe.

Bei Timos Eltern verbrachte Franca viel Zeit. In diesen Momenten war sie keine Kontaktbeamtin, wie dies in der Polizeisprache hieß, sie war ein Mensch, der mitfühlte.

Der Vater hatte inzwischen zugegeben, am Abend von Timos Verschwinden bei seiner Freundin gewesen zu sein, und diese hatte sein Alibi bestätigt. Die ohnehin labile

Beziehung von Timos Eltern wurde nun auf eine noch härtere Probe gestellt. Zwar unterließen sie es weitgehend, gegenseitige Schuldzuweisungen in der Öffentlichkeit auszusprechen, aber findige Journalisten schnappten dennoch spitze Bemerkungen auf und kommentierten das bisweilen eisige Schweigen zwischen den beiden, die sich gegenseitig in ihrem Schmerz allein ließen. Zu der Trauer um den toten Sohn kamen die Enttäuschung und die Wunden, die sie sich zusätzlich zufügten. Wenn dies auch noch in der Boulevardpresse ausgebreitet wurde, würde es alles noch schlimmer machen.

Sie fragte Hinterhuber um Rat.

»Das kannst du nicht machen. Die bricht vollends zusammen. Sag ihr, die Interna dürften nicht herausgegeben werden.«

»Aber sie hat mich drum gebeten.«

»Trotzdem. Ich würde es nicht tun. Die Frau will hören, dass ihr Kind nicht gelitten hat. Also sei barmherzig und erfülle ihr diesen Wunsch. Es nützt doch niemandem zu erfahren, was da wirklich war.«

Franca wiegte den Kopf. »Spätestens vor Gericht wird sie die volle Wahrheit hören. Darauf sollte sie vorbereitet sein.«

»Dann dosiere die Details. Vielleicht ist es erträglicher, wenn sie alles nur nach und nach erfährt.«

30

Ihre Arbeitstage dauerten meist bis spät in die Nacht und waren angefüllt mit dem Aufnehmen von Zeugenaussagen und dem Auswerten und Sortieren von Spuren. Francas Telefon stand nicht still, und ihr E-Mail-Postfach quoll über. Auf ihrem Schreibtisch türmten sich Briefe und Dokumentenstapel, Mappen mit den unterschiedlichsten Unterlagen sowie Listen mit Namen, die abgearbeitet werden mussten. In einem separaten Körbchen sammelte sie die zahlreichen Notizzettel mit Hinweisen, die Passanten an die Polizeifahrzeuge geklebt oder hinter die Scheibenwischer geklemmt hatten.

Es kostete viel Zeit, all die Beobachtungen zu bearbeiten. Doch sie war wie alle ihre Kollegen gefordert, jeden Hinweis, und klang er noch so absurd, zu protokollieren und auszuwerten. Jeder einzelnen Spur musste nachgegangen werden. Falls etwas Wichtiges übersehen wurde, würde man sich das nie verzeihen.

An der Pinnwand im Büro hingen gut sichtbar die bisherigen Fakten und Fotos. Immer wieder fiel Francas Blick darauf, um mit ihrem erweiterten Wissen vielleicht zu neuen Erkenntnissen zu gelangen. Timos Leiche, die im Flusslauf der Nette gefunden worden war, wies neben anderen Verletzungen Drosselmale auf. Auch die kleine Lara hatte solche auffälligen Male am Hals gehabt. Hatte sie nicht Wasserrauschen und viele Bäume erwähnt? Je länger Franca darüber nachdachte, umso mehr drängte sich die Frage auf, ob es einen Zusammenhang gab zwischen dem Mord an Timo und dem Missbrauch an dem Mädchen. Gleichzeitig stellte sie sich die Frage, ob dieser Mord vielleicht hätte verhindert werden können, hätte sie die Kleine nur intensiver befragt. Kurzerhand nahm sie den Hörer in die Hand. Laras Vater war am Apparat. Er wehrte jedoch Francas Ansinnen entschieden ab. Seine Tochter habe sich halbwegs gefangen, gab er der Polizistin zu verstehen. Eine neuerliche Konfrontation mit der Polizei würde alle Wunden wieder aufreißen.

Seufzend legte sie auf. Auf einem der Stapel lag eine blaue Mappe, die sie neben Heften, Notizbüchlein und weggeworfenem Papier in Timos Zimmer gefunden und mitgenommen hatte, in der Hoffnung, darin vielleicht auf brauchbare Hinweise zu stoßen. In dem Schnellhefter befanden sich neben handschriftlichen Notizen und Zeichnungen Infos und Faltblätter über die Vulkantätigkeit in der Osteifel. Warum sie die Mappe mitgenommen hatte, wusste sie wieder, als sie die erste Seite der offensichtlich von Timo verfassten Dokumentation las.

Die Erde ist ein dynamischer Planet, der in vielfacher Hinsicht einem lebendigen Organismus gleicht. Obwohl viele einen Vulkanausbruch als unwahrscheinlich ansehen, sind sich die Experten darüber einig, dass es wieder zu Eruptionen kommen wird. Doch niemand kann genau sagen, wann.

Neben dem Text war die Zeichnung eines Vulkans, die Timo angefertigt hatte. Weiter hieß es:

Die Vorgänge im Inneren der Erde sind äußerst komplex und noch lange nicht erschöpfend erforscht. Dort, wo sich heute der Laacher See befindet, ereignete sich vor rund 13 000 Jahren der letzte große Vulkanausbruch in Deutschland. Die Menschen rechneten nicht damit, als plötzlich

Glutlawinen und Ascheströme mit ungeheurer Geschwin-
digkeit übers Land schossen, die Menschenleben und ganze
Dörfer auslöschten und die umliegende Landschaft völlig
veränderten.

Auch in unserer Zeit gibt es ständig kleine Beben hier
im Umkreis, die auf eine aktive Vulkantätigkeit hinweisen.
Manchmal spürt man sie, manchmal nicht. Die Vulkane
sind nicht tot. Sie schlafen nur. In ihrem Inneren lauern
sie auf den Ausbruch, aber niemand kann mit Sicherheit
sagen, wann genau dieser Zeitpunkt gekommen ist. Viel-
leicht werden wir eines Tages genauso von einer solchen
Katastrophe überrascht wie die Menschen damals. Dann
verändert sich alles und nichts ist mehr, wie es mal war.

Franca rieselte es eiskalt den Rücken hinab. Das klang ja
fast wie Prophetie. Sollte Timo etwas geahnt haben? Sollte
es eine Parallele geben zu diesen Geschehnissen, die er
notiert hatte, und dem, was ihm passiert war? Nein, das
war eigentlich unmöglich. Timo hatte sich lediglich für
die Vulkantätigkeit in seiner Umgebung interessiert, das
hatte seine Mutter erwähnt. Franca legte den Hefter wieder auf einen Stapel. Ein Blick auf die Uhr zeigte ihr, dass
es Zeit war für eine weitere ›Palaverrunde‹, wie Clarissa
das Brainstorming im kleinen Kreis nannte, bei dem jeder
seinen Assoziationen freien Lauf lassen konnte.

Die Polizei war inzwischen davon überzeugt, dass Timo
kein Zufallsopfer war. Offensichtlich war er vom Täter
ausgespäht worden, der auf der Suche nach einem Opfer
den Jungen ausfindig gemacht hatte. Die Auswertung
der Handydaten hatte keine konkreten Hinweise ergeben. Verdächtige DNA oder Fingerspuren waren auf dem

Gerät keine gefunden worden, auch war kein verdächtiger Anruf eingegangen. Höchstwahrscheinlich hatte Timo das Handy tatsächlich am Abend seines Verschwindens auf dem Nachhauseweg verloren.

Franca äußerte, dass sowohl der Chef als auch der Staatsanwalt Druck machten. »Klar kann man das verstehen. Aber was nützt das, wenn es keine neuen Erkenntnisse gibt?« Clarissa kaute auf dem Stecker unterhalb ihrer Lippe. Auf einmal blitzte es in ihren Augen. »Vielleicht sollten wir eine heiße Spur liefern.«

»Wie denn?« Brock schnaubte. »Wir haben ja noch nicht mal 'ne lauwarme.«

»Einen Köder hinwerfen, meine ich, um die Bevölkerung zu beruhigen. So tun, als ob wir kurz vor der Aufklärung stünden. Mit dieser Strategie könnten wir auch den Täter erreichen.« Clarissa ereiferte sich und spann den Faden weiter. »Solche Typen gieren nach der Bestätigung ihres Egos. Das könnten wir doch ein wenig kitzeln.«

»Bitte, wir sind hier nicht in einem Hollywoodfilm«, bremste Franca den Eifer der Jungkommissarin.

Clarissa war nicht bereit, ihre Idee aufzugeben. »Wir könnten bluffen und den Täter verunsichern. Vielleicht begeht er dann einen Fehler«, spann sie ihren Gedanken weiter. »Wenn er das Gefühl hätte, dass wir ihm auf den Fersen sind, und er immer damit rechnen muss, dass wir ihn schnappen, dann tut er vielleicht was Unbedachtes.«

»Wäre doch mal 'ne Idee.« Brocks gelangweilter Blick war einem süffisanten Grinsen gewichen. Offenbar amüsierte ihn dieser Dialog. »Ich versteh sowieso nicht, warum wir so zurückhaltend sind. Von mir aus sollte jeder wissen, dass dieses Schwein das Kind regelrecht abgestochen hat.«

»Roger, bitte«, mahnte Franca. »Du weißt doch selbst,

dass das Preisgeben von Täterwissen die Ermittlungen erheblich behindern kann.«

»Ich bin mir ziemlich sicher, dass der Täter schon einmal in irgendeiner Weise auffällig geworden ist.« Hinterhuber lehnte sich in seinem Stuhl zurück.

»Und wieso glaubst du das?«, wollte Franca wissen. Ihre Vermutung, dass der Fall Lara Weisglas und der Fall Timo Sielacks miteinander zusammenhängen könnten, hatte sie bisher noch niemandem mitgeteilt.

»Nun ja, ein Sexualmord steht nicht am Anfang, sondern am Ende einer Entwicklung. Solche Täter beginnen ihre ›Karriere‹ in der Regel schon früh und werden in irgendeiner Weise auffällig. Vielleicht hatte er bisher Glück und ist nicht erwischt worden. Aber es besteht durchaus die Chance, dass irgendjemand etwas Ungewöhnliches bemerkt hat und das nun besser einordnen kann. Da er sich im Fundgebiet besonders gut auszukennen scheint, liegt es nahe, dass er aus der Gegend kommt.« Hinterhuber spielte mit einem Kugelschreiber. »Die Medien berichten ständig über den Fall. Da muss es einfach Zeugen geben. Ein Nachbar, ein Vereinsmitglied, ein Arbeitskollege. Vielleicht sogar seine Frau. Ich glaube nicht, dass ein Mensch, der ein Kind umgebracht hat, weiterhin unauffällig seinem Tagewerk nachgehen kann. So abgebrüht ist niemand.«

»Wenn du dich da mal nicht täuschst«, äußerte Brock mit hochgezogenen Augenbrauen. »Du bist doch lang genug bei diesem Verein und kennst unsere Klientel.«

Die Tür ging auf, Frankenstein fegte herein.

»Hat die Auswertung des Fahrzeugs etwas ergeben?«, wandte Franca sich an den Kriminaltechniker.

»Der Junge ist darin transportiert worden. Das steht fest. Aber da sind so viele Fremdspuren drin, dass eine genaue Analyse noch eine Weile dauern wird«, meinte er, während er einen freien Stuhl ansteuerte. Clarissa hielt einen Kaffee für ihn bereit, den sie vor ihm auf den Tisch stellte. »Deswegen bist du doch gekommen, gib's zu.« Sie lächelte, und er lächelte zurück. »Danke, meine Schöne.« Er setzte den Becher an den Mund.

Frankensteins Anhänglichkeit war ein wenig auffallend. Franca registrierte mit einiger Belustigung seine verbalen Avancen. Soweit sie wusste, war Frankenstein geschieden und Clarissa war Single. Allerdings lag mindestens 30 Jahre Altersunterschied zwischen den beiden. Aber konnte ihr das nicht egal sein, solange beide ihre Arbeit ordentlich machten?

»Wenn wir die DNA des Täters haben, könnten wir endlich einen Massengentest beantragen.«

»Damit kann ich leider noch nicht dienen«, meinte Frankenstein bedauernd. »Wohlgemerkt: noch nicht.«

»Ich meine, wir sollten die Bevölkerung mehr mit einbeziehen«, sagte Hinterhuber.

»Noch mehr? Wie meinst du das?«

»Indem wir eine eigene Homepage für diesen Fall erstellen. Sobald man draußen weiß, was hinter den Kulissen passiert, werden die wilden Spekulationen aufhören oder zumindest weniger werden. Wir könnten dort die aktuellen Ermittlungsergebnisse fortlaufend veröffentlichen. Alle sollen wissen, dass wir uns Tag und Nacht kümmern.«

»Wir kümmern uns nicht, wir reißen uns den Arsch auf«, brummelte Brock. »Und was hat uns das bis jetzt gebracht?«

»Du denkst an deinen kleinen Sohn, nicht wahr?«, fragte Franca später Hinterhuber, als sie beide allein im Büro waren.

Er saß an seinem Computer und tippte eifrig in die Tasten. Kurz sah er zu ihr hoch und blinzelte irritiert hinter der Goldrandbrille. Dann nickte er. »Man geht eben anders mit solchen Dingen um, wenn man eigene Kinder hat. Obwohl man uns ständig einredet, dass eine gewisse Distanz notwendig ist.«

»Ich weiß«, sagte sie. »Ich versuche mich ebenfalls zu distanzieren, aber das gelingt mir nicht immer. Gerade in diesem Fall nicht.«

Er betätigte den Drucker, der ratternd eine Seite auswarf. Er stand auf, nahm das Blatt heraus und reichte es Franca. »Ich hab da was aufgesetzt«, sagte er. »Ein offener Brief an die Bevölkerung. Schau's dir mal an.«

Interessiert begann sie zu lesen:

Am Abend des 15. Juli verschwand der 9-jährige Timo S. aus Mendig. Seine Leiche wurde wenige Tage später im Rauscherpark Plaidt in der Nähe der Rauschermühle aufgefunden. Die Polizei sucht mit allen verfügbaren Mitteln nach Timos Mörder.

Viele von Ihnen haben uns bereits wertvolle Hinweise gegeben. Dafür möchten wir unseren ausdrücklichen Dank aussprechen. Falls Sie eine wichtige Beobachtung im Zusammenhang mit dem Delikt gemacht haben, teilen Sie uns dies bitte mit. Auch wenn Sie glauben, Ihre Hinweise seien der Polizei bereits bekannt, sollten Sie sich trotzdem bei uns melden und nicht zögern, bei der Kripo Koblenz anzurufen.

Wir versichern Ihnen, alles auszuwerten und auf Wunsch vertraulich zu behandeln. Wir sind fest davon überzeugt, dass wir mit Ihrer Hilfe den Täter immer mehr einkreisen können, um ihn am Ende mit seiner Tat zu konfrontieren und vor Gericht zu stellen.

»Finde ich gut«, sagte Franca und gab ihm das Blatt zurück. »Auch die Sache mit der Homepage.«

»Ich hab schon mit Renate gesprochen. Sie will sie einrichten. Vielleicht können wir damit den Druck auf den Täter erhöhen. Und es hätte noch einen weiteren Vorteil.«

»Und welchen?«

»Wir hätten im Blick, ob bestimmte Menschen diese Seite immer wieder anklicken.«

»Du meinst, der Täter könnte sich dadurch verraten?«

»Das hat anderswo auch schon zu Erfolgen geführt«, bestätigte er. »Schließlich müssen wir alle Möglichkeiten ausschöpfen, um weiterzukommen.«

Franca nickte nachdenklich. »Weißt du, was mir die ganze Zeit im Kopf herumspukt? Ich befürchte, dass der Täter auch für den Missbrauch an der kleinen Lara verantwortlich ist.«

»Wieso glaubst du das?«

Sie hob die Schultern. »Intuition.«

»Aha.«

»Mir ist bekannt, was du von weiblicher Intuition hältst, aber ich bleibe da dran«, antwortete sie und grinste schief.

»Wieso? Ich hab doch gar nichts gesagt.«

31

Osterkorns Miene war unbeweglich. Da der Erfolgsdruck von Tag zu Tag stärker wurde, stand nicht nur dem Chef die Anspannung deutlich ins Gesicht geschrieben. Alle an der Aufklärung dieses Kindermordes beteiligten Ermittler standen unter extremem Stress, den jeder auf seine Weise zu bewältigen versuchte.

»Wenigstens können wir davon ausgehen, dass Lomack seine Finger nicht im Spiel hat«, sagte Osterkorn und hob die Hände. »Nicht auszudenken, wenn der etwas damit zu tun hätte.«

Er begann in seinen Papieren zu blättern. »Was ist eigentlich mit der verdächtigen Person vom Bolzplatz, die öfter den Kindern beim Kicken zugeschaut hat?«

»Wir haben den Mann überprüft. Er ist absolut sauber«, sagte Franca. Rudolf Steinauer war nicht 40 Jahre alt, wie der Junge auf dem Bolzplatz vermutet hatte, sondern 65. »Ein einsamer Rentner, der nach der Trennung seines Sohnes von dessen Frau seine Enkel nicht mehr sehen darf. Aus diesem Grund ging er öfter zum Bolzplatz, um dort wenigstens anderen Kindern nahe zu sein. Er hat sich ihnen aber nie in einer unsittlichen Art und Weise genähert oder ist sonst wie polizeilich auffällig geworden.«

»Ist von den Kleidungsstücken des Kindes inzwischen etwas aufgetaucht?«

Franca schüttelte den Kopf. »Nur Timos Rucksack. Nach Angaben der Mutter fehlt neben der Kleidung auch ein MP3-Player, den der Junge immer dabeihatte«, sagte Franca. »Nach dem wird auch gesucht.«

»Und wie weit sind Sie, Herr Stein? Haben Sie in dem gestohlenen Fahrzeug Spuren sichern können?«

Frankenstein wand sich ein wenig. »Nun ja. In dem Golf befinden sich auffallend viele Fremdspuren. Insofern bereitet uns die Auswertung ziemliche Schwierigkeiten.«

»Aber an dem toten Kind muss doch irgendetwas nachweisbar sein, das auf den Täter schließen lässt.« Osterkorn wurde zusehends ungeduldiger. Es fiel ihm sichtlich schwer, ruhig zu bleiben.

»Der Täter hat ein Kondom benutzt, und wir dürfen nicht vergessen, dass die Leiche des Jungen längere Zeit im Wasser lag, was die Auswertung von Mikrospuren ziemlich erschwert.«

Langsam entwickelte sich Frankensteins Argumentation zu einer Verteidigungsrede.

Osterkorns Blick hinter der getönten Hornbrille blieb undurchdringlich. Seine Gesichtshaut hatte sich ein wenig verfärbt, und ein leichtes Zucken rund um die Augen machte deutlich, dass er mit diesen Antworten absolut unzufrieden war. Er blätterte weiter in den vor ihm liegenden Papieren.

»Und was ist mit den Tatwaffen? Im Obduktionsbericht ist von einem Messer sowie von einer Schnur oder Kordel die Rede.«

»Wir sind mehrfach mit Metalldetektoren weiträumig den Fundort abgegangen. Aber man muss bedenken, das ist Vulkangebiet. Und es gibt leider auch einen Fluss, in dessen Tiefen vieles verschwinden kann.«

»Dieses feige pädophile Schwein muss doch irgendeinen Fehler gemacht haben«, trumpfte Brock auf.

»Du solltest wissen, dass solche Täter nicht unbedingt pädophil veranlagt sein müssen«, rügte Franca und konnte nicht verhindern, dass ihr Ton belehrend klang.

»Das glaubst du doch selbst nicht«, empörte sich Brock. »Der Typ hat den Jungen vergewaltigt. Und da willst du mir erzählen, der sei nicht pädophil?«

»Ich bin keine Psychologin, das ist richtig«, räumte Franca ein. Sie überlegte, ob sie ihre Vermutung erwähnen sollte, die beiden Sexualdelikte könnten miteinander zusammenhängen.

Vielleicht war es dem Täter egal gewesen, ob ein Mädchen oder ein Junge das Opfer war, Hauptsache klein und schwach. Doch da auch Hinterhuber nichts dergleichen äußerte, behielt sie diese Vermutung vorerst für sich.

Brocks Gesichtshaut war zerknittert, er sah älter aus, als er war. Franca hatte die Befürchtung, dass er in letzter Zeit mehr Alkohol trank als ihm gut tat. Bisher hatte er sich jedoch im Dienst nichts zuschulden kommen lassen.

Niemand sagte mehr etwas. Schließlich unterbrach Clarissa die beklemmende Stille. »Vielleicht ist der Täter selbst als Kind gedemütigt worden«, sie strich sich eine feuerrote Haarsträhne aus der Stirn. »Ist nicht jeder Mord in irgendeiner Weise in der Kindheit begründet?«

Clarissa hatte offenbar weiter in ihrer Profilerliteratur gestöbert. Franca musste innerlich lächeln, blieb aber ernst.

»Ach ja. Sind alles Opfer, diese Typen.« Brock machte eine wischende Handbewegung vor der Stirn. »Immer schön für alles Verständnis haben. So ist es recht.«

»Ich meine doch etwas ganz anderes.« Clarissas Gesicht überzog sich mit einer feinen Röte. »Wäre es denn möglich, einen externen Profiler hinzuzuziehen?«, wandte sie sich nun direkt an Osterkorn. »Ich könnte mir vorstellen, dass jemand von außerhalb, der nicht mit konventionellen Methoden arbeitet, eine ganz andere Herangehensweise hat. Dass dadurch andere Theorien entwickelt werden und vielleicht ganz andere Zusammenhänge ergründet werden.«

Franca tauschte Blicke mit Hinterhuber. Die Kleine traute sich was.

»Ein externer Profiler ist unvoreingenommen. Er hat eine andere Sicht auf die Dinge. Und gerade in diesem wichtigen Fall sollten wir über den Tellerrand hinausschauen«, bekräftigte Clarissa ihre Argumentation, nachdem niemand widersprach.

Hinterhuber räusperte sich schließlich. »Das halte ich für keine gute Idee.«

Franca ahnte, warum Hinterhuber gegen einen Externen war. Das Fachgebiet der operativen Fallanalyse hatte ihn stets besonders interessiert. Er war ein guter Polizist, aber bei der letzten Beförderung war er übergangen worden, wahrscheinlich, weil er zu bescheiden war und sich nicht in den Vordergrund spielte, im Gegensatz zu manch anderen Kollegen, die sich wunderbar aufs Blenden verstanden. Doch solch ein Gebaren war Hinterhubers Sache nicht. Vielleicht sah er nun seine Gelegenheit gekommen, die Karriereleiter ein Stückchen hinaufzuklettern.

Jedoch bei allem Verständnis für persönliche Befindlichkeiten durfte nicht vergessen werden, dass es hier um ein schlimmes Verbrechen an einem Kind ging, und ganz Deutschland ihnen auf die Finger sah. Es war schon viel zu viel Zeit verstrichen. Je eher sie einen konkreten Ansatzpunkt hatten, umso größer die Wahrscheinlichkeit, dass man den Täter dingfest machte.

»Ich finde, über diesen Vorschlag sollten wir ernsthaft nachdenken«, meinte sie.

Hinterhuber warf ihr einen düsteren Blick zu. »Also ich glaube nicht, dass ein spezieller Fallanalytiker notwendig ist«, wandte er ein. »Sowohl Franca als auch ich haben an etlichen Fortbildungen in dieser Disziplin teilgenommen.«

»Haben Sie denn schon ein Täterprofil erstellt?«, wollte Osterkorn wissen.

Hinterhuber nickte. »Wir gehen von einem Mann aus, sozial eingebunden, der unauffällig lebt und einer geregelten Arbeit nachgeht. Jemand mit guten Ortskenntnissen.«

»Wie würden Sie ihn altersmäßig einschätzen?«, hakte Osterkorn nach.

»Mindestens 18 Jahre alt, da er Auto fährt. Höchstens Mitte 60.«

»Sehr aussagekräftig«, spottete Brock. »Den können wir doch gleich verhaften.«

»Es ist ja erst ein Anfang.« Hinterhuber runzelte ärgerlich die Stirn.

Osterkorn räusperte sich. »Sie alle wissen, eine oft geäußerte Kritik am Polizeiwesen ist, dass es besonders im Bereich der Sexualkriminalität den Beamten häufig am notwendigen Sachverstand fehlt. Uns sollte also jedes Mittel recht sein, den Täter so schnell wie möglich hinter Gitter zu bringen. Bevor wir die nächste Kinderleiche finden.« Der Chef sah von einem zum anderen. »Also teile ich die Meinung, dass wir einen externen Profiler, oder besser gesagt, einen Fallanalytiker, hinzuziehen.«

Clarissa strahlte. Dass Osterkorn einen Narren an der Jungkommissarin gefressen hatte, war nicht zu übersehen. Sie war eine gute Polizistin, das bestritt niemand. Ihre Beiträge zeugten von genauer Beobachtungs- und Kombinationsgabe. Aber Franca wurde das ungute Gefühl nicht los, dass der Chef Clarissa ein wenig zu sehr protegierte.

32

»Können wir mal reden?« Andrea war in das Zimmer ihres Sohnes getreten, nachdem sie angeklopft hatte.

Er saß an seinem Schreibtisch am Computer und hämmerte wild auf die Tastatur ein. Sein Blick war starr auf den Bildschirm gerichtet.

»Oder stör ich?«, fragte sie höflich und betrachtete sein Profil, das ihr vertraut war und doch irgendwie fremd. Weil sie keine sichtbaren Züge weder von ihr noch von Rainer darin fand. Aber er war ihr Sohn, schon seit so vielen Jahren.

»Konny.« Sie trat neben ihn und strich ihm sanft über den Arm. »Wir machen uns Sorgen.«

Er hielt inne und drehte sich zu ihr um. Seine Miene drückte Ärger aus. »Sorgen macht ihr euch?«, stieß er hervor. »Ihr habt doch erreicht, was ihr wolltet. Ich habe mich von Britta getrennt, weil ihr in allen Punkten recht hattet. Zufrieden?«

»Du weißt, dass wir nicht zufrieden sind ... dass uns das leidtut. Glaub mir, ich hätte mir für dich eine schönere erste Liebe gewünscht.«

»Wieso macht ihr eigentlich so ein großes Geheimnis um die Namen meiner leiblichen Eltern?«, wechselte er abrupt das Thema.

»Wie kommst du denn jetzt darauf?«, fragte sie vollkommen verdattert. Gleichzeitig versuchte sie, den Horror zu bekämpfen, den diese Frage jedes Mal in ihr auslöste.

»Vielleicht liegt's ja an den Genen«, sagte er.

»Was meinst du damit?«

»Dass alles was mit meiner Herkunft zu tun hat.«

Sie war verwirrt, weil das Gespräch eine vollkommen andere Richtung nahm als sie angepeilt hatte.

»Man sagt doch immer: Gleiches zieht Gleiches an.« Er hob die Schultern, ließ sie wieder fallen. »Ist es nicht natürlich, dass ich wissen will, woher ich stamme? Immer weicht ihr aus, wenn ich euch danach frage. Aber hat nicht jeder Mensch das Recht, zu wissen, wo er herkommt?«

Sie schluckte. »Wir haben stets offen mit dir gesprochen. Wir haben dir früh mitgeteilt, dass du nicht unser leibliches Kind bist.« Das war die Wahrheit, wenn auch nur die halbe.

»Aber ihr habt mir nie erzählt, wer meine wirklichen Eltern sind. Wie sie heißen. Wo sie wohnen. Ob sie überhaupt noch leben.« Finster starrte er vor sich hin.

»Ich habe dir gesagt, dass deine Mutter dich viel zu jung bekommen hat und vollkommen überfordert war«, versuchte sie sich zu verteidigen. »Wir wissen doch selbst nicht viel darüber. Und wir fanden immer, dass für die Einzelheiten noch Zeit ist.«

Sie war mit einem völlig anderen Anliegen in Konnys Zimmer gekommen. Die Wendung, die das Gespräch genommen hatte, behagte ihr überhaupt nicht.

»Okay, dann ist eben jetzt die Zeit der großen Aussprache. Also, wie war das damals? Ich war knapp zwei Jahre alt, als ihr mich erst in Pflege genommen und später adoptiert habt. Da fand aber auch vorher was statt. In den zwei Jahren muss doch einiges passiert sein.«

Mit Schrecken dachte Andrea an das verängstigte und verwahrloste Kind, das ihnen damals in Obhut gegeben wurde. Sein Haar war total verfilzt, ein Wunder, dass er keine Läuse hatte. Die Haut an seinem Unterbauch war wund gewesen, weil die Windeln nicht regelmäßig gewechselt worden waren. Konny hatte jämmerlich aufgeschrien, wenn man ihn dort berührte. Erst nach und nach hatte sie die ganze Misere seiner Herkunft erfahren. Und das war gut so, hätte sie vorher alles gewusst, hätte sie wahrscheinlich stark daran gezweifelt, dass aus diesem kleinen Menschen, der soviel hatte erdulden müssen und derart vernachlässigt worden war, jemals ein glücklicher Erwachsener werden könnte. Insofern fanden sie das Beste, seine beiden ersten Lebensjahre zu verdrängen. Auszumerzen aus seinem Leben und aus ihrem. Was nutzte es ihm zu wissen, was man ihm da Schlimmes angetan hatte? Das Jetzt zählte. Das Hier und Heute.

»Ihr sprecht immer von der Wahrheit. Aber ihr maßt euch an, Teile davon einfach wegzulassen. Weil ihr euch ein schöneres Bild von der Wahrheit zusammenbasteln wollt. Sag mir doch einfach, was los ist. Ich bin bald volljährig. Ich weiß schon, wie ich damit umzugehen habe.«

»Also gut.« Von einem Sessel räumte sie ein paar Kleidungsstücke zur Seite und setzte sich. Sie spürte ihr Herz bis zum Hals klopfen. »Deine Mutter war erst 16, als sie mit dir schwanger war. Sie war schon länger drogensüchtig und hatte versprochen, eine Entziehungskur zu machen. Sie war bereit, sich in einer entsprechenden Einrichtung behandeln zu lassen, die dein Vater, also Rainer, betreute. Eine Zeit lang ging wohl alles gut. Sie war voller guter Vorsätze und hat sich auf dich gefreut. Aber sie hat sich wohl überschätzt.« Andrea beobachtete ihren Sohn. Er hörte ihr scheinbar vollkommen ruhig zu. »Und mein Erzeuger? Was ist mit ihm?«

Andrea registrierte durchaus, dass er ›Erzeuger‹ sagte und nicht ›Vater‹. Sie hob die Schultern. »Von ihm war nie die Rede. Wahrscheinlich weiß er gar nicht, dass er ein Kind gezeugt hat.« Sie wollte das alles nicht sagen. Laut ausgesprochen klang es so grausam, aber Konny sah sie weiter auffordernd an. So fuhr sie fort: »Nachdem du geboren warst, war deine Mutter offenbar vollkommen überfordert. Sie ist bald wieder rückfällig geworden und konnte sich nicht mehr um dich kümmern. Wir wollten natürlich wissen, ob sie HIV-infiziert war und dich vielleicht angesteckt hatte. Aber das war Gott sei Dank nicht der Fall. Du warst ein ziemlich verschrecktes Kind. Es hat lang gedauert, bis du Vertrauen zu uns gefasst hast.« An seinem Gesichtsausdruck konnte sie sein wachsendes Entsetzen ablesen. Genau dieses Wissen hatte sie ihm ersparen wollen. Deswegen hatte sie so lange geschwiegen. »Versteh mich bitte nicht falsch. Wir haben das gern gemacht. Aber es hat uns alles viel Geduld und Mühe gekostet. Und wir, dein Vater und ich, finden, dass aus dir ein ganz toller Mensch geworden ist, du hast viel erreicht und machst bald dein Abitur. Dir steht die Welt offen.«

Er schluckte ein paar Mal. »Und als ich mit Britta ankam, hattet ihr Angst, dass all das zunichtegemacht werden könnte?«

»Na ja. Jedenfalls sind wir nicht allzu unglücklich darüber zu hören, dass du dich von ihr getrennt hast«, gab Andrea zu.

Er holte tief Luft. »So wenig Vertrauen habt ihr also zu mir.«

»Manchmal kann der Mensch nicht anders.« Sie blinzelte. In ihrem Gesicht zuckte ein winziges Lächeln. »Manchmal rennt er blind in sein Verderben. Besonders wenn er jung ist. Und wir möchten dich so gern davor bewahren.«

»Wie heißen meine richtigen Eltern?«

Die Vertrautheit, die Nähe, die für eine kurze Zeitspanne zwischen ihnen geherrscht hatte, war mit dieser Frage sofort wieder zunichtegemacht.

»Warum willst du das wissen?«

»Mama.« Er begegnete ihrem Blick. »Verstehst du nicht, dass ich etwas über meine eigentliche Herkunft, meine Wurzeln, erfahren will? Das ist doch wichtig.«

Sie sah ihn ängstlich an. Es fiel ihr nicht leicht, das auszusprechen, was sie befürchtete. »Und dann? Du wirst weiter Fragen stellen. Du wirst alles aufwühlen. Jeder wird daran zu knabbern haben. Vielleicht führt deine leibliche Mutter inzwischen ein geordnetes Leben. Dein leiblicher Vater wird aus allen Wolken fallen, wenn er erfährt, dass er einen Sohn hat. Du wirst alles durcheinanderbringen. Warum kannst du nicht alles so lassen, wie es ist?« Ihre Stimme war flehend, fast beschwörend.

Kopfschüttelnd fixierte er sie. »Also sagst du mir die Namen nicht?«

Sie zögerte lange. »Ich weiß keine Namen«, sagte sie schließlich. »Weder den deiner leiblichen Mutter noch den deines Vaters.«

»Das kann ja wohl nicht wahr sein.« Er starrte sie ungläubig an. »Du bist so ein Feigling«, stieß er schließlich hervor.

33

»Berthold Olsen ist Kriminalpsychologe und Fallanalytiker beim LKA Mainz.« Alle Augen richteten sich auf den unbekannten Mann in ihrer Mitte, den Anton Osterkorn mit einer einladenden Geste vorstellte.

Franca suchte Hinterhubers Blick, aber er wich ihr aus und schaute demonstrativ zur Seite.

Auf dem Tisch waren etliche Aktenordner aufgereiht, die Unterlagen im Zusammenhang mit dem Tod von Timo Sielacks beinhalteten. »Herr Olsen ist ein anerkannter Fachmann auf seinem Gebiet und hat schon etliche vermeintlich hoffnungslose Fälle zu einem guten Abschluss gebracht. Herzlich willkommen bei uns in Koblenz, Herr Olsen.«

Berthold Olsen erhob sich. Alles an ihm wirkte grau. Er trug eine graubraune Hose und einen grüngrauen Pullover. Franca schätzte ihn auf Anfang 60, das grau melierte Haar fiel ihm störrisch in die Stirn, er hatte ein von Falten durchzogenes Gesicht und einen buschigen Schnauzer. Er wirkte eher wie ein gutmütiger Opa denn wie ein gewiefter Profiler, als den der Chef ihn bezeichnete.

»Ich danke sehr für die netten Worte. Doch ich möchte gleich eines klarstellen: Nicht ich habe die scheinbar hoffnungslosen Fälle gelöst, sondern das jeweilige Team, mit dem ich zusammenarbeitete. One-Man-Shows liegen mir absolut nicht.« Er blickte einem nach dem anderen in die Augen, als wolle er sich das Gesicht seiner künftigen Mitstreiter genau einprägen. »Ich war und bin der Meinung: Operative Fallanalyse ist Teamarbeit. Ich kann mein Wissen und meine Erfahrung einbringen, aber lösen können wir den Fall nur gemeinsam. Insofern hoffe ich auf eine gute Zusammenarbeit.« Er setzte sich wieder.

»Ein herzliches Willkommen auch von mir«, sagte Franca lächelnd. »Ich nehme an, sie wurden über die Tötung des neunjährigen Timo ausführlich informiert.« Sie wies auf die Magnettafel mit Lageskizzen und Fotos, die den Fall dokumentierten. Daneben hatte sie Fotos von Lara Weisglas gepinnt. Zwei fröhlich lächelnde Kinder, ein Junge und ein Mädchen.

»Uns bereitet ein weiteres Delikt Kopfzerbrechen, das vielleicht in Verbindung mit dem aktuellen Fall stehen könnte.«

Berthold Olsens wässrigblaue Augen unter den buschigen Brauen waren aufmerksam auf sie gerichtet.

»Einige Wochen vor Timos Ermordung ist ein siebenjähriges Mädchen von einem Unbekannten angegriffen worden, der sich vermutlich sexuell an dem Kind vergangen hat. Sie hatte sichtbare Drosselspuren am Hals. Was genau dieser Mann ihr angetan hat, wissen wir nicht, weil das Kind beharrlich über Einzelheiten schweigt, und die Psychologin von einer weiteren Befragung abgeraten hat.«

»Wieso gehen Sie davon aus, dass beide Fälle zusammenhängen?«

»Nun, nachweisen konnten wir das bis jetzt natürlich noch nicht. Die Frage, die ich Ihnen deshalb als Erstes stellen möchte, ist, ob Sie es für möglich halten, dass der Täter sich nicht auf ein Geschlecht festgelegt haben könnte?«

»War das Mädchen ein ähnlicher Typus wie der Junge?«, wollte Berthold Olsen wissen.

Franca schüttelte den Kopf. »Weder äußerlich noch in ihrem Wesen glichen sich die Kinder einander. Lara ist von der Statur her kleiner und zarter als Timo. Sie macht eher einen schüchternen, zurückhaltenden Eindruck. Der Junge hat sich so schnell nichts gefallen lassen. Die Abwehrspuren an seiner Leiche zeigen, dass er sich heftig gewehrt haben muss. Seine Eltern, besonders der Vater, schildern ihn als couragiert. Also gäbe es zwei verschiedene Opfertypen unterschiedlichen Geschlechts.«

Berthold Olsen strich sich über den buschigen Schnauzer. »Nun, meiner Erfahrung nach gibt es nicht den typischen Täter und auch nicht das typische Opfer. Ich würde auch nicht unbedingt davon ausgehen, dass wir es mit einem Pädophilen zu tun haben. Es kann auch eine Ersatzhandlung gewesen sein.«

»Also dass es ihm weniger um Sex im engeren Sinn ging, sondern um sein eigenes Dominanzerleben, um totale Situationskontrolle, als er das Gefühl hatte, sich des Opfers bemächtigt zu haben.« Clarissa hatte keine Frage gestellt, es war eher eine Schlussfolgerung.

»Sehr gut kombiniert, Frau ... Wie war noch mal Ihr Name?«

»Clarissa Sonnenberg«, sagte sie und errötete ein wenig.

»Meist gehen solchen Taten Omnipotenzfantasien voraus. Schon manchem ist die Situation entglitten. Wenn dann noch Wut dazukommt ... Die klassische Variante ist, wie Sie alle wissen, die Verdeckungstat. Aus Angst, wiedererkannt zu werden, tötet er. – Hat das Mädchen Angaben zum Aussehen des Täters machen können?«, wandte er sich an Franca.

»Es gibt zwar ein Phantombild. Aber Laras Aussagen sind eher unzuverlässig. Über den Täter sagte sie, er habe so ähnlich ausgesehen wie ihr Vater, was ich allerdings von Anfang an infrage stellte.«

»Ist der Vater überprüft worden?«

Franca nickte. »Wir haben in beiden Fällen das unmittelbare Umfeld überprüft. Im Fall des Mädchens kann der Vater oder ein anderer Verwandter mit hundertprozentiger Sicherheit ausgeschlossen werden. Bei dem Jungen ist die Sachlage nicht so eindeutig. Der Vater war an dem fraglichen Abend unterwegs und kam spät nach Hause, obwohl er sich zusammen mit seinem Schwager ein Fußballspiel im Fernsehen anschauen wollte. Später hat er zugegeben, bei einer Freundin gewesen zu sein. Diese hat alles bestätigt. Dennoch klafft eine zeitliche Lücke von ca. 15 Minuten. Zeit genug, einen Mord zu begehen? Am eigenen Kind?«

Franca sah Berthold Olsen herausfordernd an.

Der Profiler zuckte die Achseln. »Noch weiß ich zu wenig, um mir ein Urteil zu bilden. Ich kann Ihnen aus meiner bisherigen Erfahrung sagen, dass solche Täter in der

Regel das eigene Umfeld schützen. Sie suchen sich Opfer, zu denen sie ein distanziertes Verhältnis haben. Sie entpersonifizieren sie und spielen mit ihnen. In etwa, wie man mit Puppen spielt. Solche Täter handeln in der Regel absichtsvoll, sie haben eine Strategie und sind insofern schon per se dem arglosen Kind überlegen. Sie suchen sich bewusst jemanden Schwacheren, um ihre eigene Macht zu spüren, wie Frau Sonnenberg erwähnt hat.« Er nickte Clarissa zu. »Weil sie selbst gedemütigt wurden. Weil sie triebhaft sind. Die Gründe sind vielfältig. Sexualtäter sind die beunruhigendsten aller Gewaltverbrecher, weil sie am schwierigsten zu fassen sind«, erläuterte er weiter. »Das mag daran liegen, dass sie meist von weit komplexeren Motiven als den uns bekannten getrieben werden. Dadurch sind ihre Verhaltensmuster schwer nachvollziehbar. Oft sind sie unfähig, normale Gefühle wie Mitleid, Schuld oder Reue zu empfinden. Aber sie wissen, dass man solches von ihnen erwartet und in der Regel sind sie geübt darin, sich auch genauso zu verhalten. Aber ihre soziale Kompetenz ist gestört. Sie haben ein vollkommen anderes Empfinden davon, was schön oder erregend ist. Ihr Inneres, ihre Fantasien geben sie nicht preis. Wenn ihre Fantasien sich dann auswachsen, und sie versuchen, diese in der Realität auszuleben, sind sie erstklassige Manipulateure, denen es um Dominanz und Kontrolle geht. Es kann sich bei diesem Täter um einen verschrobenen Einzelgänger handeln, es kann aber auch ein janusköpfiger Mann sein, dem niemand eine solche Tat zutraut. Ein nach außen hin netter Mensch, der noch nie polizeilich in Erscheinung getreten ist. Ein freundlicher Nachbar, den man jeden Tag grüßt. Ein Vereinsmitglied, dem man wohlgesinnt ist. Das wissen wir nicht. Aber das werden wir alle zusammen herausfinden.« Er blickte selbstsicher in die Runde. »Wie Sie alle wissen, sind das Entscheidende die Details, die Aufschluss über seine Handlungsweisen geben. Aber es reicht nicht, diese Details zu bemerken, man muss sie lesen und deuten können. Und alles in die Gesamtheit der Spuren einbeziehen.«

»Ich dachte immer, es ist wichtig, sich zu distanzieren. Für mich hört es sich aber so an, als hätten Sie großes Verständnis für diesen Typen«, bemerkte Brock maliziös.

»Mein Ansatz ist ein psychologischer.« Der Profiler lächelte nachsichtig. »Mörder sind eine Herausforderung für unsere Gesellschaft. Sie zwingen uns, uns mit ihnen zu beschäftigen. Damit müssen wir uns leider abfinden. Solche Menschen gehören zu unserer Welt dazu.«

»Klugscheißer«, murmelte Roger Brock. Doch es war sehr leise, und er war weit genug von Berthold Olsen entfernt, dass der die Bemerkung nicht hören konnte. So hoffte Franca zumindest.

34

Die Uhr der Liebfrauenkirche schlug zwölf Mal, als Franca die Haustür aufschloss. Sie fühlte sich ausgelaugt und hatte nur noch den Wunsch, so schnell wie möglich ins Bett zu kommen. Erst als die Tür hinter ihr ins Schloss fiel, sah sie, dass jemand im Dunkeln auf der Treppe saß. Bei ihrem Eintreten stand er langsam auf.

Sie zuckte zusammen.

»Hallo, Franca«, sagte Benjamin. Seine Stimme klang müde. Als ob er gerade aus einem Nickerchen aufgewacht sei.

»Musst du mich so erschrecken?« Sie holte tief Luft. Ihr Herz klopfte wie ein Presslufthammer. Sie wusste nicht recht, ob aus der gerade überstandenen Angst oder aus Freude.

»Was soll ich denn machen? Ich hab solche Sehnsucht nach dir.« Er trat auf sie zu und blieb vor ihr stehen. »Und du hast überhaupt keine Zeit mehr für mich. Ich hab dir schon hundert Mal auf deinen AB gesprochen.«

»Wenn ich momentan eins nicht brauchen kann, dann ist das ein nörgeliger Liebhaber.« Sie durfte ihm auf keinen Fall sagen, dass er sich sogar während der momentanen langen Sitzungen immer wieder in ihre Gedanken schlich.

»Aber ein bisschen beschweren wird man sich doch noch dürfen. Hm?«

»Wie lang sitzt du denn schon da?« Natürlich hatte sie seine Nachrichten abgehört.

»Lang.«

»Tut mir leid, sei mir bitte nicht böse.« Der Fall fraß sie auf und ließ einfach keinen Platz für Privatleben. Schon gar nicht für eine noch nicht ganz aufgekeimte Liebe. »Es ist Mitternacht. Ich bin hundemüde.«

»Du hörst dich schon wieder an wie ein Papagei. Könntest dir ruhig mal was Originelleres einfallen lassen.« Das klang sehr spöttisch.

»Ach, wenn du wüsstest, was bei uns los ist«, sie seufzte laut.

»Die Polizei ist nicht die einzige Bevölkerungsgruppe, die arbeitet«, entgegnete er.

Ein wenig schuldbewusst dachte sie daran, dass er als Rettungssanitäter sicher ebenfalls viele Überstunden machen musste. In ihr stritten widersprüchliche Gefühle. Sie merkte, wie sie sich darüber freute, dass da jemand war, der auf sie wartete, obwohl es so spät geworden war. Aber derjenige wollte auch etwas Bestimmtes von ihr, und das war ihr im Moment weniger angenehm.

»Kommst du noch mit zu mir?«, er knabberte an ihrem Ohrläppchen. Blies sanft in die Muschel. Sie zuckte zusammen. »Bitte«, flüsterte er. »Ich wünsche es mir so sehr.«

Eigentlich sehnte sie sich nach einer Wiederholung ihrer ersten gemeinsamen Nacht. Und doch hatte sie Angst davor. Vielleicht war es auch die vage Befürchtung, dass sie mehr empfinden könnte als er. Dass sie sich in allzu tiefen Gefühlen verlieren könnte. Und enttäuscht wurde. Gleichzeitig wünschte sie sich das Zusammensein mit ihm. Die Zwiespältigkeit zerriss sie.

»Komm«, flüsterte er.

Und wenn schon. Wenn sie für ihn nur ein Strohfeuer war, so wollte sie wenigstens noch einmal lichterloh brennen. Aber durfte sie das denn in ihrer jetzigen Situation?

Musste sie nicht morgen früh ausgeruht auf der Arbeit erscheinen?

Ohne ein weiteres Wort zog er sie hinter sich her ins Schlafzimmer. Legte sie aufs Bett, begann sie auszuziehen. Sie schloss die Augen und überließ sich einem Gefühl, das alles Bedrückende fortspülte, das sie vollkommen erfüllte. Nach dem sie sich sehnte. Und trotzdem wusste sie schon jetzt, dass sie es verfluchen würde, weil es sich mit aller Macht in unpassenden Momenten melden würde, wenn ihre Aufmerksamkeit mit etwas anderem beschäftigt sein sollte.

»Ich hasse Dramen und ich liebe Harmonie«, sagte sie, als sich ihr Atem beruhigt hatte und sie sich an seinen warmen Körper kuschelte. »Ich finde es toll, dass du keine Bemerkungen über meinen unmöglichen Beruf machst. Weißt du, dass daran die meisten Polizistenehen zerbrechen? Auch meine ist letztendlich daran gescheitert.«

»Noch sind wir nicht verheiratet.« Er lächelte und streichelte ihre Brust. »Aber das könnte sich ja ändern lassen.«

Sie lachte laut. »Du bist ein Spinner. Wie lange kennen wir uns jetzt?«

»Ein paar Stunden. Wenn man unser Zusammensein im Wachzustand zusammenrechnet.« Er sah sie ernst an. »Ich werde dir nie Vorwürfe machen. Du lebst dein Leben. Ich lebe meines. Jeder muss den anderen respektieren. Das ist meine Maxime. Aber jeder hat das Recht, darüber zu erzählen, wenn ihn etwas bedrückt. Warum bist du eigentlich Polizistin geworden?«

Darüber hatte sie schon oft nachgedacht. Zu einem eindeutigen Ergebnis war sie nie gekommen. Meistens liebte sie ihren Beruf, aber manchmal hasste sie ihn abgrundtief.

»Weil ich mich nicht abfinden will. Weil ich neugierig bin. Weil ich wissen will, was sich dort abspielt, wo der gewöhnliche Mensch keinen Zutritt hat«, antwortete sie einigermaßen wahrheitsgemäß.

»Und das versetzt dir einen Kick?«

»Ich weiß nicht, ob mir das einen Kick versetzt, aber ich erachte diese Art von Arbeit zumindest als sinnvoll.«

»Meine Arbeit erachte ich ebenfalls als sinnvoll.« Das klang ein klein wenig beleidigt.

»Ja natürlich«, beeilte sie sich zu sagen. »So hab ich das doch nicht gemeint.«

Bei Benjamin musste sie besonders aufpassen, nicht in irgendein Fettnäpfchen zu treten. Es war ihr schon öfter aufgefallen, dass er leicht dahingesagte Worte gern auf die Goldwaage legte.

»Ich glaube, das Helfersyndrom ist tief in mir drin. Sonst wäre ich sicher nicht Rettungssanitäter geworden.«

»Und ich hab offenbar eine Schwäche für Männer mit Heilberufen«, antwortete sie lachend. Sie hatte ihm von David erzählt, ihrem geschiedenen Mann, und hatte bei der Gelegenheit nachgefragt, ob er schon mal beruflich mit ihm zu tun hatte. Doch Ben hatte diese Frage verneint.

Eigentlich wartete sie jetzt darauf, dass er ihr Fragen zu ihrem aktuellen Fall stellte, doch es kam nichts dergleichen. Er atmete regelmäßig. Sie glaubte schon, er sei eingeschlafen.

»Macht es dir eigentlich Spaß, Leute zu verknacken?«, fragte er nach einer Weile.

»Ich *verknacke* niemanden. Das machen die Richter. Ich arbeite ihnen nur zu.«

Sie richtete sich ein wenig auf und sah ihm in die Augen.

»Wenn dieser Fall geklärt ist, dann unternehmen wir was ganz Tolles zusammen, ja?«

»Ist das ein Versprechen?« Er hatte einen Ausdruck im Gesicht, als ob er nicht so recht daran glauben könne.

Sie nickte heftig und dachte gleichzeitig daran, wie viele Versprechen sie in letzter Zeit gegeben hatte. Bei den meisten konnte sie nicht absolut sicher sein, sie auch einlösen zu können. »Aber so lange musst du dich in Geduld üben. Und jetzt muss ich schleunigst in mein eigenes Bett, damit ich morgen wieder fit bin. Gute Nacht.« Sie gab ihm einen kleinen Kuss auf die Lippen, streifte sich schnell die Kleider über und huschte zur Tür.

»Gute Nacht. Schlaf schön. Und lass mich nie wieder so lange zappeln. Sonst könnte ich vielleicht doch die Geduld verlieren.«

»Untersteh dich«, antwortete sie und drohte ihm spielerisch mit dem Zeigefinger.

35

»Sag mal, stimmt etwas nicht mit dir?« Francas Blick ruhte besorgt auf Clarissa. Die Jungkommissarin war blasser als sonst und wirkte ziemlich in sich gekehrt. Auch vermisste Franca die kessen Sprüche, die ihr sonst so leicht über die Lippen gingen.

Clarissa schüttelte wortlos den Kopf und beugte sich tief über einen Aktenordner, in den sie Spurenberichte einsortierte.

»Clarissa? Was ist los? Du hast doch was.«

Die Jungkommissarin hob den Kopf und kaute an ihrem Lippenpiercing. Sie wirkte etwas verloren, es sah aus, als ob sie etwas loswerden wollte, aber nicht recht wusste, wie sie es anfangen sollte.

»Na?« Franca nickte ihr aufmunternd zu. »Mit mir kann man doch reden, oder?«

Clarissa zog scharf die Luft durch die Nase. »Ich weiß nicht, ob es die richtige Entscheidung war, Kriminalkommissarin zu werden«, begann sie zögernd.

»Was?«, entfuhr es Franca. »Also wenn eine das Zeug dazu hat, dann du. Als ob ich dir das nicht schon öfter zu verstehen gegeben hätte. Sogar der Chef richtet sich nach deinen Vorschlägen. Wie kommst du bloß auf solch dumme Gedanken?«

Clarissa wich Francas Blick aus, starrte an ihr vorbei. »Ich fange an, davon zu träumen«, sagte sie leise.

»Wovon zu träumen?«

»Von unserem Fall. Von dem Kind. Das geht nicht mehr

aus meinem Kopf. Ständig stelle ich mir vor, was dieser Mensch mit dem kleinen Timo gemacht hat, ich frage mich, was ihn dazu veranlasst haben könnte.« Nun wagte sie doch, Franca in die Augen zu sehen. »Es ist so schlimm, dass ich Timos Torturen am eigenen Körper spüre. Ich werde misshandelt und gefoltert, ich spüre entsetzliche Schmerzen und eine wahnsinnige Ohnmacht ...« Tränen traten ihr in die Augen.

»Mensch, Clarissa!« Franca stand auf und umarmte die junge Frau, die im gleichen Moment heftig zu schluchzen begann.

»Ich muss das doch aushalten können und ich weiß ganz genau, dass ich das alles nicht so nah an mich ranlassen darf, das ist doch vollkommen unprofessionell.« Ihre Schultern zuckten. Hilfe suchend schmiegte sie sich einen Moment lang an die Ältere, dann löste sie sich wieder und hob den Kopf. Sie sah erbärmlich aus. Ihr Augen-Make-up war verschmiert, schwarze Tränen liefen ihr die Wangen hinab.

»Das ist doch nicht normal, oder?«, flüsterte sie.

»Ich finde diesen Fall auch besonders schlimm«, räumte Franca sanft ein. »Wenn ein Kind getötet wird, lässt einen das niemals kalt. Keinen von uns. Es ist völlig normal, dass dir das so nahe geht. Aber dass dich der Fall bis in deine Träume verfolgt, das darf nicht sein. Meinst du nicht, du solltest mal mit einer Psychologin sprechen?«

»Keine Ahnung.« Sie hob die Schultern. »Wenn ich von der Arbeit nach Hause komme, würde ich am liebsten mit jemand Unbeteiligtem darüber sprechen. Aber das darf ich ja nicht und daran halte ich mich auch. Dann lese ich massenweise Fachliteratur, weil ich denke, ich finde irgendeinen Hinweis, irgendeine Beschreibung, etwas, das uns auf die richtige Spur bringt. Und dann werde ich wahnsinnig wütend, wenn ich detailliert lese, was Menschen sich gegenseitig antun, und wir Polizisten oftmals völlig hilflos sind.«

Franca strich ihrer jungen Kollegin über die Wange. Diese emotionale Achterbahn war ihr nicht fremd. »Theorie ist das eine. Praxis das andere.« Sie sah ihr forschend ins Gesicht. »Du glaubst doch hoffentlich nicht, du müsstest in den Kopf des Täters sehen können, um so zu denken wie er, oder?«

»So machen es aber doch die Profiler vom FBI.«

Franca schüttelte den Kopf. »Ich glaube nicht, dass jemand das auf Dauer aushalten kann.«

»Aber man muss doch verstehen können, weshalb ein Mensch in der Lage ist, einem kleinen Kind so etwas anzutun. Wie will man ihm sonst auf die Spur kommen?«

»Du musst es nicht verstehen können. Du musst es nur auf eine distanzierte Art nachvollziehen können. Aber nicht wirklich verstehen. Das kann niemand verlangen.«

»Du meinst ...«

»Dein Arbeitseifer und deine theoretischen Kenntnisse in allen Ehren, Clarissa. Aber wenn du dabei vor die Hunde gehst und an deinem Beruf zu zweifeln beginnst, dann kann was nicht stimmen, meinst du nicht auch? Meine Maxime heißt: mitfühlen – ja, mitleiden – nein. Damit bin ich immer ganz gut zurecht gekommen. Versuch ein bisschen Abstand zu gewinnen. Wenigstens zu Hause. Lenk dich ab. Konzentriere dich auf etwas, das nichts mit polizeilichen Ermittlungen zu tun hat und das du gern tust. Das hilft manchmal.«

Clarissa putzte sich geräuschvoll die Nase. »Vielleicht hab ich wirklich alles ein wenig übertrieben.«

Franca lächelte nachsichtig. »Weil du gut sein willst. Weil du zu den Besten gehören willst.«

Clarissa presste die Lippen zusammen und nickte.

»Du bist eine unserer Besten. Und Zweifel, ob wir die richtigen Entscheidungen getroffen haben, gehören zum Leben.«

»Einsicht ist der erste Weg zur Besserung.« Clarissa straffte die Schultern. Und lächelte schon wieder ein wenig.

Das Telefonklingeln beendete ihr Gespräch.

»Franca, kommst du mal rüber?« Frankenstein war am Apparat. »Bring deine gesamte Gefolgschaft mit, alle, die da sind.«

Sie hielt den Atem an. »Habt ihr was Neues?«

Nach all den Mutmaßungen endlich eine konkrete Spur? Das wäre nur zu schön.

»Kommt halt her.« Sie legte den Hörer auf die Gabel.

Clarissa hatte sich notdürftig die Tränen abgewischt und sah Franca fragend an. »Wir sollen rüber ins K7 kommen. Frankenstein wollte aber nicht verraten, warum. Du weißt ja, wie sehr er Überraschungen liebt. Sagst du Hinterhuber Bescheid?«

»Erst geh ich zur Toilette. So verheult kann ich da ja kaum aufkreuzen.« Sie fegte hinaus und zog die Tür hinter sich zu.

Franca spürte ein innerliches Kribbeln. Sie wusste, dass Frankenstein nicht einfach so alle zu sich rüber in die Abteilung bat. Da steckte etwas Konkretes dahinter. Sie schätzte den Kollegen sehr, mit dessen Hilfe sie schon etliche Fälle gelöst hatten. Ihr selbst waren die hoch spezialisierten modernen Verfahren der Molekularbiologie, mit denen er aus unscheinbaren Spuren wie Haarfollikeln und winzigsten Hautfetzchen die DNA herauslösen konnte, ein Rätsel. Sie schätzte es, dass er trotz der vielen und intensiven Arbeit noch die Zeit fand, sich regelmäßig in Fortbildungsseminaren auf den neuesten Stand der Wissenschaft zu bringen. Gerade die Fortschritte in der Kriminaltechnik waren rasant. Sie lächelte, als sie daran dachte, wie er manch vergeblichen Versuch gemacht hatte, sie in die Geheimnisse von Desoxyribonucleinsäure und Polymerasekettenreaktionen einzuweihen sowie ihr den Aufbau der menschlichen Chromosomensätze nahezubringen.

Ein paar Minuten später war sie im K7, Frank Steins Wirkungsstätte, und staunte nicht schlecht.

Verschiedene schmuddelig aussehende Kleidungsstücke lagen aufgereiht auf einem Tisch. Eine Kinder-Bermuda, an den abgeschnittenen Rändern ausgefranst, eine blaue Unterhose, ein völlig zerknittertes und verdrecktes weißes T-Shirt mit der Aufschrift ›Champion‹, das zahlreiche dunkle Flecken aufwies, eine lila Baseballkappe mit den eingestickten Buchstaben ›JB‹ sowie ein Paar Turnschuhe der Marke ›Nike‹, an denen Reste getrockneter Erde klebten.

Es waren die von Timos Mutter beschriebenen Kleidungsstücke, die der Junge am Abend seines Verschwindens getragen hatte.

»Wo lag das?«, fragte sie und trat näher heran. Sie konnte den muffigen Geruch von altem Urin riechen.

Inzwischen waren auch Clarissa und Hinterhuber eingetroffen. Auch Brock gesellte sich dazu.

»Wir haben die Umgebung des Fundortes sehr gründlich abgesucht. Das hat gedauert, wie ich schon bemerkte. Timos Kleidung haben wir in einer Höhle gefunden, deren Eingang ziemlich zugewachsen war, ungefähr so wie das Dornröschenschloss im Märchen. Norbert hat sie entdeckt. An einer Stelle markierten zertrampeltes Gras und umgeknicktes Gebüsch, dass sich da vor Kurzem jemand aufgehalten haben musste.«

»Was ist das für eine Höhle? Eine natürliche?«, fragte Clarissa.

Frankenstein schüttelte den Kopf. »Die haben Menschen gemacht. Früher wurden solche Höhlen als Lagerstätten benutzt, als es noch keine Kühlschränke gab. Sie ist relativ hoch, ein nicht allzu großer Erwachsener kann darin aufrecht stehen. Und man ist dort vor aller Welt verborgen. Da konnte der Typ ungehindert seine schmutzigen Sachen machen. Auch abgebrannte Kerzen haben wir dort gefunden, die hat er wahrscheinlich nicht nur dazu benutzt, um besser sehen zu können.« Frankenstein kratzte sich am Kopf. »Offenbar hat sich der Junge vor Angst eingenässt, Hose und Unterhose sind voller Urin. Mit dem T-Shirt hat der Typ sich wahrscheinlich gesäubert. Und auch das haben wir gefunden.« Frankenstein hielt eine weiße, ebenfalls verschmutzte Kordel hoch, die in einem Plastikbeutel verwahrt war. »Nur das Messer fehlt. Das hat er offensichtlich mitgenommen.«

»Das heißt, der hat das Kind in der Höhle attackiert und auch dort getötet«, bemerkte Hinterhuber. »Was meine These bestätigt, dass er ortskundig sein muss.«

»Diese Höhle findet man nie, wenn man nicht weiß, wo sie ist«, bestätigte Frankenstein. »Nach den Blutflecken auf dem Höhlenboden zu schließen, ist das eindeutig der Tatort. In einer Ecke lag auch eine angebrochene Rolle mit Plastikmüllsäcken. Herkömmliche Massenware, wie sie in jedem Supermarkt oder Baumarkt verkauft wird.«

»Gibt's denn irgendeinen brauchbaren Hinweis auf den Täter?«, fragte Franca.

»Der Junge trug ein größeres Heftpflaster am Knie. Daran konnten wir Anhaftungen von Jeansfasern isolieren, die nicht mit den Fasern seiner Bermuda übereinstimmen.«

»Jeansfasern?«, wiederholte Franca skeptisch. Das klang wenig vielversprechend. So gut wie jeder Mann trug heutzutage Jeans.

»Täusch dich mal nicht.« Frankenstein hob zu einer seiner berüchtigten Erklärungsreden an. »Die erweiterte Faserbestimmung ist hocheffizient. Auch wenn es Tausende von Jeans gibt, bekommt jede Jeansfaser durch chemische Elemente bei Herstellungsprozess, Waschen und Tragedauer eine Individualität und ist dadurch von anderen Jeans zu unterscheiden. Wenn du mir die Hose eines Verdächtigen bringst, kann ich mit an Sicherheit grenzender Wahrscheinlichkeit sagen, ob sie materialgleich mit unseren asservierten Fasern ist.«

»Und wenn er sie inzwischen gewaschen hat?« Clarissa blieb skeptisch.

Frankenstein grinste siegessicher: »Auch dann. Das nützt ihm gar nichts.«

»Es sei denn, er hat die Jeans entsorgt«, meinte Clarissa trocken. »Was ich als Erstes tun würde, hätte ich so was getan.«

»Und wenn schon. Wenn ich hierbei nichts Brauchbares finde«, mit der Hand wies er auf die vor ihm ausgebreitete Kleidung, »dann geb ich mein Diplom zurück.«

»Das Mädchen«, Franca betrachtete die Kordel in der Plastiktüte. »Lara Weisglas hat von einer weißen Kordel erzählt, mit der der Mann, den sie Zauberer nannte, Zaubertricks vollführte.«

»Damit wären wir also wieder ein Stück weiter«, sagte Hinterhuber zufrieden.

36

»Ich hab keinen Appetit.« Rainer Liebermann schob seinen gefüllten Teller in die Mitte des Tisches und stützte den Kopf in die Hände. Andrea betrachtete ihren Mann. Er hat sich verändert, dachte sie. Früher hat er sich stets heißhungrig über das Essen hergemacht. Er ist dünner geworden. Die Furchen in seinem Gesicht werden tiefer, und sein Haar wird immer lichter. Andererseits, auch sie wurde nicht von den Zeichen der Zeit verschont.

»Du verschmähst meine gute Küche? Das ist aber nicht nett«, versuchte sie einen scherzenden Ton. Sie hatte Schweinelende gebraten, dazu gab es Kroketten und Salat. Ein Festmahl ohne wirklichen Anlass. Der Tisch war für drei gedeckt, doch Konstantin war unterwegs. Nicht mal angerufen hatte er.

»Tut mir leid.« Rainer wirkte angespannt. »Man hat mich gebeten, den Trauergottesdienst für den ermordeten Jungen zu halten.«

»Du?« Andrea sah ihren Mann erstaunt an. Eigentlich wollte Andrea die Gelegenheit ergreifen und in Ruhe mit ihrem Mann über ihren Sohn sprechen, doch die Neuigkeit verdrängte die Dringlichkeit ihrer eigenen Wünsche.

Rainer Liebermann nickte gequält. »Ich hab mich nicht darum gerissen, das kannst du mir glauben. Urlaubsvertretung für Heiner Strasser.«

»Dann sieh es doch als Herausforderung«, meinte sie aufmunternd. »Da hat ein Mensch gegen ein Gottesgebot verstoßen, und von dir erwartet man nun kluge und einfühlsame Worte.«

»Worte, die dieser schlimmen Sache niemals gerecht werden können.« Er schüttelte den Kopf. »Keine Deutungskunst der Welt und auch keine noch so kluge Predigt können dieses Verbrechen mindern oder als zwangsläufig geschehen legitimieren.«

»Das ist ja auch nicht dein Job«, wandte sie ein.

»Vielleicht nicht. Aber es ist doch die Realität. Und sollten nicht gerade wir Pfarrer alles dransetzen, die Realität nicht schönzureden zu versuchen?«

Sie sah ihm forschend ins Gesicht. »Du willst mehr als eine Predigt, ja? Gerade in diesem Fall fällt es dir schwer zu akzeptieren, dass das Böse eine solche Macht hat und wie wenig wir dagegen ausrichten können, hab ich recht?«

Er schluckte. »Manchmal finde ich es beängstigend, wie gut du mich kennst.« Er nahm seine Gabel in die Hand und drehte den Stiel gedankenverloren zwischen seinen Fingern. »Mir geht so viel durch den Kopf: Was sagt man bloß Eltern, deren Kind ermordet wurde, ohne dass es anbiedernd wirkt? Kann man bei all dem Entsetzen über so etwas Schreckliches überhaupt trösten? Wie glaubwürdig ist ein Gott, der so was zulässt? Aber ich kann auch die andere Seite nicht außer Acht lassen: Auch der Täter ist ein Mensch, ein Kind Gottes, das unschuldig geboren wurde, und erst im Lauf der Zeit durch Umstände, die uns nicht bekannt sind, zum Mörder geworden ist.«

Andrea schüttelte den Kopf. »Du kannst nicht beiden Seiten gerecht werden.«

»Warum nicht? Was wissen wir denn schon?«

»Wir wissen, dass ein Mensch ein Kind getötet hat. Jemand, der uns noch nicht bekannt ist. Jemand, der da draußen rumläuft und vielleicht schon das nächste Kind im Visier hat. So jemanden kannst du doch nicht ernsthaft in Schutz nehmen und verteidigen!«, rief sie aus.

»Ich verteidige niemand. Ich versuche nur zu relativieren. Die meisten Täter sind nicht a priori böse. Nur in bestimmten Situationen, wenn sie gedemütigt, wütend oder verletzt sind, lassen sie sich zu solch schlimmen Taten hinreißen. Anders gesagt: Das Böse lebt in der Tat. Man muss kein böser Mensch sein, um böse Taten zu begehen.«

»Das ist eine rein philosophische Antwort.« Sie lächelte milde. »Du willst tatsächlich nicht den Glauben an das Gute im Menschen aufgeben. Auch nicht angesichts solch einer monströsen Tat.«

Er nickte. »Ich möchte das gern neutral sehen. Mit den Augen eines sachlichen Beobachters. Das würde mir das Verstehen erleichtern. Aber geht das denn, was glaubst du?«

Andrea durchdrang eine kleine Freude, wenn ihr Mann sie um ihre Meinung fragte, besonders wenn es um solch ernste Angelegenheiten ging, für die es keine einfachen Antworten gab. Als seine gleichberechtigte Partnerin fühlte sie sich dann stark und wertvoll. Aber ob sie in diesem Fall eine wirkliche Hilfe sein konnte? Sie spürte, dass sie nicht in der Lage war, eine neutrale Position einzunehmen. Auf gar keinen Fall wollte sie sich vorstellen, dass sie Ähnliches erleiden könnte wie die Eltern des toten Jungen. Andererseits fand sie die Gedankengänge ihres Mannes richtig. Ein Paar musste nicht immer in die gleiche Richtung denken, durch eine gewisse Unterschiedlichkeit kam man manchmal auf die interessantesten Lösungsansätze.

»Der Trauergottesdienst ermöglicht den Eltern, Abschied von ihrem Kind zu nehmen. Das sollte so würdevoll wie möglich geschehen, dafür bist du zuständig.«

Rainer seufzte. »Erschwerend kommt hinzu, dass die Eltern zerstritten sind und einander nicht mal in diesen schweren Stunden beistehen. Dabei ist ihnen beiden das Liebste genommen worden, was sie hatten. So ein Schicksalsschlag sollte sie doch eher zusammenketten.«

Andrea schnitt ein Stück Fleisch ab und schob es in den Mund. Das Essen war inzwischen kalt geworden. Auch sie hatte keinen rechten Appetit mehr. »Mir kommen unsere Sorgen angesichts dieser Probleme so klein vor. Was für ein Schmerz muss das sein, das eigene Kind ermordet zu wissen.« Ihr Blick ruhte auf ihrem Mann.

Er sah hoch, direkt in ihre Augen. Sein Blick war starr, und es lag etwas darin, das sie nicht recht deuten konnte. »Weißt du, wovor ich Angst habe? Dass es einer von uns ist. Vielleicht ist es sogar jemand, den wir kennen?«

»Hast du etwa einen Verdacht?«

»Nein, das nicht. Aber womöglich ist es tatsächlich jemand aus unserer Gemeinde, von dem wir niemals angenommen hätten, dass er in der Lage sei, so was zu tun.«

Sie wiegte den Kopf. »Wer kann einem anderen schon in den Kopf sehen.«

»Ich geh ins Arbeitszimmer.« Abrupt stand er auf.

»Bitte bleib noch«, bat sie und fasste nach seiner Hand. »Ich wollte noch etwas mit dir besprechen. Etwas ganz anderes.«

»Aha.« Er setzte sich wieder und sah sie fragend an.

Vielleicht war es nicht klug, ihn jetzt mit ihren eigenen Ängsten zu konfrontieren. Aber wenn sie das nicht bald loswurde, platzte sie. Dennoch wusste sie nicht, wo sie beginnen sollte. Obwohl sie ahnte, dass diese Angst irrational war, dass das, was sie ihrem Kind mitgegeben hatten, niemals aufgewogen werden konnte von Eltern, die sich nicht gekümmert hatten. Aber hieß es nicht immer, Blut sei dicker als Wasser?

Einen Moment herrschte Stille. Dann brach es aus ihr hervor: »Rainer, ich hab solche Angst, Konny zu verlieren«, flüsterte sie tonlos.

»Wie kommst du denn auf so was? Will er etwa immer noch diese Britta heiraten?«

»Nein, das ist es nicht.« Sie erzählte ihm von Konnys Fragen nach seinen leiblichen Eltern. Dass er wissen wolle, woher er stammte. Dass er nicht aufgeben würde, nachzuforschen.

»Er ist doch unser Kind«, sagte sie. Tränen rollten ihre Wangen hinunter. »Was interessieren ihn da diese Menschen, die ihm so Schlimmes angetan haben?«

Er sah sie mit weichem Blick an. »Ich denke, Konny weiß, wer seine wahren Eltern sind. Aber kein Kind gehört einem für immer. Irgendwann werden wir loslassen müssen. Das ist der Lauf der Dinge. Wahrscheinlich schon bald. Mit 18 ist er volljährig, da kann ihm keiner mehr Vorschriften machen, und er kann tun und lassen, was er will. Du wirst sehen, es wird alles gut.«

Sie schluchzte laut auf.

»Er ist mir so fremd geworden. Und seine Hartnäckigkeit macht mir Angst.«

Rainer stand auf. »Entschuldige, aber ich kann mich damit im Moment nicht auch noch belasten. Mir gehen andere Dinge im Kopf herum. Das verstehst du doch sicher.«

Sie sah ihm entsetzt nach und fühlte sich wahnsinnig alleingelassen.

37

Silbern glänzten die Flügel der Möwen. Wie Babys schrien sie oder wie Katzenkinder. Ab und an sah man ein großes Schiff am Horizont vorbeifahren, das über die Nordsee schipperte. Zeeland war bekannt für seine sauberen und familienfreundlichen Strände, deshalb hatten sie sich für dieses Urlaubsziel entschieden. Holzpflöcke ragten weit ins Meer, die Wellen brachen sich daran, an ihnen konnte man die Höhe von Ebbe und Flut ablesen. Ebbe und Flut. Immer wiederkehrendes faszinierendes Schauspiel, wenn das Meer sich zurückzog, aber man wusste, es war nicht verschwunden, es kam in einem bestimmten Zeitabstand wieder.

Dorothee lag auf einem bunten Strandlaken, trug einen knappen Bikini und rieb sich die warme Haut mit Sonnencreme ein. Dabei beobachtete sie das Meer. Das Heranrollen der Wellen. Die tanzenden Schaumkronen. Die bunten Segel der Katamarane und der Windsurfer.

Etwas weiter vorn am Wassersaum spielten ihre beiden Kinder, die fröhlich juchzten. Alles war friedlich, die Kinder vertrugen sich einigermaßen. Beide trugen Sonnenhütchen, obwohl Elias sich dagegen gewehrt hatte, aber es war ihr gelungen, ihn von der Notwendigkeit zu überzeugen. Geduldig hatte sie den beiden erklärt, die Sonne sei nicht nur schön, sie könne auch krankmachen, deshalb sei es wichtig, sich so gut wie möglich zu schützen. Die Haut mit einem hohen Sonnenschutzfaktor einzucremen, gehörte dazu. Widerwillig hatte sich Elias schließlich gefügt.

Lucia klopfte eifrig mit der Schaufel die Mauer um die Sandburg fest. Aus Sandschlamm formte Elias kunstvolle Verzierungen, die Spitzen und Zinnen ergaben. Michael saß dabei und zog einen Graben drumherum. Damit der Feind nicht in die Burg eindringen konnte, wie er den Kindern erklärte. In dem Graben floss das Wasser

Ihre Tochter kam auf sie zu. »Mama, schau mal, was ich gefunden habe.« Lucia hielt eine Muschel hoch. Eine Herzmuschel. Wie Tausende an diesem Strand lagen.

»Schön«, Dorothee lächelte. »Sammelst du die?« Die Kleine nickte eifrig und zeigte in ihren Plastikeimer. »Ich hab schon ganz viele.« Dann lief sie wieder zu ihrem Bruder und ihrem Papa.

Dorothee seufzte wohlig. Es war ein harmonischer Urlaub, der ihrer kleinen Familie gut tat. Und an den sich die Kinder noch lang erinnern würden. Dorothee hatte ein Buch mit an den Strand genommen, doch sie kam kaum dazu, darin zu lesen. Zu sehr lenkten sie die Eindrücke ringsum und der hohe Geräuschpegel ab.

Sie hatten das alte Zelt vom Dachboden geholt und es auf einem Campingplatz nahe am Strand aufgestellt. Es war zwar alles ein wenig eng. Aber sie nutzten es ja nur zum Schlafen. Dorothee fühlte sich frei und glücklich. Michael erwies sich einmal mehr als liebevoller Vater, der sich viel Zeit für die Kinder nahm. Er blühte richtig auf, hier, wo er selbst wieder ein wenig Kind sein durfte.

Dieser Urlaub war so wichtig für sie alle. Zuhause hatte sie oft gedacht, dass Michael kurz vorm Burn-out stand, weil er sich in seinem Beruf so schwertat. Als Altenpfleger hatte er es nicht leicht. Es hatte sich so vieles verändert, der Druck wurde immer stärker, und die Anzahl der zu betreuenden Personen wurde immer größer, jedoch wurden nicht mehr Pfleger eingestellt. Manchmal erzählte er ihr von seinen Problemen. Wie wenig Zeit ihm für eine einzelne Person zur Verfügung stünde, wie er über jede Minute Buch führen müsse, und wie die vorgegebene Zeit hinten und vorn nicht reiche. Überstunden waren an der Tagesordnung, ja, wurden einfach erwartet, obwohl man eigentlich mehr Personal einstellen müsste. Dabei sprudelte ihr sonst so stiller Mann über, ereiferte sich über Ungerechtigkeiten und Sinnlosigkeiten, die ihm zugemutet wurden. Umso wichtiger war dieser Urlaub gewesen, um die Batterien wieder aufzuladen.

Die Kinder kamen zu ihrem Platz zurück. »Mama, hast du unsere Burg gesehen, ist die nicht schön?«, fragte Lucia voller Stolz.

»Die ist wunderschön«, antwortete Dorothee lächelnd.

»Also ich finde ja, das ist eher ein Schloss«, meinte Michael und setzte sich neben sie. »Da wohnen König und Königin und Prinz und Prinzessin. Wisst ihr denn, dass Holland ein Königreich ist?«

Die Kinder machten große Augen. Er zog ein mitgebrachtes Buch hervor und las ihnen die Geschichte von der Möwe Emma vor, beide Kinder lauschten andächtig. Auch Dorothee hörte zu. Ihr Mann hatte eine schöne Vorlesestimme, sie konnte tief eintauchen in die Fantasiewelt, die in ihrem Kopf entstand.

Als die Sonne tiefer sank, stiegen die Wellen der Nordsee wieder höher. Morgen wollten sie sich Räder ausleihen und alle zusammen eine Fahrradtour machen. Elias bestand darauf, ein eigenes Kinderfahrrad zu bekommen, und Lucia würde in einem Kindersitz auf dem Rad ihres Vaters sitzen.

Dorothee konnte sich vorstellen, ewig hier zu bleiben, Michaels Stimme zu lauschen, im Hintergrund das Rauschen der Wellen. Die Sonne auf der Haut zu spüren und es sich gut gehen zu lassen. Sie bedauerte ein wenig, dass zwei Wochen viel zu kurz waren, und sie bald schon wieder in Richtung Heimat aufbrechen mussten.

38

»Den Eltern ist das Schlimmste widerfahren, was Menschen überhaupt widerfahren kann«, begann Rainer Liebermann seine Predigt. »Timo lebt nicht mehr, das müssen wir begreifen, obwohl wir damit an unsere sprachlichen und gedanklichen Grenzen stoßen. Sein junges Leben wurde ihm auf brutale Weise genommen. Ein unfassbares Verbrechen, dem wir hilflos und verzweifelt gegenüberstehen, das uns alle, die wir hier versammelt sind, erschüttert.«

Barbara Sielacks saß in der ersten Reihe, den Blick auf ihr lachendes Kind gerichtet, dessen Foto neben dem Altar aufgestellt war. Sie war ohne ihren Mann gekommen, der, wie er sagte, dies alles nicht aushalten könne. Auch ihr fiel es schwer, hier zu sein, aber sie hätte es nicht übers Herz gebracht, dem Trauergottesdienst fernzubleiben. Sie fand, dass sie diese letzte Ehrerweisung Timo schuldig war.

Vor das Bild ihres lachenden, lebendigen Kindes schob sich ein anderes Bild, ohne dass sie es wollte: Timo, wachsbleich mit geschlossenen Augen und mit nassen Blättern im Haar.

»Im Angesicht des Bösen sind wir fassungslos, empört, die Welt ist aus den Fugen – weil jemand sie bewusst zerstört hat.«

Sie blinzelte heftig und versuchte, sich auf das zu konzentrieren, was der Pfarrer sagte. »Timo war ein Opfer der Willkür und der Gewalt eines Stärkeren. Sein Tod hat uns alle erschreckt, bestürzt und mit tiefer Trauer erfüllt.«

Viele Menschen standen dicht gedrängt an den Seitenwänden der Kirche. Die Predigt wurde über Lautsprecher nach draußen übertragen. Wahrscheinlich waren dort noch mehr Trauergäste.

»Wir sind alle unendlich traurig. Unser ganzes Mitgefühl gilt den Eltern. Verständnislos stehen wir vor dieser Tat. Ein neunjähriges Kind, am Anfang seines Lebens, müssen wir heute zu Grabe tragen. Aber wir können eines mit Gewissheit sagen: Timo ist nun in der Hand Gottes geborgen.«

Pfarrer Liebermann hielt eine bewegende Abschiedsrede. Beim Trauergespräch war er sehr einfühlsam gewesen, und sie fand ihr Kind wieder in seinen Worten, mit denen er Timo beschrieb. Er schilderte ihn als einen fröhlichen Jungen, der gern zur Schule ging und viele Freunde hatte. Der sich gern bewegte und Sport trieb und mit seinem Fahrrad Kunststückchen vollführte.

Barbara Sielacks dachte daran, wie sie ihm als kleinem Jungen das Fahrrad-Fahren beigebracht hatte. Später, als er es beherrschte, fuhr er gern freihändig und ein paar Mal fiel er dabei auch auf die Nase.

»Manchmal nervte er seine Lehrer und Mitschüler, weil er alles gar zu genau nahm«, äußerte der Pfarrer, was sie nur bestätigen konnte. »Auf jeden Fall ist Timo ein Kind, das nicht vergessen werden sollte.«

Der Pfarrer mühte sich redlich, Antworten auf Fragen zu formulieren, für die es im Grunde keine Antworten gab, und erzählte die Geschichte von Hiobs Freunden, die sieben Tage und Nächte schweigend bei ihm saßen, als er großen Kummer hatte. »Sie sprachen nicht, denn es gab keinen Trost. Und auch wir wollen jetzt nicht viel reden, sondern uns auf Sätze aus der Heiligen Schrift einlassen.«

Es wurde laut und viel geschluchzt während des Gottesdienstes. Barbara hatte die Hände gefaltet und den Kopf gesenkt. Ihr Gesicht war versteinert. Weinen konnte sie nicht mehr. Sie hatte bereits zu viele Tränen vergossen.

»Wir können nicht begreifen, was geschehen ist. Und doch dürfen wir uns nicht dazu hinreißen lassen, Böses mit Bösem zu vergelten. Gedanken und Fragen quälen uns. Sei bei uns in unserer Trauer, oh Herr. Gib uns Mut zum Leben.«

Jetzt sprach der Pfarrer Barbara direkt an. »Sie und Ihr Mann, die ihr so schmerzlich das Schreckliche erfahren musstet, werdet das möglicherweise nie überwinden.«

Etwas hilflos mutete sein Versuch an, Gegenentwürfe zu den furchtbaren Bildern zu entwickeln, die mit dem Tod ihres Kindes einhergingen. »Wir können nur hoffen, dass er jetzt im Garten Gottes ein wunderbares Leben hat. Das Leben ist nicht ausgelöscht. Es ist noch da. In unseren Herzen lebt Timo weiter.«

Zum Zeichen dafür zündete er eine Kerze an. »Diese Kerze dürfen Sie mit nach Hause nehmen«, sagte er an Barbara gewandt. »Wann immer Sie die Kerze anzünden, wird Ihr Sohn bei Ihnen sein.«

Dann erklang ein Lied von Timos Lieblingssänger Justin Bieber: *And there's just no turning back,*
When your heart's under attack,
Gonna give everything I have,
It's my destiny.

Sphärische Klänge, die sich in dieser Kirche merkwürdig anhörten. Obwohl sie es gewesen war, die den Vorschlag gemacht hatte, überfiel sie plötzlich das Gefühl, dies alles nicht mehr ertragen zu können. Abrupt stand sie auf und hastete auf den Ausgang zu. Vorbei an den dunkel gekleideten Menschen, deren mitleidige Blicke sie in ihrem Rücken spüren konnte.

39

»Die Anzeichen verdichten sich, dass der Täter die Verbrechen an beiden Kindern begangen hat. Zeitlich gesehen liegen beide Taten dicht beieinander. Insofern scheint die

Cool-down-Phase dieses Täters kurz zu sein. Das heißt mit anderen Worten, wenn wir ihn nicht schnellstens fassen, haben wir womöglich bald ein weiteres totes Kind zu beklagen«, sagte Olsen.

Als ob uns das nicht schon längst klar wäre, dachte Franca.

Berthold Olsen strich über den grau melierten Schnurrbart und räusperte sich. An der Wand hinter ihm hing eine Regionalkarte der Umgebung. »Das Verhalten des Mörders kristallisiert sich immer klarer heraus.« Er tippte mit einem Laserpointer auf eine der markierten Stellen im Rauscherpark. »Die hier zurückgelassenen Kleidungsstücke des Jungen werden uns ein großes Stück weiterbringen.« Anerkennend sah er in Frankensteins Richtung. »Unser Täterprofil wird immer genauer. Aber natürlich kann ein Profil nur ein zusätzliches Hilfsmittel sein. Gibt es inzwischen eine neue Spurenlage?«, fragte er den Kriminaltechniker.

»Das Gen- und Fasermaterial auf der Kleidung ist zwar noch nicht vollständig ausgewertet, aber ziemlich vielversprechend. Ich bin sicher, auf unserer nächsten Sitzung mehr darüber berichten zu können«, äußerte der Leiter der Spurensicherung.

Einige Sekunden lang ertappte sich Franca, dass sie dabei war, sich in eine andere Welt zu träumen, eine Welt, in der es nur Wärme, Zärtlichkeit und keine Gewalt gab. Sie blinzelte irritiert, rief sich sofort zur Räson und folgte weiter konzentriert dem Verlauf des Gesprächs.

Die EDV-Spezialistin Renate Julien berichtete, dass die eigens für diesen Fall eingerichtete Homepage großen Zuspruch erhielt und sehr oft angeklickt wurde. Allerdings recht gleichmäßig von unterschiedlichen Leuten. Das besondere Interesse einer einzelnen Person, wie sie sich erhofft hatte, war nicht abzuleiten.

Die einzelnen Puzzleteile begannen sich immer mehr zu einem vielversprechenden Ganzen zusammenzusetzen. Das hatten sowohl der Staatsanwalt als auch Osterkorn anerkennend geäußert. Ein Erfolg, der sich hoffentlich bald abzeichnete, war bitter nötig.

»Insgesamt ist er sehr geplant vorgegangen«, kommentierte Berthold Olsen die Handlungsweise des Täters. »Er hat ein Auto gestohlen, um damit ein Verbrechen zu begehen. Er hat vorsätzlich einen Unfall provoziert, hat den Jungen dadurch in seine Gewalt gebracht und ist mit ihm an einen abgelegenen Ort gefahren. Der Rauscherpark ist tagsüber meist gut besucht, besonders jetzt im Sommer. Aber bei Dunkelheit so gut wie menschenleer. Der Tatort, die Höhle, liegt versteckt hinter wucherndem Gebüsch. Dort konnte er ungehindert sein Vorhaben ausführen ohne die Befürchtung, entdeckt zu werden.«

Brock schob seinen Stuhl zurück, ein Geräusch, das kurz die Aufmerksamkeit der anderen auf sich zog.

»Alles war sorgfältig vorbereitet«, fuhr Olsen fort. »Utensilien, die für seine Tat notwendig waren, trug er bei sich. Darunter Kabelbinder, um den Jungen zu fesseln und handlungsunfähig zu machen, sowie Kerzen, die er unter anderem dazu benutzt hat, das Innere der Höhle zu erleuchten. Vielleicht sogar, um eine romantische Stimmung zu erzeugen.«

»Was?« Brock schrie es fast. »Romantisch? Ich glaub, ich spinne.«

»Wissen Sie denn so genau, was in einem solchen Täter vor sich geht?«, fragte Olsen. Brock schnaubte.

»Können Sie sich wirklich vorstellen, aus welchem

Bedürfnis der Machtausübung heraus ein Mensch einen anderen quält und anschließend tötet?« Er blickte etwas provokant in Brocks Richtung. »Ich behaupte, nein. Weil wir dabei ständig an gedankliche Grenzen stoßen. Also müssen wir uns in eine vollkommen andere Erfahrungswelt hineinbegeben, um zumindest ansatzweise nachvollziehen zu können, was diesen Menschen zu seiner Tat veranlasst haben könnte. Menschliches Verhalten ist sehr komplex. Wir sollten deshalb in unserem Beruf tunlichst vermeiden, das Verhalten eines anderen nach unserer moralischen und ethischen Einstellung zu beurteilen. Nur dann können wir uns den möglichen Motiven eines Straftäters annähern.«

Für einen Psychologen ist Olsen ganz schön unsensibel, dachte Franca, die sich vorstellen konnte, dass Brock diese Bemerkungen als regelrechte Standpauke betrachtete und er sich noch mehr in seine zynische Ecke gedrängt fühlte, auch wenn sie noch so berechtigt waren.

»Er hat die Kerzen auch benutzt, um dem Kind Verbrennungen zuzufügen, wie wir aus dem Obduktionsbericht wissen«, fuhr Olsen fort. »Des Weiteren führte er eine Baumwollkordel mit sich, um das Kind zu drosseln, sowie ein Messer. Dass er Kondome benutzte, zeugt ebenfalls von seiner Besonnenheit.« Er hielt einen Moment inne, als ob er erwarte, dass es wieder irgendwelche Zwischenbemerkungen gab. Als niemand etwas sagte, fuhr er fort: »Da weder verwertbare Fingerspuren noch wirklich DNA-fähiges Material gesichert werden konnten, ist es wahrscheinlich, dass er Handschuhe trug. Die wurden allerdings nicht gefunden. Ebenso wenig wie Kondome. Das lässt auf weiteres strukturiertes Verhalten schließen. Er wollte so wenig wie möglich von sich hinterlassen, das

Aufschluss über seine Persönlichkeit geben kann. Er war sich also über sein Tun und dessen mögliche Konsequenzen völlig im Klaren.«

Olsen sah kurz mit zusammengekniffenen Augen in die Runde. »Während des Missbrauchs oder auch danach drosselte er das Kind mit der Kordel, würgte es mit seinen Händen, wahrscheinlich um seine Lust zu steigern und verging sich an ihm. Schließlich hat er dem bereits toten Kind mit einem Messer die Halsschlagader durchtrennt.«

Franca beobachtete Clarissa, doch sie ließ sich nichts anmerken. Ihre Augen hingen an den Lippen des Profilers. Sie war voll konzentriert auf das, was er sagte.

»Was ist mit dem Messer? Ist das inzwischen aufgetaucht?«, wollte der Staatsanwalt wissen. Seine Hände spielten mit einem Kugelschreiber. Unter seinen Anzugärmeln schauten blütenweiße Manschetten hervor.

»Wir haben wirklich jeden Stein umgedreht und nichts gefunden. Deshalb nehmen wir an, es befindet sich noch im Besitz des Täters«, antwortete Frankenstein. Bedauern schwang in seiner Stimme.

»Oder er hat es an einer entlegenen Stelle weggeworfen«, wandte Franca ein.

»Oder das.«

»Fakt ist, dass der Täter die nackte Kinderleiche in einen Plastiksack gesteckt hat«, nahm Olsen seinen Faden wieder auf, »und sie einige Tage in der Höhle liegen ließ. Dass er zurückgekehrt ist und den Sack mit dem Kind in die Nette geworfen hat, gibt uns weiteren Aufschluss über sein Handeln.« Olsen strich sich mit Zeigefinger und Daumen über das Kinn. »Die meisten Täter kümmern sich nach der Tötung nicht um ihr Opfer. Sie lassen es einfach zurück und denken nur noch an Flucht. Dieser Täter jedoch hat die Leiche vorerst am Tatort, also in der Höhle, belassen, wo sie ein paar Tage unentdeckt gelegen haben muss. Danach ist er zurückgekehrt und hat den Sack samt Inhalt in die Nette geworfen. Man fragt sich, warum er dieses Risiko eingegangen ist, denn jemand hätte ihn ja beobachten können.« Olsen schaute auffordernd in die Runde.

»Vielleicht war es ihm wichtig, dass das Kind nicht dort bleiben sollte, wo er es getötet hatte«, sagte Hinterhuber.

»Das war auch mein Gedanke. Es könnte sein, dass ihm diese Höhle etwas bedeutet. Vielleicht hat er dort schon einmal ein Verbrechen begangen. Vielleicht sogar das an der kleinen Lara Weisglas, wie Frau Mazzari vermutet.« Olsen nickte in Francas Richtung. »Hierbei stellt sich natürlich die Frage: Warum hat er das Mädchen leben lassen und den Jungen nicht? Dafür kann es mehrere Gründe geben: Er könnte das Mädchen als weniger intelligent eingeschätzt haben, auch weil es jünger war als Timo, das heißt, die Gefahr, dass sie in der Lage ist, ihren Peiniger genau zu beschreiben, hat er als gering erachtet. Es wurde erwähnt, dass sich der Junge weniger defensiv verhalten haben könnte als das Mädchen. Vielleicht hat er dem Täter ins Gesicht geschleudert, was er von ihm hält, und dieser hat schlichtweg die Kontrolle verloren.«

»Ist es nicht auch möglich, dass dem Täter der alleinige Missbrauch nicht mehr genügte?«, warf Hinterhuber ein. »Dass er, um wirklich befriedigt zu sein, unbedingt töten wollte?«

»Omnipotenzgefühle spielen bei solchen Tätern eine große Rolle«, bestätigte der Fallanalytiker. »Vor dem Töten wollte er demütigen. Das ist ganz klar zu erkennen. – Nun zu den Schnitten am Hals«, griff Olsen einen weiteren Aspekt auf. »Einige Probeschnitte zeugen davon, dass der

Täter mehrmals das Messer angesetzt hat, bevor er den finalen Schnitt ausführte. Daraus kann man eine gewisse Unsicherheit ableiten, das Schneiden ist ihm nicht leichtgefallen. Der Schnitt wurde postmortal ausgeführt. Er wusste also nicht, dass das Kind bereits tot war. Das heißt, er wollte ganz sicher gehen, dass sein Opfer tot ist.«

Einen Moment herrschte bedrücktes Schweigen.

»Herr Hinterhuber und ich haben das bereits erstellte Täterprofil erweitert. Aus all diesen Hinweisen können wir nun folgende Rückschlüsse auf die Täterpersönlichkeit ziehen.« Er nickte in Hinterhubers Richtung. »Es handelt sich vermutlich um einen unauffälligen, wahrscheinlich sogar sympathischen Mann, dessen Alter ich zwischen 30 und höchstens 50 Jahren ansetzen würde. Er ist in irgendeiner Weise mit der Gegend um die Rauschermühle vertraut. Vielleicht hat er seine Kindheit in Plaidt oder in Saffig verbracht. Oder er wohnt noch heute dort. Er ist intelligent. Sein Beruf hat wahrscheinlich etwas mit Pflege oder Sozialarbeit zu tun. Womöglich ist er Arzt oder Krankenpfleger.«

»Wie kommen Sie denn darauf?« Nicht nur Staatsanwalt Hansen schaute ungläubig.

»Die Art, wie er mit dem Jungen umgegangen ist, lässt darauf schließen. Natürlich können wir uns in einigen Punkten täuschen«, räumte Olsen ein. »Diese Gefahr besteht immer. Aber mit diesem Profil haben wir den Täterkreis erheblich eingegrenzt.«

»Das ist ein ganz feiger Hund«, stieß Brock heftig hervor. »Nur feige Hunde sind in der Lage, einem Kind so was anzutun.«

»Da gebe ich Ihnen vollkommen recht«, erwiderte Berthold Olsen. »Solche Täter sind auf der Feigheitsskala ganz oben angesiedelt. Aber bei der Aufklärung der Tat bringen uns moralische Wertungen nicht weiter.«

Roger Brock schnaubte, verschränkte die Arme vor seinem Körper und starrte vor sich hin.

»Und was würden Sie raten, wie weiter vorzugehen ist?«, fragte Osterkorn.

»Ich würde vorschlagen, die Medien ehestmöglich zu einer weiteren Pressekonferenz einzuladen. Ich glaube, dass er alle Nachrichten zu dem Fall aufsaugt wie ein Schwamm. Er soll wissen, was wir von ihm in Erfahrung gebracht haben, das wird ihn nervös machen. Im Zusammenspiel mit den Medien kann mehr und mehr Fahndungsdruck aufgebaut werden. Ich würde sogar noch einen Schritt weiter gehen und behaupten, es gäbe Zeugen, die ihn am Tatort gesehen haben. Auch wenn das nicht stimmt. So können wir ihn provozieren und ihn in die Falle locken. Vielleicht können wir ihn so zermürben, und er begeht einen grundsätzlichen Fehler, indem er sich verleiten lässt, uns einen Hinweis zu geben, vielleicht ja auch anonym. Sie wissen, ich halte ihn für ziemlich intelligent, aber auch der Intelligenteste hat seine Achillesferse.«

Clarissa suchte Francas Blick. Genau, wie ich vorgeschlagen habe, aber auf mich wolltet ihr ja nicht hören, schien ihre triumphierende Miene auszusagen. Von ihrem Zusammenbruch war ihr nichts mehr anzumerken. Offensichtlich hatte sie sich wieder gefangen.

»Wenn der so schlau ist, wie Sie meinen, dann wird er sich über uns kaputtlachen«, brummelte Brock mit düsterer Miene.

»Das wird ihm schon noch vergehen, glauben Sie mir.«

40

»Die Mitarbeiter der Mordkommission haben alles versucht, um Licht in den Fall des getöteten Timo S. zu bringen. Doch auch nach wochenlanger intensiver Arbeit
haben die Fahnder keinen konkreten Verdacht«, drang die
gut modulierte Stimme einer jungen Sprecherin mit langen
dunklen Haaren aus dem Fernsehgerät. »Bei der Trauer-
feier waren Hunderte Menschen anwesend, um den kleinen Timo zu verabschieden. Pfarrer Rainer Liebermann
sprach in seiner Predigt bewegende Worte.« Brennende
Kerzen und Grableuchten wurden eingeblendet und her-
angezoomt, Blumen, Stofftiere und Zettel mit Botschaf-
ten: »Timo, wir vermissen dich.«

»Auf der heutigen Pressekonferenz zogen Polizei und
Staatsanwaltschaft eine Zwischenbilanz. Der Mörder des
kleinen Timo ist noch immer auf freiem Fuß. Allerdings
habe sich ein wichtiger Zeuge gemeldet, so die Leiterin
der Sonderkommission, Franca Mazzari. Die Ermittler
sind fest davon überzeugt, den Täter in allernächster Zeit
schnappen zu können.« Aufnahmen vom Rauscherpark
flimmerten über den Bildschirm. Das Auge der Kamera
glitt über das obligatorische flatternde Absperrband hinweg auf die Männer in weißen Schutzanzügen, die in
gebückter Haltung die Gegend um das Flüsschen Nette
absuchten. Das Plätschern des Wassers war durchdrungen
von gespenstischer Musikuntermalung.

»Als Ergebnis von gezielten Durchsuchungen wurden zahlreiche Gegenstände sichergestellt, darunter auch

Bekleidungsstücke des Jungen in einer Höhle im Rauscher-park bei Plaidt. Diese Höhle ist der offensichtliche Tatort und befindet sich in der Nähe des Auffindeortes der Leiche. Sofern nicht von vornherein ein Zusammenhang mit dem Verschwinden Timos ausgeschlossen werden konnte, wurden alle Beweisstücke mit der gebotenen Sorgfalt von Spezialisten des Erkennungsdienstes gesichert. Für die zeitnahe Bearbeitung stehen auch Wissenschaftler des LKA des Landes Rheinland-Pfalz zur Verfügung.« Schwenk zu einer Frau in mittleren Jahren, in deren kurzem Haar der Wind spielte und es ein wenig zur Seite stülpte.

»Die Anteilnahme und Hilfsbereitschaft der Bevölkerung war von Anfang an sehr groß. Dennoch appelliert Hauptkommissarin Franca Mazzari eindringlich daran, auch weiterhin jeden noch so unbedeutend erscheinenden Hinweis der Polizei zu melden.«

»Bitte wenden Sie sich an uns. Wir versichern Ihnen, dass jeder Hinweis auf Wunsch vertraulich behandelt wird. Schließlich könnte das letzte fehlende Puzzlestück zur Klärung des Verbrechens an Timo dabei sein«, sprach sie in die Kamera.

»Falls Sie sachdienliche Hinweise geben können, setzen Sie sich bitte mit der Kripo Koblenz in Verbindung«, wandte sich die Sprecherin an die Zuschauer und nannte eine Telefonnummer.

Ausschnitte aus der Pressekonferenz wurden eingeblendet. Dann kam Franca Mazzari wieder ins Bild. »Wir sind ihm ganz dicht auf der Spur. Früher oder später geht er uns in die Falle«, erklärte die Hauptkommissarin mit Bestimmtheit.

Er grinste in sich hinein. Nichts hatten sie. Gar nichts. Da saßen sie mit ernsten Mienen und demonstrierten Siegesgewissheit. Doch worin diese sich begründete, konnte niemand benennen.

Zuerst war er furchtbar erschrocken gewesen und hatte atemlos jedes Wort dieses Berichtes verfolgt. Sollten sie ihm tatsächlich auf den Fersen sein? Vorsorglich hatte er den Beitrag aufgezeichnet und sofort nochmals abgespielt. Um ganz sicher zu gehen, dass er auch nichts übersehen hatte.

Nein. Nun fühlte er sich erleichtert und erhaben. Sie hatten nichts. Alles nur heiße Luft, was sie da verkündeten.

Im Internet verfolgte er jeden neuen Artikel über den Fall. Interessant für ihn war, dass sie eine Homepage eingerichtet hatten, auf der die neuesten Ergebnisse nachzulesen waren. Doch er hütete sich, diese Seite allzu oft anzuklicken. Wenn er einen Fehler gemacht hatte, dann würde er das sofort erkennen.

Dennoch, die Fernsehsendung ließ ihn aufhorchen und wühlte ihn auf. Bisher hatte sich die Polizei mit ihren Ergebnissen ziemlich zurückgehalten und stets auf ermittlungstaktisches Schweigen verwiesen. Nun legten sie offenbar die Karten auf den Tisch.

Ein Akt der Verzweiflung? Oder sollte er sie vielleicht doch unterschätzen? Er war sehr angespannt. Es wunderte ihn, dass sie die Kleider des Jungen in der Schlangenhöhle gefunden hatten. Dort hatte er als Kind oft gespielt und einmal eine Schlange darin entdeckt, wahrscheinlich eine Blindschleiche, deshalb hatte er sie so genannt.

Er beglückwünschte sich nochmals zu dem Einfall, nicht sein eigenes Fahrzeug benutzt zu haben. In dem gestohlenen Wagen hatte er so viele Fremdspuren verteilt, dass es Jahre dauern würde, bis alle ausgewertet waren.

Nein, er war sicher, dass sie bluffften. Ihm würde man nicht so schnell auf die Schliche kommen. Er spürte das Kribbeln in seinem Magen. Sein Finger glitt vorsichtig über die geschärfte Schneide des Jagdmessers. In seinem Kopf regte sich etwas. Bilder schossen ihm blitzartig durch den Kopf. Er sah ein Kind vor sich. Ein Junge, dem Horror und Angst im Gesicht standen. Und das Wissen, nicht entkommen zu können. Bisher hatte er geglaubt, diese Bilder eindeutig zuordnen zu können. Doch das Bild verschmolz mit etwas aus seiner Erinnerung, das er tief in sich vergraben hatte. Mit einem Mal war er sich nicht mehr sicher, wessen Gesicht das war.

41

»Findest du, wir haben zu dick aufgetragen?«

Hinterhuber saß an seinem Schreibtisch. Er schüttelte den Kopf. »Vielleicht lockt ihn das ja wirklich aus der Reserve.«

»Hoffen wir's.« Franca wandte sich erneut den Notizen, Protokollen und Fotos zu, die verteilt auf ihrem Schreibtisch lagen und verglich sie mit den Rechercheergebnissen auf ihrem Bildschirm. Sie hatte das Gefühl, der Lösung ganz nahe zu sein. Obwohl sie dieses Gefühl nicht näher begründen konnte.

So viele Kollegen waren an dem Fall beteiligt. So viele Hinweise waren in Ordnern abgelegt und zusätzlich mit Nummern versehen in ein Computerprogramm eingegeben worden, damit alle Kollegen, die an diesem Fall arbeiteten, auf dem gleichen Wissensstand waren.

Wie so oft in den letzten Tagen fragte sie sich, ob sie etwas Wichtiges übersehen hatte. Lara hatte von einem Zauberer gesprochen, der ihr Kunststücke vorführte. Das hieß, der Mann war in der Lage, Kinder zu beeindrucken. Aber offenbar war der Täter bei Timo anders vorgegangen. Allerdings war es nicht selten, dass Täter ihren Modus Operandi veränderten.

Das Telefon klingelte. Hinterhuber nahm ab. Interessiert lauschte er seinem Gesprächspartner und machte sich einige Notizen. »Sie haben uns sehr geholfen. Vielen Dank«, sagte er und legte auf.

Franca sah ihn fragend an.

»Ich hatte mir Folgendes überlegt«, begann er zu erklären. »Wenn der Täter am Tatabend den silberfarbenen Golf gestohlen hat, muss er sein eigenes Auto in der Nähe abgestellt haben. Da wir davon ausgehen, dass der Täter den Jungen ausgespäht hat, ist vielleicht sein eigener Wagen in den Tagen davor in der Nähe des Bolzplatzes gesehen worden. Am Rauscherpark ist ein paar Tage nach der Tat ein verdächtiger dunkler Kleinwagen mit Koblenzer Kennzeichen gesehen worden. Einem Mitarbeiter der RWE, der abends länger gearbeitet hatte, ist das aufgefallen. Die Beobachtung fällt in den Zeitpunkt, als der Täter die Leiche aus der Höhle gebracht und in die Nette geworfen haben muss. Ein dunkler Kleinwagen mit Koblenzer Kennzeichen ist auch am Tatabend in Mendig für ein paar Stunden abgestellt werden. Und zwar unmittelbar dort, wo der gestohlene silberfarbene Golf ursprünglich stand.«

»Und?«

»Ich habe Zeugen gefunden. Der Anruf gerade hat meine Vermutung bestätigt.«

Franca machte große Augen.

»Allerdings kann sich mein Zeuge nicht an das komplette Nummernschild erinnern. Aber er ist sich sicher, dass es ein dunkler Kleinwagen mit einem Koblenzer Kennzeichen war.«

»Wenn da was dran ist, ist unser Täter also in der Koblenzer Region zu suchen und nicht im Mayener Umland.«

Hinterhuber nickte. »So sieht es aus.«

Es klopfte. Frankenstein kam zur Tür herein. »Euer Profiler spielt sich ja ganz schön auf«, sagte er.

»Ich finde, er macht seine Arbeit gut«, antwortete Franca lächelnd.

»Wir machen alle unsere Arbeit gut.«

»Hab ich was anderes behauptet?« Dass Männer immer sofort in ein Konkurrenzdenken verfallen mussten. »Ich sehe, du warst beim Friseur. Du siehst glatt zehn Jahre jünger aus«, stellte sie anerkennend fest.

»Übertreib mal nicht. Ich weiß, dass das längst fällig war. Aber bei diesem Verein muss man sich ja schon die Zeit für den Glatzenschinder stehlen.« Frankenstein langte mit dem Finger in das bis zum Rand gefüllte Süßigkeitenglas und nahm sich ein Stück Schokolade heraus, steckte es in den Mund und kaute genüsslich. »Schön, dass es bei euch immer was zu naschen gibt«, bemerkte er mit vollem Mund.

»Und du kommst nur, weil du Lust auf Süßigkeiten hast?«, sagte sie mit schrägem Blick auf seinen Bauchansatz, der in letzter Zeit ein wenig mehr an Umfang zugenommen hatte.

»Nö.« Mit Schwung legte er einige mit Grafiken bedruckte Papierblätter auf den Schreibtisch. »Ich wollte euch das nur vorbeibringen.« Mit lauerndem Blick beäugte er die beiden Kollegen.

»Das ist ja interessant«, entfuhr es Hinterhuber, der aufgestanden war. Franca besah sich die Blätter ebenfalls.

»Jetzt erklär mir das doch mal«, forderte sie ungeduldig.

»Das sind zwei identische männliche DNA-Profile.«

»Und?«

»Kam gerade vom LKA. Die haben eine neue verfeinerte Untersuchungsmethode entwickelt, und das hier ist das Ergebnis.«

»Frankenstein! Ich platze gleich.«

Der Angesprochene grinste. »Diese DNA konnten wir selbst an der Kleidung des Mädchens sichern«, sagte er und wies auf eines der Blätter. »Und diese hat das LKA an der Kleidung des Jungen analysiert.« Er tippte auf das andere Blatt. »Somit handelt es sich um ein und denselben Täter. Wie du vermutet hast.«

»Das ist ja ein Ding.« Franca hielt den Atem an. Sollten sie wirklich kurz vor der Aufklärung stehen? »Und was sagt der Abgleich mit der BKA-Datenbank?«

Er hob bedauernd die Schultern. »Leider negativ. Unser Täter ist noch nicht auffällig geworden. Er ist jedenfalls nicht registriert.«

»Das wäre auch zu schön gewesen.«

»Zumindest wissen wir jetzt ganz sicher, dass es sich bei

demjenigen, der das Mädchen attackiert hat und Timos Mörder um dieselbe Person handelt.«

»Und es sind alle Voraussetzungen gegeben, endlich einen Massenspeicheltest in die Wege zu leiten«, fügte sie hinzu.

In der Zwischenzeit hatte man von sämtlichen männlichen Familienmitgliedern, Arbeitskollegen und Freunden im persönlichen Umfeld der Familien Weisglas und Sielacks Speichelproben genommen, die erwartungsgemäß allesamt negativ ausgefallen waren.

»Jetzt muss nur noch unser lieber Herr Staatsanwalt mitspielen«, sagte Frankenstein.

»Das wird er, verlass dich drauf.«

Mit Massengentests waren schon etliche spektakuläre Erfolge errungen worden. Allerdings waren die äußerst zeitaufwändig und kostspielig, aber in diesem Fall würde sicher auch der zuständige Richter eine schnelle Anordnung gewähren.

42

»Ich lass mich nicht mehr länger abwimmeln.«

»Ben, du weißt doch, was bei uns momentan los ist.« Wieder hatte er sie abgepasst. Fast schon wie ein Stalker, fuhr es ihr durch den Kopf.

»Und ich weiß, wie es mir dabei geht. Ich vermiss dich so sehr. Wenigstens eine Stunde, hm?« Seine Stimme säuselte. Er drehte sie zu sich, zwang sie, ihn anzusehen. In seinen Augen lag etwas Lustvolles und zugleich etwas Trauriges, eine Widersprüchlichkeit, zu der sie sich ungeheuer hingezogen fühlte.

»Bitte sag nicht Nein. Ich hab auch eine Überraschung für dich.«

»Eine Überraschung? Was denn?«

»Wusste ich doch, dass ich dich damit ködern kann.« Lachend zog er sie an sich, streichelte ihren Rücken. Sie konnte nicht umhin, ein angenehmes Prickeln zu verspüren. Und wunderte sich gleichzeitig, wie er das immer wieder hinkriegte, sie zu überreden. Aber es war auch zu schön. Hieß es nicht immer, man solle den Tag, die Stunde pflücken, weil er nicht wiederkam? Carpe diem! Ben konnte ihren Körper auf unnachahmliche Weise streicheln, als sei er ein wertvolles Instrument. Er weckte ihre Leidenschaft, die lange geschlafen hatte. Er verstand es, sie ungeheuer zu erregen. Und ihre Lust schien ihm zu gefallen. Er überhäufte sie mit zärtlichen Worten und mit Aufmerksamkeiten, was sehr schön war. Sie ließ alle Bedenken fallen und genoss einfach nur.

»Habt ihr euren Mörder immer noch nicht?«, fragte er, als sie nebeneinander gekuschelt lagen und ihrer beider Atem sich wieder normalisiert hatte. Sie sprachen nicht oft über die Arbeit. Weder über ihre noch über seine. Für Franca war es selbstverständlich, dass sie sich mit Einzelheiten zurückhielt. Irgendwann hatte sie erwähnt, woran sie arbeitete. Ohne allzu konkret zu werden. Natürlich kannte er den Fall aus den Medien, die ständig darüber berichteten.

»Du weißt, dass ich darüber nicht sprechen darf«, antwortete sie ausweichend.

»Ich will doch nur wissen, wann du wieder mehr Zeit für mich hast als eine gestohlene Stunde. Immerhin hältst du mich schon ganz schön lange hin.«

»Bald ist es soweit«, sagte sie zuversichtlich.

»Schwöre!«

»Ach Ben.« Sie hatte so große Lust, mit ihm über all das zu sprechen, was sie bewegte. Die vielen Gefühle, die in ihr stritten, der Ehrgeiz, der sie anstachelte, aber das verbot sie sich natürlich. »Hast du nicht etwas von einer Überraschung gesagt?«, fragte sie.

Er fasste neben sich und zog eine blaue Papprolle aus der Nachttischschublade. »Hier ist sie.«

»Baci«, rief sie überrascht aus. »Woher weißt du denn, dass ich die mag?«

Er grinste verschmitzt und zog die Schultern hoch. »Willst du sie nicht aufmachen und eins genießen?«

Sie öffnete die Schachtel mit dem wohlbekannten Schriftzug und den aufgedruckten silbernen Sternen, wickelte eine der Nusspralinen aus und steckte sie in den Mund. »Hmm.«

Er faltete das Silberpapier auseinander, in das die Praline eingewickelt war, knibbelte das Pergamentpapier mit dem aufgedruckten Spruch darunter heraus und strich es glatt.

»Lies vor!«, befahl sie mit vollem Mund.

»Dazu brauch ich meine Brille. Die Schrift ist ja winzig.« Die Lesebrille lag griffbereit auf dem Nachttisch. Er setzte sie auf.

»*Con i tuoi baci, no disegnato il mio cielo stellato* – Mit deinen Küssen habe ich meinen Sternenhimmel gezeichnet. – Na, was sagst du?«

»Wunderschön.« Lächelnd wickelte sie ein zweites Bacio aus, steckte es ihm in den Mund und las nun ihrerseits mit Hilfe seiner Lesebrille den aufgedruckten Spruch: »*Invecchia incieme a me, il meglio deve ancora venire.*«

»Klingt schön, wenn du italienisch sprichst«, sagte er.

»Sprechen ist gut. Leider hab ich es nie richtig gelernt. Aber die Sprachmelodie ist mir noch gut im Ohr.«

»Und was heißt das auf Deutsch?«

Sie stutzte. »Nee, das les ich jetzt nicht.«

»Wieso?« Er nahm ihr das Zettelchen aus der Hand und die Brille von der Nase. »Werde alt mit mir, das Beste kommt noch.« Er lachte laut. »Klingt doch super, oder?« Er wandte ihr den Kopf zu. »Darüber solltest du dir vielleicht Gedanken machen.«

Die Stimmung war aufgeheizt. Sie glaubte nicht wirklich, dass er ernst meinte, was er da von sich gab. Dennoch waren es schöne Worte, die sie einhüllten wie eine warme kuschelige Decke.

»Ich weiß so wenig von dir. Erzähl mir doch mal ein bisschen was«, bat sie nach einer Weile.

»Du weißt alles, was wichtig ist. Wichtig ist, dass du eine tolle Frau bist, die ich liebe.« Er strahlte sie an.

»Erzähl mir von deiner Kindheit.«

Sofort verschloss sich sein Gesicht. »Da gibt's nicht viel

zu erzählen.« Er legte sich auf den Rücken, starrte in die Luft.

»Ich weiß nicht, warum man immer auf der Vergangenheit rumreitet. Man kann sie doch sowieso nicht ändern, also lässt man sie am besten ruhen.«

»Mit einer aufgearbeiteten Vergangenheit kann man die Gegenwart besser verstehen.«

»Du hättest Psychologin werden sollen.« Er lachte.

»Das gehört ein bisschen zu meinem Beruf dazu.« Sie kitzelte ihn an der Seite. Er zuckte zusammen, konnte sich ein Grinsen nicht verkneifen. »Bitte nur eine kleine Anekdote«, insistierte sie.

»Ich war ein sehr lieber und braver Junge.«

»Wer's glaubt.«

»Okay. Du hast mich durchschaut. Ich war ein furchtbares Kind, das allen auf den Wecker fiel.«

»Das glaub ich schon eher.«

»Besonders den sonntäglichen Kirchgang hab ich geliebt.«

»Ach?«

»Ja, da war immer was los. Aufstehen. Setzen. Auf die Knie. Die Pfarrer waren so schön verkleidet und wedelten mit den Weihraucheimerchen.« Er machte eine entsprechende Bewegung. »Die verstanden was von Showeffekt. Klasse fand ich auch die Möglichkeit, zu beichten. Sich von allen seinen Sünden reinzuwaschen, das hat was. Du konntest anstellen, was du wolltest. Ein paar Rosenkränze beten, und der Herr hat's verziehen.«

»Da kann ich nicht so ganz mitreden, ich bin evangelisch erzogen worden«, sagte Franca.

»Da hast du was versäumt. Ehrlich.«

Sie mochte diese Plänkeleien. Sie gaben ihr ein Gefühl

der Unbeschwertheit, der Leichtigkeit. Endlich musste einmal nicht alles so furchtbar ernst genommen werden.

»Du schuldest mir noch eine Anekdote.«

»Du lässt wohl nie locker.« Er seufzte. »Also gut. Es war um die Neujahrszeit, ich hatte noch ein paar Silvesterkracher übrig, auch ein paar Knallfrösche. Einen davon habe ich heimlich angezündet und dem Pfarrer vor die Füße geschmissen. Kannst du dir vorstellen, was da los war?« Er kicherte wie ein kleines Kind.

»Das hast du wirklich gemacht?«

»Du glaubst mir nicht?«

Sie überlegte einen Moment. Schmunzelte. »Doch.«

Er stützte sich auf seinen Arm, im Gesicht ein Lausbubenlachen. »Und wenn's nur erfunden ist? Wunschdenken? Weil ich ein allzu braver Junge war, der einmal gern über die Stränge geschlagen wäre, aber nicht den Mut dazu hatte? Was sagt die Psychologin dazu?«

»Dazu schweigt die Psychologin.«

Er fuhr ihr mit der Fingerspitze über das kleine Tattoo auf der Brust. Sie erschauerte leicht. »Jetzt mal ganz im Ernst: Ich finde, man kann einen Menschen besser einschätzen, wenn man seinen Werdegang kennt. Die Vergangenheit hat uns geprägt und ist nicht mehr veränderbar. Sie ist das, worauf wir aufbauen, was uns hat zu dem Menschen werden lassen, der wir sind. Deshalb will ich so viel von dir wissen.«

Er führte sein Fingerspiel fort. »Da bin ich anderer Meinung. Das Jetzt ist es, was zählt. Die Vergangenheit ist passé. Und in die Zukunft kann keiner schauen. Nicht einmal du.«

»Hm. Das wäre zu schön.« Sie drehte sich zu ihm um, begann nun ihrerseits, ihre Fingerspitzen auf seiner Haut wandern zu lassen.

»Bitte erzähl mir noch ein bisschen«, bettelte sie. »Oder zeig mir deine Kinderbilder. Ich könnte mir vorstellen, dass du ein hübscher Junge warst.«

Er grinste. »In meinen Revoluzzerjahren hatte ich so lange Haare.« Er zeigte auf seine Ellenbogen. »Ich hab sie mir wieder abschneiden lassen, nachdem ich mehrfach als Mädchen angesprochen wurde.«

»Wo bist du denn aufgewachsen?«

»Nicht weit von hier. In Lahnstein.«

»Du hast mir noch nie etwas von deiner Familie erzählt. Wo deine Eltern leben. Hast du Geschwister?«

Er verdrehte die Augen. »Jetzt kann ich verstehen, wie du mit deinen Verbrechern umgehst. Du bist wie einer dieser schrecklichen Terrier. Wenn sie sich einmal festgebissen haben, lassen sie so schnell nicht los.« Er stieß einen theatralischen Seufzer aus.

»Bitte. Es würde mir wirklich viel bedeuten.«

»Also gut: Meine Eltern leben beide nicht mehr. Meine Mutter hat sich umgebracht, als ich 13 war. Sie war eine stille Frau, die es nicht fertig brachte, sich gegen meinen Vater durchzusetzen. Irgendwann konnte sie das Leben mit ihm nicht mehr ertragen. Während er uralt werden durfte. Aber am Ende ging's ihm ziemlich dreckig. Ich könnte nicht behaupten, dass mir das sonderlich leidtut.« Seine Gesichtszüge verhärteten sich. »Ich will nicht mehr darüber sprechen. Bitte versteh das doch.«

»Weil es so weh tut?«, fragte sie leise.

Er gab keine Antwort.

»Manchmal hilft es, von dem zu erzählen, wovor man am meisten Angst hat.«

Er lachte leise. »Ich habe keine Angst. Wovor sollte ich Angst haben?« Er lag auf dem Rücken und starrte an die

Decke. »Ich bin froh, dass ich diese ganze Scheiße hinter mir hab. Dass mein Leben halbwegs geordnet ist. Ich hab eigentlich nie zu jemandem richtig Vertrauen fassen können.« Abrupt drehte er sich zu ihr um und nahm sie in den Arm. »Deshalb bin ich so froh, dass ich dich getroffen habe«, flüsterte er ihr ins Ohr.

43

Der Massengentest war im Eilverfahren beantragt und sofort bewilligt worden. Rund 3000 Männer in der Region Koblenz wurden angeschrieben. Seitdem arbeiteten die Labors auf Hochtouren. Dennoch ging alles nur schleppend voran. Bisher war noch nicht mal die Hälfte der Männer zum vereinbarten Termin erschienen. Diejenigen, die kamen, beteuerten, dass sie gern helfen wollten, obwohl viele zugaben, dass sie zunächst ziemlich erschrocken über die Aufforderung waren, eine Speichelprobe abzugeben. Die verbliebene Hälfte wurde ein zweites Mal aufgefordert mit der dringlichen Bitte, teilzunehmen, damit der Täter bald dingfest gemacht werden konnte. Und dann gab es noch diejenigen, die sich weigerten und die man deshalb besonders im Auge behielt.

Zwei Wochen später klingelte das Telefon in Francas Büro. Clarissa, die gerade vor dem Schreibtisch stand, hob ab. »Frankenstein«, sagte sie leise in Francas Richtung. Diese spritzte von ihrem Stuhl auf und riss der Jungkommissarin den Hörer aus der Hand.

»Ich hab ein Ergebnis«, teilte er ihr knapp mit.

So sehr hatte sie sich dies herbeigewünscht! Jeden Tag hatte sie auf seinen Anruf gewartet. Und jetzt war es tatsächlich eingetreten. Ihr Herz raste. Ihr Puls stieg. So schnell sie konnte, rannte sie ins K7, Clarissa hinterher. Außer Atem kamen sie beide im Labor an. Frankenstein saß an seinem Computer. Auf dem Bildschirm war ein Diagramm aus blauen und roten Hügeln und Spitzen zu erkennen, ein DNA-Muster.

»Das ist Speichelprobe Nr. 1678«, erläuterte er und klickte mit der Maus. »Und das ist das DNA-Profil vom Tatort.«

Franca und Clarissa standen hinter ihm und beobachteten gebannt sein Tun. Er klickte ein paar Mal mit der Maus und zog das eine Profil über das andere. Beide Muster waren deckungsgleich. »Trefferquote eins zu einer Milliarde«, sagte er und strahlte die beiden Frauen an. »Wir haben ihn! Die Probe ist zweimal aufgearbeitet worden, um ganz sicher zu gehen. Es besteht kein Zweifel.«

Franca spürte unendliche Erleichterung. Die wochenlange verbissene Arbeit, die Rückschläge, die lähmende Aussichtslosigkeit, alles hatte mit einem Mal ein Ende. Es gab einen Namen für das schlimme Verbrechen. Das Phantom hatte ein Gesicht bekommen. All die Überstunden hatten sich gelohnt.

»Und wer ist es?«

»Das ist einer von denen, die ihre Speichelprobe sofort ohne zweite Aufforderung abgegeben haben. Der Mann heißt Michael Schaller und wohnt in Moselweiß.«

»Frankenstein, du bist ...«

»Ja, sag's ruhig. Ein Genie.« Er grinste sie mit seinen blendend weißen Zähnen an.

Sie küsste ihn spontan auf die Wange. »Oho. Das kannst du öfter tun.« Er hielt ihr die andere Wange hin und klopfte mit dem Zeigefinger drauf. Lachend ging sie auf das Spiel ein.

»Sag mal. Könntest du nicht eigentlich auch bestimmen, wie der Kerl aussieht. Augenfarbe. Haarfarbe und so. Das ist doch auch alles in dieser DNA drin, oder?«, fragte Clarissa.

Er hob tadelnd den Zeigefinger. »Wir sind hier in der Forensik, Liebelein. Und du müsstest eigentlich wissen, wie streng die Bestimmungen sind. Für unsere Analyse dürfen wir nur Sequenzen verwenden, die keine Erb-Informationen tragen. Und all die negativen Proben müssen sofort vernichtet werden, damit niemand Unfug damit treiben kann. – Aber macht euch doch keinen Kopp, ihr werdet ihm bald persönlich gegenüberstehen, dann wisst ihr ja, wie er aussieht. Wahrscheinlich ein Jedermann, dem niemand so was zugetraut hätte.«

Franca beugte sich über die beschrifteten Blätter, die der Drucker ausspuckte. Plötzlich stutzte sie, als sie die Adresse sah. »Das ist ja dieselbe Straße, wo David wohnt.«

»David – wer?«

»Mein früherer Mann.« Und jetzt fiel ihr auch ein, dass Georgina öfter von den ›netten Schallers‹ erzählt hatte. Als sie daran dachte, dass das die Familie sein musste, bei der ihre Tochter offenbar öfter als Babysitterin tätig war, wurde ihr ganz flau.

44

Britta war nicht wieder aufgetaucht. Das hatte er eigentlich auch gar nicht anders erwartet. Dennoch hatte sie eine Leere zurückgelassen. Eine Lücke. Trotz all ihrer Unzulänglichkeiten hatte er sie sehr geliebt. Eine kurze, aber heftige Liebe, und es schmerzte noch immer, wenn er daran dachte, dass er ihr offenbar gleichgültig war. Mehrmals hatte er auf ihre Mailbox gesprochen und ihr zahllose SMS geschickt. Aber sie antwortete einfach nicht.

Seine Eltern hatten Britta noch nicht mal die kleinste Chance gegeben. Obwohl er im Grunde seines Herzens wusste, dass sie es gut mit ihm meinten und ihn schützen wollten. Seine Mutter war derart feige. Er war sich sicher, dass sie die Namen seiner Herkunftseltern wusste, aber dass sie sie niemals preisgeben würde. Dasselbe glaubte er von seinem Vater. Vielleicht hatten sie ihm Wichtiges vorenthalten? Womöglich war sein Erzeuger ein katholischer Priester oder ein hohes Tier, ein verheirateter Mann, der sich nicht öffentlich zu einem Kind bekennen konnte. Nein, das war doch eher unwahrscheinlich. Der Hinweis, dass seine Mutter ein Junkie war, hatte ihn ziemlich geschockt. Aber ob das stimmte? Ob das nicht irgendeine Schutzbehauptung seiner Mutter war? Nur weil sie ihm die Wahrheit nicht sagen wollte.

Er hatte von Babys gehört, die ihren Müttern einfach weggenommen wurden. Obwohl die das überhaupt nicht wollten. Vielleicht war das bei ihm ja der Fall gewesen. Deshalb waren sie so zurückhaltend. Weil sie befürchteten, dies könne ans Licht kommen. Aber im Grunde traute er seinen christlichen Eltern solch ein Verhalten nicht zu.

Er war sehr verwirrt. Bohrende Fragen unterschiedlichster Art drängten sich in seinem Hirn. Kurzerhand beschloss er, sich an das Jugendamt zu wenden. Schließlich hatte er ein Recht darauf, zu wissen, wo seine Wurzeln wirklich waren.

Die Frau hinter dem Schreibtisch war jung und sehr attraktiv. Mit freundlicher Miene hörte sie sich sein Anliegen an. »Sehen Sie, grundsätzlich haben Sie ab dem 16. Lebensjahr das Recht, die Hintergründe über Ihre Herkunft zu erfahren. Aber nur, wenn die Adoptiveltern damit einverstanden sind und dann bedarf es dafür einige Vorbereitungszeit. Sie werden sicher verstehen, dass das nicht einfach so von heute auf morgen geht. Deshalb mache ich Ihnen folgenden Vorschlag: Besprechen Sie Ihr Anliegen mit Ihren Adoptiveltern und dann kommen Sie zusammen mit ihnen zu einem weiteren Gespräch hierher.«

»Das hab ich doch schon versucht. Aber sie weigern sich.« Er probierte einen treuherzigen Augenaufschlag. »Können Sie das denn nicht verstehen? Dass man wissen

will, woher man stammt?« Er dachte daran, dass seine
Mutter stets behauptete, dass er alles bekomme, was er
wolle. Dass er genau wüsste, wie man Leute um den Finger wickelte. Bei den Mädchen hatte sein Charme bis jetzt
noch immer Wirkung gezeigt. Doch sein Gegenüber ließ
sich nicht beirren. Beharrlich schüttelte sie den Kopf.
»Kommen Sie wieder, zusammen mit Ihren Adoptiveltern. Dann werden wir einen gemeinsamen Weg finden.«

Er legte den Kopf schräg. »Sie wissen doch, wie das ist.
Meine Adoptiveltern haben Angst, es könnte sich etwas
zwischen ihnen und mir verändern. Dabei ist das großer Quatsch. Ich will doch nur die Namen wissen. Mehr
nicht.«

»Herr Liebermann, es tut mir wirklich sehr leid. Aber
es geht nicht anders.« Sie erwies sich als ausgesprochen
zäh. »Ich habe Ihnen den Sachverhalt zu erklären versucht.
Gehen Sie heim, besprechen Sie sich in Ruhe mit Ihren
Eltern. Vielleicht brauchen Sie uns dann gar nicht mehr.«

Er lehnte sich auf seinem Stuhl zurück, sah sie provo-
zierend an. »Hören Sie, ich weiß, dass ich mit 18 Jahren
das Recht auf meine Abstammungsurkunde habe. Spätestens dann werde ich alles erfahren.«

»Dann warten Sie doch einfach noch ein Weilchen. Dauert doch gar nicht mehr lang.«

»Ich gehe aber nicht eher hier raus, bis Sie mir eine
befriedigende Antwort geben.« Er blieb sitzen und verschränkte die Arme vor der Brust.

Sie lächelte nachsichtig. »Mit Erpressen kommt man ja
immer im Leben sehr weit.«

Er sah ihr fest in die Augen. »Bitte, es geht mir gut, ich
hatte großes Glück mit meinen Adoptiveltern. Sie haben
mich maximal gefördert. Ohne sie wäre ich nicht da, wo

ich bin. Nächstes Jahr mache ich Abitur. Es ist einfach nur eine kleine Information, die niemandem schadet.«

Sie blieb beharrlich bei ihrem Nein.

»Verstehen Sie nicht, dass ich die Frau, die mich geboren hat, und den Mann, der mich gezeugt hat, einfach nur kennenlernen möchte?«

»Sie können ganz schön stur sein. Ich aber auch.« Sie gab sich weiterhin unbeeindruckt von seinem Auftritt. »Herr Liebermann. So eine kleine Information, wie Sie es nennen, hat schon so manches Leben völlig durcheinandergeschüttelt. Ihre Adoptiveltern müssen einbezogen werden. Wir können das nicht einfach über ihre Köpfe hinweg entscheiden.«

»Ist das denn so ein großer Unterschied, ob ich 17 bin oder 18? Nur noch ein paar Monate. Glauben Sie wirklich, dass ich mich dann grundsätzlich verändert habe?«

Mit Genugtuung bemerkte er, wie sie langsam mürbe wurde. Schließlich erhob sie sich, zog ein Schubfach auf, dem sie eine Mappe entnahm. Er versuchte zu entziffern, was darauf stand, aber sie war zu weit von ihm entfernt.

Sie setzte sich zurück an den Schreibtisch. Gespannt beobachtete er ihr Tun.

»Können Sie mit dem Computer umgehen?«, fragte sie nach einer Weile.

Er grinste. »Klar.«

»Hören Sie. Ich gehe jetzt hier raus und bin ungefähr zehn Minuten weg. Was Sie in dieser Zeit hier machen, ist Ihre Sache, und ich weiß von nichts. Okay?«

»Danke!« Er spritzte von seinem Stuhl auf wie von der Tarantel gestochen und hätte sie am liebsten geküsst. Doch sie war bereits aus der Tür. Sofort setzte er sich auf ihren Platz. Sie hatte seine Akte im Computer aufgerufen.

Ein paar Mausklicks und er stieß auf den Namen seiner Mutter. Es war ein ihm völlig fremder Name. Ein längerer Eintrag besagte, dass zwar der Name eines möglichen Vaters genannt war, allerdings war die Vaterschaft nicht bestätigt worden. Man hatte versucht, den Mann ausfindig zu machen, jedoch war dies nicht gelungen. Hinter dem Namen seiner Mutter war ein Vermerk, dass sie bereits seit Jahren tot war.

Konny notierte die beiden Namen auf einem Zettel und verließ das Zimmer, ehe die nette Frau wieder zurück kam.

45

Die Tür öffnete sich, eine kleine Gestalt huschte herein. »Papa«, versuchte eine piepsige Stimme zu flüstern, was nicht recht gelang. »Papa«, trompetete sie ihm ins Ohr.

Dorothee schaute auf den Wecker und seufzte. Halb sechs. »Komm zu mir, Lucia«, sagte sie. »Lass Papa noch ein bisschen schlafen. Der muss doch gleich zur Arbeit.«

»Papa ist wach«, murmelte Michael schlaftrunken. »Ist schon gut, komm, meine Kleine.« Er hob die Bettdecke hoch, seine Tochter schlüpfte darunter. Aber an Schlaf war nicht mehr zu denken.

»Tut mir leid«, sagte Dorothee. »Ich weiß doch, wie sehr du deinen Schlaf brauchst.«

»Ach, Schatz«, meinte Michael und schlang den Arm um seine Tochter. »Ist schon gut.«

Die Kleine setzte sich auf seinen Brustkorb und hielt ihm kichernd die Nase zu. Was der sich alles gefallen ließ!

Dorothee stand auf und ging in die Küche. Sie ließ Wasser in den Wassertank der Kaffeemaschine laufen, gab Kaffeepulver in den Filter und drückte auf den Schalter. Bald durchströmte die Küche ein angenehmes Aroma.

Es klingelte. Sie dachte erst, sie habe sich verhört. Klingeln? Um diese Uhrzeit? Vielleicht war was mit den Nachbarn. Schnell lief sie zur Tür. Sie sah einen Schatten. Da stand tatsächlich jemand davor. Sie überlegte, ob sie sich schnell durch die Haare fahren und was überziehen sollte.

»Bitte machen Sie auf«, ertönte eine weibliche Stimme von außen. Augenblicklich gehorchte sie und öffnete vorsichtig die Tür einen Spalt. Draußen warteten ein Mann und eine Frau. Sie strich sich durch die Haare, fühlte sich halb nackt in ihrem kurzen Hemd.

»Guten Morgen. Sind Sie Frau Schaller?«, fragte der Mann und zog eine goldbraune, ellipsenförmige Metallplakette aus der Tasche, auf der das Wort ›Kriminalpolizei‹ deutlich zu lesen war. Seine Stimme klang höflich.

»Franca Mazzari«, stellte die Frau sich vor. »Das ist mein Kollege Bernhard Hinterhuber. Ist Ihr Mann zu Hause? Dürfen wir reinkommen?«

Verdutzt nickte Dorothee und öffnete die Tür vollends. »Ja, aber … was ist denn passiert?«

Sie beobachtete, wie die Polizistin sich umsah. In der Diele lagen Kinderschuhe durcheinander. Die Jacken über der bunten und etwas ungeschickt bemalten Laubsägearbeit, der Gänseliesel, die Michael selbst gemacht hatte, hingen schief.

Franca wusste, dass ihr Besuch das Leben dieser Familie schlagartig verändern würde. Das, wofür der Mann verantwortlich war, würde sich auch auf die Frau und die Kinder auswirken. Bald würde ihnen die Presse auflauern. Wahrscheinlich mussten sie sich woanders einquartieren, vielleicht sogar das Haus aufgeben. Vor allem, wenn er der Familien-Ernährer war und kein Geld mehr verdienen konnte, weil er im Gefängnis saß in einem Zimmer mit Gitterblick.

»Michael«, die Frau lief voran und öffnete eine Tür. Es war die Schlafzimmertür. Der Mann lag im Bett, schaute verdutzt hoch. Ein kleines Mädchen saß auf seinem Brustkorb und lachte. »Papa kitzeln«, rief sie fröhlich.

Franca räusperte sich. »Michael Schaller?«

Der Mann hob vorsichtig das Kind von sich herunter. Dann stand er auf. Er trug einen blauen Pyjama. Der Kopf war kahl geschoren, sein Gesicht war leicht gerötet. Im Grunde sah er aus wie ein ganz normaler Vater, der am frühen Morgen mit seiner Tochter schmuste. Franca erschauerte.

»Kripo Koblenz. Bitte stehen Sie auf und ziehen Sie sich was an.«

»Ich versteh nicht.« Der Mann tauschte einen Blick mit seiner Frau. Er sah ratlos aus.

»Lucia. Komm«, sagte sie und hob das Kind hoch, das sich sofort in ihre Arme schmiegte und die fremden Menschen im Schlafzimmer argwöhnisch beäugte. Es hatte blonde Locken und sah aus wie ein kleines verwuscheltes Engelchen.

Franca zog die Tür hinter sich zu und gab dem Mann Gelegenheit, sich anzuziehen.

»Kommen Sie bitte mit in die Küche«, sagte Frau Schaller. Franca folgte ihr. Hinterhuber blieb vor der Schlafzimmertür stehen. Die Küche war modern eingerichtet, obwohl das Haus schon in die Jahre gekommen war. In der Ecke stand ein kleiner Tisch, an dem vier Personen Platz hatten. An der Wand hingen Kinderzeichnungen.

»Was wollen Sie von meinem Mann?« Die Frau setzte sich. »Ich nehme an, das alles ist ein großes Missverständnis«, sagte sie.

»Das glauben wir nicht«, meinte Franca und legte ein rosafarbenes Blatt Papier auf den Tisch. »Wir haben einen Haftbefehl gegen ihn.«

»Was? Wieso? Was hat er denn getan?«

»Das möchte ich auch gern wissen.« Michael Schaller kam in Hinterhubers Begleitung in die Küche. Er trug Jeans und ein gestreiftes, kurzärmeliges Hemd.

»Ihnen wird zur Last gelegt, die siebenjährige Lara Weisglas sexuell genötigt und missbraucht zu haben. Außerdem werden Sie beschuldigt, den neunjährigen Timo Sielacks entführt, sexuell genötigt, misshandelt und getötet zu haben.« Franca belehrte ihn über seine Rechte. »Nun bitten wir Sie, ein paar Sachen zusammenzupacken und uns zu begleiten.«

Scheinbar ungerührt hatte er die Sätze angehört.

»Michael, so sag doch was.« Seine Frau stützte die Arme auf den Tisch. Sie war aschfahl.

Das Kind stand verloren in einer Ecke und nuckelte am Daumen.

»Ich habe nichts dergleichen getan«, sagte er mit seiner ruhigen, bedächtigen Stimme, doch das Zittern darin war nicht zu überhören. »Ich bin unschuldig.« Er lächelte gezwungen. Dann ging er auf seine Frau zu und umarmte sie. »Ich mache, was die sagen. Aber bald bin ich wieder bei euch. Es wird sich alles aufklären. Vertrau mir.«

46

»Welch überraschender Besuch.« Ben strahlte sie an, zog sie zur Tür herein. Sanft berührten seine Finger ihr Gesicht, dann küsste er sie.

»Hab ich's dir nicht versprochen?«, flüsterte sie.

»Sag bloß, ihr habt den Täter endlich gefasst?« Mit beiden Armen hielt er sie ein Stück von sich weg und sah sie fragend an.

Franca nickte mit glänzenden Augen und stieß einen Seufzer aus. »Heute Morgen haben wir ihn festgenommen. Die DNA passt hundertprozentig. Ein Familienvater aus Moselweiß.«

Benjamin zog scharf die Luft durch die Nase. »Und? Habt ihr auch schon ein Geständnis?«

»Noch wird er vernommen. Er leugnet natürlich. Aber

das tun die Typen immer. Bis man ihnen Stück für Stück nachweist, dass es so gewesen sein muss, wie wir vermuteten. Ihm wird gar nichts anders übrig bleiben als zu gestehen. Also her mit dem Schampus!«

»Aber nur zu gern!« Er verschwand in der Küche, um kurz darauf mit der Flasche Champagner wiederzukommen, die seit Längerem in seinem Kühlschrank lagerte und endlich ihren Zweck erfüllen sollte.

Benjamins Wohnung war sehr behaglich geworden. Er hatte einen guten Geschmack. Und es fiel ihr jedes Mal auf, wie ordentlich er war. Stets war alles aufgeräumt. Nichts lag herum. Ganz anders als bei ihr.

Die Wände im Wohnzimmer waren pfirsichgelb gestrichen. Das Schlafzimmer eine mokkabraune Höhle mit passenden Vorhängen und ebensolcher Bettwäsche. Drucke von Kokoschka und Schiele, kleine frivole Blickfänge, rundeten das Etablissement ab, in dem Franca schon mehrere Nächte verbracht hatte.

Geschickt öffnete Benjamin die Flasche. Der Champagner floss in die bereitgestellten Sektkelche.

»Du siehst übrigens umwerfend aus.«

Sie spürte, wie sie rot wurde. Sie war es einfach nicht mehr gewöhnt, dass man ihr Komplimente machte. Außerdem fand sie, dass sie aussah wie immer. Obwohl sie vielleicht wirklich heute Morgen die Schminke etwas sorgfältiger als sonst aufgetragen hatte.

»Du hast mir was Besonderes versprochen, wenn alles vorüber ist«, sagte er und sah ihr tief in die Augen.

»Ja, das hab ich. Aber erst stoßen wir auf den Erfolg an.« Lächelnd erwiderte sie seinen Blick.

»Darauf, dass kein Verbrecher mehr vor dir sicher ist.« Leise klirrend stieß sein Glas an das ihre.

»Darauf können wir gern trinken.«

»Und darauf, dass du in Zukunft ganz viel Zeit für mich hast.« Wieder klirrten die Gläser. Beide tranken tiefe Schlucke.

Er stellte sein Glas ab und nahm ihr auch das ihre aus der Hand. Sanft glitten seine Finger über ihre erhitzten Wangen und umfuhren die Konturen ihrer Lippen. Dann fasste er ihr ins Haar und bog ihren Kopf ein wenig nach hinten, fixierte sie mit seinem Blick. Eigentlich wartete sie darauf, dass er die drei magischen Worte sagte, doch er zog sie schweigend hinter sich her auf das Bett. Sie spürte ihn gleichzeitig an den verschiedensten Stellen ihres Körpers. Seine Beine nahmen sie fest in die Zange. Seine Hände umfassten ihren Hals.

»Ich würde dich gern fesseln«, flüsterte er an ihrem Ohr.

»Spinnst du?« Sie versteifte sich unter ihm. »Wie bist du denn drauf?«, fragte sie fassungslos.

»Glaubst du nicht, dass das eine tolle Erfahrung sein wird?« Seine Stimme klang einschmeichelnd. »Man muss immer offen sein für neue Erfahrungen. Sind das nicht deine Worte?«

»Du hast sie ja wohl nicht alle.« Augenblicklich war die schöne Stimmung gekippt.

»Ich bin eben ein ungezogener Junge mit Hang zur Anarchie. Und ich denke gar nicht daran, erwachsen zu werden. Ein anderer wäre dir doch viel zu langweilig. Stimmt's?« Er grinste wie ein Lausbub. »Komm, ist doch nur ein Spiel.«

»Ich mag solche Spiele nicht.« Sie sah ihn zornig an und versuchte zu ergründen, was hinter seinen blauen Augen vor sich gehen mochte, deren Iris sich verdunkelt hatte. Dieses Thema wollte sie sofort beenden. Sie wollte es auch nicht ins Lächerliche oder Spöttische ziehen. Ihre Mimik verkrampfte sich. Hatte sie es nicht geahnt? Erst legten einem die Kerle die Welt zu Füßen und zeigten sich von ihrer Schokoladenseite. Und dann, wenn sie dachten, dass genug Süßholz geraspelt worden war, outeten sie sich und offenbarten ungeniert ihre Macken.

Sie hatte tatsächlich geglaubt, Ben sei anders. Einfühlsam, authentisch. Keiner, der mit Gefühlen spielte. Aber sie hatte sich wohl wieder einmal gründlich getäuscht.

»Es ist die Wechselwirkung von Stärke und Schwäche, die alles am Laufen hält. Das solltest du eigentlich wissen. Aber wenn du nicht willst – vergiss es.« Er stand auf, ging ins Wohnzimmer und kam mit den beiden Sektgläsern zurück. Er gab ihr das ihre, ließ wieder beide Gläser leise klirren und trank einen Schluck. Dabei ließ er sie nicht aus den Augen. Unbefangen lächelte er sie an.

Sie nippte am Glas. Der Champagner prickelte angenehm in der Kehle. Einen Moment lang war sie ziemlich verärgert gewesen. Nun entspannten sich ihre Gesichtszüge wieder.

Sie wagte einen Seitenblick. Nun, wenn das alles so einfach für ihn war. »Brauchst du so was wirklich? Genügt dir nicht einfach ein normales … Beisammensein?«

»Ich sagte: Vergiss es.« Er gab ihr einen kleinen Kuss auf den Mund. Die Situation schien ihm überhaupt nicht unangenehm zu sein.

Bin ich vielleicht zu konservativ? Verschließe ich mich etwa Erfahrungen, die mein Leben bereichern würden? Ihr Herzschlag wollte sich nicht beruhigen. Sollte sie es einfach mal ausprobieren? Eigentlich vertraute sie Ben. Bisher hatte er sich als leidenschaftlicher, aber sehr einfühlsamer Liebhaber gezeigt.

Etwas unsicher blickte sie ihn an.

»Jetzt schau doch nicht so. Ich dachte, Italienerinnen sind nicht prüde. Und als Polizistin bist du einiges gewöhnt.« Er gab ihr einen zärtlichen Nasenstüber.

»Ich bin nicht prüde. Und ich bin hier privat«, antwortete sie und versuchte, überlegen zu klingen. »Falls du das vergessen hast.«

»Klar. Wär ja auch noch schöner.« Er lachte. Etwas an diesem Lachen irritierte sie. Sofort wurde er wieder ernst. »Vielleicht gibt es ja etwas, was du so noch nie gespürt hast«, flüsterte er. »Gefesselt und mit verbundenen Augen kannst du dich viel besser deinem Gefühl hingeben. Nichts lenkt dich mehr ab. Man muss natürlich absolutes Vertrauen in den anderen haben. Sonst funktioniert es nicht.« Seine Worte klangen beschwörend. »Es geht nur um ein Ausprobieren, wenn du es nicht magst, sagst du es und wir hören auf. Dann hast du dich aber immerhin bewusst dagegen entschieden.«

Sie spielte mit dem Stiel des Sektglases. »Hast du das schon oft gemacht?«, fragte sie nach einer Weile. Und kam sich irgendwie dumm vor. Wie ein kleines Mädchen, das seinen ersten Kuss noch vor sich hat.

Sein Lächeln war sanft. »Wir können es auch gern umgekehrt machen: Fessle du mich«, sagte er. »Und verbinde mir die Augen. Dann begebe ich mich vollkommen in deine Hände.«

»Du bist verrückt«, sagte sie und wusste noch immer nicht, was sie von der Situation halten sollte. Benjamin war ein Mann, der gern mit dem Risiko spielte, das hatte sie irgendwie geahnt. In gewisser Weise gefiel ihr das, es hatte einen besonderen Reiz. Aber sie musste dieses Spiel nicht mitspielen. Sie hatte die Wahl.

»Sind wir nicht alle verrückt? Zumindest ein bisschen?«
Dann wurde er ernst. »Wenn ich dich mich fesseln lasse,
bedeutet das, dass ich mich absolut in deine Hände begebe.
Das heißt, ich habe bedingungsloses Vertrauen zu dir.
Umgekehrt sollte es natürlich ebenso sein.«

Sie fühlte sich auf schwankendem Boden. »Meinst du
wirklich, wir sollten ...?« Seine Hände glitten über ihren
Körper, zogen ihr das Kleid aus.

»Wir können jederzeit aufhören. Aber du wirst sehen,
wenn du erst einmal damit angefangen hast, wirst du es
mögen. Es erschließt dir eine ganz neue Welt. Aber du
musst es wirklich wollen. Sonst funktioniert es nicht.
Willst du?«

Zögernd ließ sie zu, dass er ihr die Augen verband. Dann
spürte sie Handschellen klicken. Plötzlich verlor sie den
Boden unter den Füßen. Fühlte sich ausgeliefert. Blitze
rasten durch ihr Gehirn. Was tat sie da? Wie konnte sie
sich nur auf so etwas einlassen? Ihre Brust krampfte sich
zusammen. Verzweifelt zerrte sie an den Handschellen.
»Mach mich los«, keuchte sie. »Sofort!«

»Schsch«, flüsterte er an ihrem Ohr. »Versuch einfach,
dich fallen zu lassen und zu genießen.« Mit einer sanf-
ten Bewegung streifte er ihr das Höschen ab. Stocksteif
lag sie da. Wagte kaum zu atmen. Spürte seine Hände auf
ihrem Körper entlangwandern. Seine Lippen. Seinen heißen Atem auf ihrer Haut. Er war unendlich zärtlich. »Ich
begehre dich so sehr«, flüsterte er.

Angst und prickelnde Lust kämpften in ihr miteinander. Sie betrat ein dunkles, geheimnisvolles Neuland. Mit
einem Mal veränderte sich etwas in ihr. Die Angst vor
dem Unbekannten wich einer immer stärker werdenden
Erregung. Sie begann schneller zu atmen. Horchte ihren

Empfindungen nach. Wartete ab, was mit ihr geschah. Zu ihrer eigenen Überraschung spürte sie, wie sich die Spannung in ihr langsam ins Unerträgliche steigerte. Die Welt stand still und hörte auf, sich zu drehen. Eine Welle der Lust überschwemmte sie. Ihr Atem ging in ein Keuchen über. In ihrer Kehle war Feuer. Ihr ganzer Körper brannte. Sie fühlte etwas in ihr drinnen, das sie noch nie gespürt hatte. Etwas Mächtiges, das aus den Tiefen ihres Inneren hochstieg und an die Oberfläche wollte. Eine Kraft, die sich langsam steigerte und kurz davor war, zu explodieren. So musste es sich anfühlen, wenn man sich, an ein Seil gebunden, ins Bodenlose fallen ließ. Und überrascht war, dass das Seil nicht riss.

Sie hatte nicht geglaubt, dass es noch Erfahrungswelten gab, die ihr unbekannt waren. Sie hatte geglaubt, alles erlebt und gesehen zu haben. Ihr Beruf hatte ihr so manches offenbart, auf das sie gern verzichtet hätte. Doch dieses Erlebnis war mit keinem anderen zu vergleichen. Es spielte sich jenseits dessen ab, was sie kannte. Sie lebte es in diesem Moment, gleichzeitig war sie nicht sicher, ob eine Wiederholung möglich war. Darüber wollte sie nicht nachdenken. Sie wollte nur spüren, fühlen, genießen, wie die Wellen des Schauers über ihren Körper jagten, der kurz davor war, zu explodieren.

Wie sie dieses Gefühl der totalen Hingabe genoss. Dieses Ausgeliefertsein. Dabei fühlte sie sich vollkommen sicher. Eine Grenzüberschreitung, die sie nie für möglich gehalten hätte. Eine Tür in eine andere Welt war aufgestoßen worden. Eine neue Dimension offenbarte sich ihr. Der absolute Kick.

47

Die nächsten Tage erlebte Dorothee wie in Trance. Anfangs hob sie den Hörer noch ab, wenn das Telefon klingelte. Aber es waren entweder Journalisten, die blöde Fragen stellten, oder ihr unbekannte Leute, die sie als ›Mörderhure‹ beschimpften.

Jemand, der verhaftet wurde, galt offenbar für die Öffentlichkeit sofort als schuldig, auch wenn dies erst vor Gericht noch bewiesen werden musste. Aber nicht nur der vermeintliche Täter wurde verurteilt, seine Familie nahm man einfach mit in Sippenhaft, ohne dass jemand nachfragte, ob an den Anschuldigungen überhaupt etwas dran war. Der Mensch erwies sich einmal mehr als Herdentier, das allen hinterherlief, nur weil das Leittier blökte.

Obwohl sich ständig nagende Zweifel in ihrem Hirn einnisteten, wollte sie an Michaels Unschuld glauben. Sie grübelte und grübelte. Wie hatte er sich in letzter Zeit verhalten? War das wirklich so normal, wie sie geglaubt hatte? Hatte es kleine Anzeichen gegeben, die sie übersah? Und der plötzliche Urlaub? Wollte er davonlaufen? War das etwa nur eine Flucht?

Ihr ganzes Leben mit Michael, dem Mann, den sie für integer und anständig gehalten hatte – sollte das alles ein schreckliches Trugbild gewesen sein?

Sie traute sich nicht mehr vor die Tür. Die Kinder verstanden das am allerwenigsten. Gerade hatten sie noch einen so schönen Urlaub mit ihrem Papa erlebt, und jetzt war er nicht mehr da – einfach abgeholt von der Polizei.

Sie bettelten und wollten nach draußen in den Garten, an die Mosel. Es war doch Sommer. Das Wetter war herrlich. Und Dorothee fand keine Worte, ihnen das zu erklären.

In ihren kleinen Gesichtern stellte sie ständig Ähnlichkeiten mit ihrem Vater fest, winzige Details. Die Art ihres Lächelns, wie sie in bestimmten Situationen den Mund verzogen, Lucias Stirnwirbel. Während ihre Tochter vom Äußeren her mehr ihr selbst glich, war Elias das Abbild seines Vaters. Und in seinem gesamten Wesen konnte man schon jetzt Gemeinsamkeiten feststellen.

Ein schrecklicher Gedanke durchzuckte sie. Ein Gedanke, der größer und mächtiger wurde. Mit einem Mal erschrak sie ganz fürchterlich: Was, wenn ich die Brut eines Mörders großziehe? Ein Gedanke, der sich irgendwo in ihren Hirnwindungen wieder verlor, den sie sich kaum traute weiterzudenken. Doch der Gedanke kam immer wieder zurück.

Konnte ein Mensch sich tatsächlich so verstellen? Sollte Michael wirklich diese schlimmen Verbrechen begangen haben, derer man ihn beschuldigte, und anschließend sollte er nach Hause gekommen sein und so getan haben, als sei nichts gewesen? Und wieso habe ich die ganze Zeit nichts gemerkt? Er war wie immer gewesen. Still und ein wenig zurückgezogen. Da war keine plötzliche Veränderung gewesen. Dass er seine Gefühle nicht allzu deutlich zeigen konnte, daran war sie gewöhnt. Aber sie hatte im Laufe ihres gemeinsamen Lebens gemerkt, die versteckten Liebenswürdigkeiten richtig zu deuten und die kleinen Zärtlichkeiten zu genießen.

Michaels Beziehung zu den Kindern hätte besser nicht sein können. Es gab so viel Gutes. Er war stets geduldig mit ihnen, nie ungehalten, auch wenn sie noch so unausstehlich waren. Wenn Dorothee allzu genervt war, hatte er sich in selbstverständlicher Weise ihrer angenommen, hatte die Kinder beruhigt, ihnen was vorgelesen, mit ihnen gespielt.

So ein Mann sollte sich an wehrlosen fremden Kindern vergriffen oder sie gar getötet haben? Nein, das war unmöglich. Solch ein rücksichtsloses und menschenverachtendes Verhalten konnte sie sich bei Michael beim besten Willen nicht vorstellen.

Aber was, wenn das alles doch schon die ganze Zeit dagewesen war? Sie versuchte, sich die letzten Wochen ins Gedächtnis zurückzurufen. Seine Reaktion, als im Fernsehen von dem zunächst vermissten und später tot aufgefundenen Jungen berichtet wurde. Er hatte einsilbig reagiert, als sie ihn darauf ansprach. Aber war er schließlich nicht immer einsilbig gewesen?

Den Speicheltest gab er freiwillig ab. Sofort nach dem Urlaub, als sie das Schreiben in der Post vorfanden. Er hatte nicht versucht, sich zu drücken, das wusste sie ganz genau. Sie hatte noch seine Worte im Ohr, dass ihm selbstverständlich daran lag mitzuhelfen, den Täter zu finden. Und sie hatte immer nur gedacht: die armen Eltern. Nie hätte sie sich vorgestellt, dass es da eine Frau des Täters geben könne, eine Familie mit Kindern, die genauso oder ähnlich zu leiden hatte wie die Opferfamilie.

Und nun sollte sie zu den Opfern gehören? Sie sollte die Frau eines Mörders sein?

Nein, das war undenkbar.

Sie sah aus dem Fenster, da standen mehrere Autos am Straßenrand. Männer in Karohemden und hellen Hosen liefen herum, verbargen gar nicht, dass sie auf eine Gelegenheit warteten, bis sie sich endlich zeigte. Den Gefallen würde sie ihnen nicht tun. Sie hatte genug Vorräte im Haus, die sie weder verhungern noch verdursten ließen. Sie würde so lang im Haus bleiben, bis diese Leute wieder verschwunden waren.

Mit einem Mal durchzuckte sie ein schrecklicher Gedanke: Nicht nur er ist im Gefängnis. Wir sind es auch.

Die Nächte waren so unendlich lang, seit er weg war. Und so unendlich einsam. Am Morgen wagte sie gar nicht mehr in die Zeitung zu schauen, die wie jeden Morgen im Türschlitz steckte, der als Briefkasten diente. Unsägliche Überschriften fanden sich da: »Mörder endlich gefasst. Polizei kann aufatmen.« Daneben stets das Foto des ermordeten Jungen und Michaels gepixeltes Gesicht.

Alles in ihr war aufgewühlt. Es war zu viel. Nun besaßen die draußen auch noch die Frechheit zu klingeln. Ihr Kopf fühlte sich heiß an. Vorsichtig spähte sie um die Ecke, ob sie einen Umriss in der Türscheibe erkennen konnte. Aber da war niemand mehr. Dort steckte etwas. Ach, nur der Postbote. Aber warum hatte er geklingelt? Sie ging näher und zog eine Boulevard-Zeitung aus dem Briefschlitz. Sie klappte sie auf und erstarrte, als sie geradewegs in das deutlich erkennbare Gesicht ihres Mannes blickte. Darunter stand sein voller Name: Michael Schaller.

48

»Wieso glauben Sie, ich wäre ein Mörder?«, fragte er mit matter Stimme. Er strich sich über den kahlen Kopf. Schweiß stand auf seiner Stirn. »Ich habe zwei Kinder, ich könnte ihnen niemals etwas zuleide tun und ebenso wenig fremden Kindern.«

Franca, die Michael Schaller im Vernehmungszimmer gegenübersaß, fixierte den Mann, der seit Tagen ausweichende Antworten auf die ihm gestellten Fragen gab. Hinterhuber und Brock hatten ihn bereits vernommen, doch seine Angaben waren widersprüchlich und voller Lücken. Einige seiner Aussagen hatten sich eindeutig als falsch erwiesen, was den Verdacht gegen ihn weiter erhärtete. Damit konfrontierte sie ihn jetzt.

»Am Nachmittag des 13. Mai haben Sie Ihre Frau angeblich von der Arbeit aus angerufen und ihr mitgeteilt, sie feierten den Geburtstag eines Kollegen in Ochtendung, richtig?«

Er wand sich und wich ihrem Blick aus. Schließlich sagte er leise: »Ja.«

»Wir haben das nachgeprüft, Herr Schaller. Sie hatten an diesem Nachmittag dienstfrei. Abends waren Sie nicht mit Kollegen zusammen. Es gab nämlich gar keine Geburtstagsfeier.«

Er zuckte zusammen.

»War es nicht so, dass Sie an diesem Tag der kleinen Lara Weisglas auflauerten und das Kind in einer Höhle im Rauscherpark missbrauchten?«

Er schüttelte den Kopf, sah aber nicht hoch.

»Am Abend des 15. Juli hatten Sie angeblich Nachtdienst. Auch das hat sich als falsch herausgestellt. Sie haben Ihre Arbeitsstelle bereits um 16 Uhr verlassen. Wo waren Sie danach?«

Er presste die Lippen zusammen und schwieg beharrlich.

»Offenbar hatten Sie Timo schon länger im Visier und wussten, dass er fast jeden Tag auf dem Bolzplatz anzutreffen ist. Sie wussten, dass er in den Ferien bis zum Einbruch der Dunkelheit mit seinen Freunden Fußball spielt, und dass er danach mit seinem Fahrrad allein nach Hause fährt. Sie haben einen silberfarbenen Golf gestohlen, in der Absicht, ein Verbrechen zu begehen. Danach haben Sie Timo auf dem Nachhauseweg abgepasst, ihn auf seinem Fahrrad angefahren und verschleppt.«

»Nein!« Es war ein Aufschrei. Panik stand in seinen Augen. »Das ist doch absurd. Ich mach doch solche Sachen nicht.« Seine Stimme klang schrill, schnappte über.

Franca blieb ruhig. »Dann sagen Sie mir, wie es war.«

Er hob den Kopf, blinzelte heftig und holte tief Luft. »Es stimmt. Ich habe nicht mit meinen Kollegen gefeiert. Ich ... ich war bei einer Frau.«

»Das verzögert die Sache doch nur, Herr Schaller. Sie wissen, dass wir auch das nachprüfen werden.«

»Aber wenn es doch wahr ist!«, rief er aus. »Ich ... ich habe eine Leidenschaft, für die meine Frau kein Verständnis hat, sie würde das nicht verstehen, deswegen ...«

»Deswegen haben Sie eine Affäre?«

Er rutschte unruhig auf seinem Stuhl herum. Die Schweißtropfen auf der Stirn machten sich selbstständig und liefen ihm übers Gesicht. Es sah aus, als ob er weinte. »Es ist keine ... Affäre im üblichen Sinn. Ich zahle dafür.«

»Also eine Prostituierte.«

Er zögerte lange, verschränkte die Hände ineinander, löste sie wieder, bevor er gequält nickte. »Meine Frau würde das niemals verstehen. Auch, weil wir sparen müssen, aber … ich kann nicht anders. Ich muss diese Frau sehen. Es ist wie eine Sucht …« Flehend sah er Franca an. »Aber ich würde doch niemals irgendwas mit Kindern machen. Nur mit Erwachsenen. Und auch nur, wenn die einverstanden sind.«

»Wie heißt die Frau?«, fragte Franca ungerührt.

»Das kann ich doch nicht sagen.«

»Herr Schaller.«

Er wand sich. »Sie heißt Adeline. Das ist ihr Künstlername. Ich weiß nicht ihren richtigen Namen. Ich habe nur ihre Handynummer und ihre Arbeitsadresse. Aber bitte … ich weiß nicht, ob sie legal arbeitet, und es ist ihr bestimmt nicht recht, wenn die Polizei …«

»Lieber Herr Schaller. Wieso werde ich das Gefühl nicht los, sie erzählen uns schon wieder ein Märchen?«

»Es ist kein Märchen, es ist die Wahrheit.«

»Dann müssen Sie uns die Möglichkeit geben, die Wahrheit zu überprüfen.«

Angestrengt dachte er nach. Seine Körpersprache drückte Unbehagen aus. »Haben Sie was zu schreiben?«, fragte er schließlich mit ausdrucksloser Stimme.

Sie gab ihm einen Stift und ihr Notizbuch. Darin notierte er eine Handynummer und eine Adresse in der Eifel.

Er tat ihr fast ein wenig leid, wie er da saß. Ein Häufchen Elend, das wusste, etwas grundsätzlich falsch gemacht zu haben. Ein Mann, der geglaubt hatte, sein Geheimnis ein Leben lang hüten zu können und der nun aufschreckte, weil ihm die Polizei auf die Schliche gekommen war. Die

Enttarnung eines fürsorglichen Familienvaters, der ein heimliches Doppelleben führte, war ihnen schon öfter gelungen. Das, was Michael Schaller anbot, war harmlos verglichen mit den gegen ihn gerichteten Vorwürfen. Und es war nachvollziehbar, dass er alles tun würde, den Prozess der Aufdeckung in die Länge zu ziehen.

Sie klappte das Notizbuch zu und erhob sich.

49

»Kann mir mal jemand das hier erklären?« Anton Osterkorn war sichtlich aufgebracht. Er hielt eine überregionale Boulevard-Zeitung hoch und tippte auf die Schlagzeile: *Bestie gefasst – Fahndungserfolg der Polizei.* Das Foto darunter zeigte den festgenommenen Michael Schaller in aller Deutlichkeit. Nicht gepixelt, keine schwarzen Augenbalken. Den Geiern zum Fraß vorgeworfen. Darunter die Zeile: »Der Täter kommt aus Koblenz«.

Der dazugehörige Artikel enthielt nicht nur den vollen Namen des mutmaßlichen Täters, sondern auch bisher sorgsam gehütete Interna, wie Details aus dem Obduktionsbericht, die nie hätten an die Öffentlichkeit gelangen dürfen.

»Ist ja klar, dass diese Blutsauger nach so was geifern«, meinte Brock. »Saure-Gurken-Zeit. Da stürzen die sich doch auf alles, was eine Sensation verspricht.«

Alle anderen schwiegen und taxierten ihn mit bohrenden Blicken. Auch der Chef hatte ihn im Visier.

»Also ich hab das nicht rausgegeben!« Er hob abwehrend beide Hände. »Ihr braucht mich gar nicht so anzugucken.«

Niemand wollte ihm so recht glauben. Auch Franca hegte den Verdacht, dass er der Maulwurf war. Brock hatte sich stets in unflätiger Weise über den Täter geäußert. Seine harten Äußerungen waren nicht nur von Franca, sondern auch von anderen Kollegen gerügt worden. Aber passte solch ein Verhalten wirklich zu ihm? Brock war im Grunde ein guter Polizist, der genau um seine Rechte und Pflichten wusste. In letzter Zeit allerdings hatte er eine weniger liebenswürdige Seite von sich gezeigt. Aber würde einer wie er tatsächlich seine Karriere aufs Spiel setzen?

»Das Foto stammt aus unserer Datei. Die Zitate sind wortwörtlich dem Obduktionsbericht entnommen.« Osterkorn bemühte sich, ruhig zu bleiben, doch die Anspannung stand ihm ins Gesicht geschrieben.

Es herrschte betretenes Schweigen. Gerade noch war man höchst optimistisch wegen der erfolgten Festnahme gewesen, und nun musste offensichtlich davon ausgegangen werden, dass ein Verräter unter ihnen saß.

»Nun müssen wir also auch noch in den eigenen Reihen ermitteln? Ihnen ist wohl klar, dass derjenige, der dafür verantwortlich ist, mit empfindlichen Konsequenzen zu rechnen hat?«

Franca räusperte sich. »Ich kann mir beim besten Willen nicht vorstellen, dass das jemand von uns war.«

»Gute Hacker können manches knacken«, verteidigte sich Brock und verschränkte die Arme. »Hab ich recht, Renate?«

»Das stimmt«, gab Renate Julien zögernd zu. »Meine Leute sind bereits dabei, unsere Datenbanken auf eventuelle Sicherheitslücken zu checken.«

»Wir haben Sicherheitslücken in unserem System? Wie kann das denn sein?« Osterkorns Augenbrauen zogen sich zusammen.

»Ich weiß, das ist beängstigend«, gab Renate zu. »Ich bin jeden Tag aufs Neue erstaunt, welche Fähigkeiten diese Hacker entwickeln. Die bilden inzwischen ein großes Netzwerk, tauschen sich in Non-Public-Foren gegenseitig aus und entwickeln eigens dafür vorgesehene Programme. Alles illegal natürlich, aber diese meist jungen Menschen sind sich keiner Schuld bewusst. Wenn, dann gilt das unter ihnen allenfalls als Kavaliersdelikt. Das Verheerende ist, dass es ganz leicht ist, seine Identität zu verschleiern, sodass wir ihnen so schnell nichts nachweisen können.« Sie hob etwas resigniert die Schultern. »Da wird wahrscheinlich noch so einiges auf uns zukommen. Glücklicherweise habe ich einen Vertrauensmann beim ›Chaos Computer Club‹, der mich über die neuesten Entwicklungen auf dem Laufenden hält.«

»Also ich meine, wir sollten uns von so was nicht unseren Erfolg vermiesen lassen«, wandte Frankenstein ein. »Natürlich finde ich das auch nicht okay. Aber bei uns allen liegen die Nerven blank. Und nach dieser Festnahme herrschte eine gewisse Euphorie. Wir haben den Täter endlich gefasst. Es ist unser Erfolg. Die Polizei, die man nur allzu gern als dumm und doof abstempelt, hat bewiesen, dass sie nicht nur Lahmärsche beschäftigt.«

»Ich brauche Ihnen doch nun wirklich nicht zu erklären, dass es sich hier um Geheimnisverrat der übelsten Sorte handelt. Genauso wie Sie wissen, dass zu unseren Aufgaben auch der Schutz des Persönlichkeitsrechts von Beschuldigten gehört.« Osterkorn wollte sich nicht beruhigen.

»Wir dürfen auch nicht vergessen, dass der Täter noch nicht gestanden hat. Er behauptet hartnäckig, er sei es nicht gewesen«, warf Franca ein.

»Wir haben seine DNA! Die ist eindeutig«, verteidigte sich Frankenstein.

»Meine Damen und Herren! Ich muss doch sehr bitten! Wir sprechen von einem *mutmaßlichen* Täter.« Bei diesen Worten sah er Franca streng an. »Und solange es keinen Urteilsspruch gibt, ist der Festgenommene als unschuldig anzusehen.«

»Und ich bin der Kaiser von China«, murmelte Brock.

50

Konstantin Liebermann schlenderte gedankenverloren über den Marktplatz. Es war ein sonniger Tag. Im Freien saßen Menschen beim Kaffee oder bei einem Eis. Ein fröhliches Gesumme. Alle trugen sommerliche Kleidung.

Er setzte sich an einen der kleinen runden Tische und bestellte sich einen Eiscafé. Irgendwie musste er nach Moselweiß kommen. Mit dem Bus oder besser mit dem Zug. Gleich wollte er die Fahrpläne studieren.

Gedankenverloren sog er an dem Strohhalm.

»Papa!«, schrie ein Kind, es weinte jämmerlich. Offensichtlich war es hingefallen. »Papaaa!«

Er hatte nicht nur einen, sondern zwei Väter. Einen, der ihn aufgezogen hatte und einen, der sein genetischer Vater war. Aber war das überhaupt wichtig? Genügte es nicht, von liebevollen Eltern erzogen worden zu sein? Schon oft hatte er sich gefragt, was aus ihm geworden wäre, wäre er in einem anderen Umfeld aufgewachsen. Bei Menschen, denen er gleichgültig gewesen wäre. Die ihn hätten verwahrlosen lassen. Vielleicht wäre er gar nicht mehr am Leben.

Offensichtlich gab es keine Beziehung zwischen seinen leiblichen Eltern, womöglich war er einfach nur zufällig gezeugt worden und niemand hatte sich Gedanken gemacht. Denkbar bei einer rauschgiftsüchtigen Mutter war auch, dass sie sich prostituiert hatte, um Geld für ihre Drogen zu bekommen. Und sein Vater stammte aus einem ganz anderen Milieu. Die Adresse, die er herausgefunden hatte, klang ziemlich normal.

Da waren so viele Fragen, auf die er gern eine Antwort gehabt hätte. Was war richtig? Was war falsch? Er schwankte hin und her.

»Hi, Konny. Sitzt du immer so allein?« Ein Schatten fiel auf den kleinen Tisch. Thorsten, ein Schulkamerad. Ein kleiner Wichtigtuer. Wie der sich immer zurechtmachte! Peinlich war das. Kein Wunder, dass die Mädchen nichts von ihm wissen wollten. Eigentlich hatte Konny keine Lust, mit ihm zu reden. Dann fiel ihm ein, dass Thorsten einen Roller fuhr.

»Setz dich doch«, lud er ihn ein. »Was hast du denn heute noch so vor?«

»Nix Bestimmtes. Warum fragst du?«

»Na ja, ist so schönes Wetter. Da könnte man vielleicht eine kleine Tour machen. Hab ich so gedacht.«

Thorsten grinste ihn an. »Hast du dir so gedacht. Und wohin?«

Er hob die Achseln. »Koblenz. An die Mosel.«

»Ey, komm, Alter. Mosel. Echt.«

»Und wenn ich dir zehn Euro gebe?«

»Hä?«

»Ich hab da was zu erledigen. In Moselweiß. Wäre schön, wenn du mich dahin fahren könntest.«

Thorsten war sehr erstaunt, willigte aber sofort ein.

»Wenn du willst, können wir gleich los.«

Konny zog den zweiten Helm über, schwang sich auf den Rücksitz des Rollers. Thorsten gab Gas. Sie fuhren über Ochtendung und Bassenheim unter der Autobahn durch. Hitze flirrte über den Asphalt. Ständig wurden sie von Autos überholt, die viel zu dicht an ihnen vorbei fuhren. Es war eine ziemliche Strecke mit dem Roller.

Das Haus, das Konny suchte, lag direkt an der Mosel. Den Namen hatte er gegoogelt. Die Adresse seines genetischen Vaters stand ganz normal im Telefonbuch.

Konny hielt Thorsten fest umklammert. Je näher Moselweiß kam, umso merkwürdiger wurde ihm zumute. Etwas stieg brennend heiß in ihm hoch. Ein unbekanntes Gefühl, das ihn verwirrte. Bald würde er seinem Vater gegenüberstehen. Ob er so aussah wie er? Ob er eine Ähnlichkeit erkennen würde? Ihm wurde ganz flau. Was sollte er ihn fragen? Fürchtete er sich vor den Antworten? Warum hast du nie nach mir gesucht? Bin ich dir gleichgültig?

Plötzlich überfiel ihn Angst. Vielleicht hätte er doch die Dinge so lassen sollen, wie sie waren. Vielleicht war es nicht gut, alles zu wissen. Was, wenn diese Begegnung sein Leben veränderte und nichts mehr war wie vorher? Er versuchte, Thorsten ein Zeichen zu geben. »Ich glaube, wir sollten umdrehen«, sagte er und hörte, wie seine Stimme an der Innenseite des Helms abprallte. Thorsten ließ sich nicht beirren und fuhr weiter.

Konny spürte, wie sein Herz schneller schlug. Er schwitzte unter dem Helm. Nun kam die Mosel in Sicht, das Wasser strahlte in einem intensiven Blaugrün.

Er wusste nichts von diesem Mann. Gar nichts. Er war ein Phantom. Ein Mensch, der ihn nichts anging. Außer dass er seine Gene in sich trug.

»Bitte mach nicht alles kaputt«, hatte seine Mutter gebettelt. Unzählige Szenarien hatte er seitdem im Kopf durchgespielt. Die Anspannung, die sich in ihm aufgestaut hatte, wurde schier unerträglich.

Thorsten bremste den Roller ab. Zog den Helm herunter.

»Mann, was ist denn da los?«, fragte sein Schulkamerad.

»Die dort vorn in dem Haus werden ja regelrecht belagert. Das ist aber nicht da, wo du hinwolltest, oder?«

Konny sah sich verwundert um. Zahllose Menschen mit Kameras umstanden ein freistehendes Ein-Familienhaus. Auch ein Fernsehteam war dabei. Konny erkannte sofort, dass es die gesuchte Adresse war.

»Du, ich glaub, da wohnt dieser Kindermörder. Jetzt fällt's mir wieder ein. Ich hab da was im Internet gelesen.«

»Was sagst du da?« Konny schrie es fast.

Die Bilder in seinem Kopf überschlugen sich. Sein Vater ein Mörder? War das der Grund, weshalb die Eltern ihn schützen wollten? Er hatte das Gefühl, vollends den Boden unter sich zu verlieren.

51

Sie versuchte, Alltag zu leben. An der Routine hangelte sie sich entlang. Frühstück machen. Aufräumen. Essen kochen. Im Kindergarten hatte sie angerufen und Elias entschuldigt. Er habe eine starke Erkältung, sagte sie mit fester Stimme. Die Frau am anderen Ende hatte überrascht geklungen. Und unterkühlt. Es war Dorothee egal, ob man ihr glaubte oder nicht. Sie musste die Stellung halten. Hier in diesem Haus. So lang, bis Michael wieder zurück war und ihr normales Leben weitergehen konnte, und sie allen bewies, wie unrecht sie hatten.

Doch etwas tief in ihr drinnen nagte weiter und fraß sie schier auf. Sie drehte und wendete die Vergangenheit. Tastete sie weiter nach möglichen Vorzeichen ab. Hatte irgendetwas auf ein Unheil hingedeutet? Unentwegt stöberte sie in ihrem Gedächtnis nach entlarvenden Bildern. Doch es war nichts zu erkennen. Hatte er sie angelogen? War sie zu naiv gewesen, zu gutgläubig? Sie prüfte die Tage, über die die Polizisten Genaueres wissen wollten. Am 13. Mai stand ›Theater‹ in ihrem Kalender. Sie erinnerte sich. An ihre Vorfreude auf das Stück ›Endstation Sehnsucht‹, die jäh von Michaels Telefonanruf, dass er später käme, getrübt wurde. Mit Kollegen wolle er einen Geburtstag nachfeiern, hatte er gesagt. Hatte er den Namen des Kollegen genannt? Sie wusste es nicht mehr. Nur, dass er spät heimgekommen war damals. Sie hatte bereits im Bett gelegen. Ihre Brust zog sich zusammen. Das war der Tag! Was, wenn er nicht bei diesem Kollegen war, sondern ... sie wagte nicht, den Gedanken zu Ende zu denken.

Plötzlich merkte sie, dass sie begann, ihr gesamtes Leben mit Michael infrage zustellen. Was, wenn alles nur eine schreckliche Lüge war? Wenn er überhaupt nicht der Mann war, den sie zu kennen glaubte? Sollte sie sich tatsächlich in einen Mann verliebt haben, der für Schwächere, für Kinder eine Gefahr bedeutete? Ihr Herz begann heftig zu schlagen. Sie musste ihn zur Rede stellen. Sie wollte ihm in die Augen sehen, während sie ihm diese Frage stellte. Sie musste wissen, ob sie sich so getäuscht hatte.

Vor ihren inneren Augen flimmerten einzelne Sequenzen ihres Lebens vorbei. Michael verlegen in der Tür stehend mit der Hand hinter dem Rücken. Einen Rosenstrauß hatte er ihr mitgebracht, mit dem er sie überraschen wollte. Das war ganz am Anfang ihrer Beziehung gewesen. Er war nicht der große Kavalier, der stets mit einem Geschenk antanzte. Aber die seltenen Male, wenn er dies tat, die hatte sie sich gemerkt.

Ein bewegender Moment schoss ihr in den Kopf. Elias war noch ganz klein, Lucia war noch nicht geboren. Michael war wegen einer länger dauernden Fortbildung einige Zeit von seiner Familie getrennt gewesen. Der Moment, als er wiederkam, war ihr überdeutlich in Erinnerung, als sie mit dem Baby im Kinderwagen am Bahnhof stand, um ihn abzuholen. Da hatte er Tränen in den Augen gehabt. Er hatte nicht gesagt, dass er seine Familie vermisste, aber sie hatte es tief in ihrem Herzen gespürt. Das konnte doch nicht gelogen gewesen sein. Immer war er zuvorkommend, höflich, freundlich. Sie erinnerte sich nicht, wann sie jemals gestritten hätten. Mit Michael konnte man gar nicht streiten. Machte sie ihm Vorwürfe, was schon mal vorkam, zog er sich still in sich zurück. Danach tat er, als ob nichts gewesen sei. Es wurde nicht mehr darüber gesprochen. Das war seine Art, mit Konflikten umzugehen.

Und nun sollte er Kinder missbraucht und einen Mord begangen haben? Sie hatte das Gefühl, ihr platze gleich der Kopf. Tränen liefen ihr über die Wangen.

»Mama, warum weinst du?«, fragte Lucia mit hellem Kinderstimmchen.

»Ich wein doch gar nicht.« Sie fuhr sich mit dem Handrücken über die Augen. Nein, sie durfte sich nicht vor den

Kindern gehen lassen. Da musste sie Stärke demonstrieren. Vernünftig sein. Obwohl sie sich am liebsten verkrochen hätte. Mit einer Decke über dem Kopf. Sie wollte keine Entscheidungen treffen, von denen sie nicht wusste, ob sie richtig oder falsch waren, nicht trösten müssen. »Wollen wir was Schönes spielen?«, fragte sie ihre Tochter.

»Ich will raus auf die Schaukel.«

»Das geht jetzt nicht, mein Schatz.«

»Warum denn nicht?«

»Komm, ich lese dir was Tolles vor«, versuchte sie abzulenken.

»Ich will aber lieber schaukeln.«

Sie atmete mühsam durch die Nase. Erneut drängten Tränen hervor und brannten in ihren Augen. Sie hatte das Gefühl, dass sie ihr beim nächsten Blinzeln herabtropfen würden.

»Wollen wir ein Puzzle machen?«

Die Kleine schüttelte energisch den Kopf.

»Oder vielleicht einen Film schauen?« Das war das letzte Mittel, das ihr einfiel, wenn alles andere versagte. Die Kleine nickte begeistert. »Prinzessin Lillifee«, sagte sie. Das war zurzeit ihre Lieblings-DVD. In Lillifees Leben war alles zart und rosa. Dorothee stand auf, legte die DVD in den Player und überließ ihr Kind dieser Märchenwelt.

Am Abend weinte sie sich in den Schlaf. Sie war mit den Nerven völlig fertig. Doch sie schreckte immer wieder auf. Fand keine Ruhe. Morgen, gleich morgen wollte sie Michael fragen. Hoffentlich ließen sie sie zu ihm. Vielleicht fand sie dann schneller eine Antwort, wenn sie ihm in die Augen sehen konnte.

Aber was machte sie in der Zeit mit den Kindern?

52

»Jeder Mensch hat das Recht, die Dinge beschönigend darzustellen, Herr Schaller. Aber es wird Ihnen nichts nützen. Im Grunde brauchen wir Ihr Geständnis nicht. Wir haben nicht nur Indizien, wir haben eindeutige Beweise. Die sind erdrückend.«

So eine kleine Drohung hatte schon öfter Wunder gewirkt. Darauf hoffte Franca Mazzari auch heute.

»Das kann einfach nicht sein«, entfuhr es ihm. Er schüttelte den Kopf und sah sie an. Zum ersten Mal wich er ihrem Blick nicht aus. Dann blitzte etwas wie eine plötzliche Erkenntnis darin auf: »Sie meinen doch nicht etwa den Speicheltest?«

»Unter anderem«, bestätigte sie.

»Nein.« Seine Stimme klang kraftlos und resigniert. »Das ist absolut unmöglich.«

»Herr Schaller, die DNA-Analyse lügt nicht. Jeder Mensch auf dieser Welt hat eine eigene unverwechselbare DNA-Struktur. Ausgenommen davon sind lediglich eineiige Geschwister.«

Er hob den Kopf, Erstaunen in den Augen. »Was sagen Sie da?«

Franca war einen Moment lang irritiert. »Das war Ihnen nicht bekannt?«

Er schüttelte den Kopf. Seine Augen flitzten unruhig hin und her. Aber er sagte nichts. Blieb weiter stumm wie ein Fisch.

»Sie werden ja wohl kaum mit einem Zwillingsbruder aufwarten können, oder?« Francas Stimme klang etwas spöttisch.

Er senkte den Blick. »Doch«, sagte er ganz leise.

»Wie bitte? Das meinen Sie jetzt nicht im Ernst. Herr Schaller!« Franca lächelte maliziös. »Und den zaubern Sie jetzt einfach so aus dem Hut? Sehr passend!«

»Ja, ich weiß, dass das merkwürdig klingt. Aber meine … unsere Geschichte ist nicht alltäglich.«

Franca taxierte den Mann. Seine graublauen Augen verschwanden fast in seinem dicklichen Gesicht. Er hatte einen Bauchansatz, wahrscheinlich bewegte er sich kaum. Sein kahl geschorener Kopf gab die Form eines überdimensionalen Eies frei. Sie fragte sich die ganze Zeit, an wen er sie erinnerte.

»Dann erzählen Sie mal. Wo lebt denn Ihr Zwillingsbruder?«

»Das weiß ich nicht. Wir haben schon lange keinen Kontakt mehr.«

»Klar.« Eindeutig ein Ausweichmanöver. Den Worten dieses Mannes schenkte sie absolut keinen Glauben. Franca sah ihm eindringlich in die Augen »Herr Schaller. Das hat doch keinen Sinn. So was lässt sich doch ganz leicht nachprüfen. Und dann?«

»Ich beschuldige meinen Bruder nur ungern. Das können Sie mir glauben. Aber ich habe einfach keine andere Erklärung. Es ist so, als er 13 war, da sind Dinge vorgefallen … Das war ja auch der Grund …« Er stammelte. Schließlich brach er ab.

»Was wollen Sie damit sagen, Herr Schaller?«

Er schüttelte den Kopf. Biss sich auf die Lippen.

»Also?« Langsam begann sie die Geduld zu verlieren.

»Als wir … als mein Bruder 13 war, da war was mit einem Mädchen aus der Nachbarschaft.«

»Herr Schaller, lassen Sie sich doch nicht alles aus der Nase ziehen. Was war mit dem Mädchen?«

»Ich weiß doch auch nichts Genaues. Es wurde nie richtig darüber gesprochen. Unser Vater hat irgendwann gesagt, dass er mit ihm nicht mehr fertig wird.«

Irgendetwas in der Haltung von Michael Schaller machte sie neugierig auf seine weiteren Ausführungen.

»Er hat ihn für schwer erziehbar erklärt und dafür gesorgt, dass er ins Heim kam. ›Fürsorge-Erziehung‹ hieß das. Vater hat geglaubt, mein Bruder sei nicht richtig im Kopf, weil er so anders war als ich, obwohl wir uns doch so ähnlich sahen.« Michael Schaller knetete nervös die Hände und zupfte an den Fingernägeln.

»Herr Schaller. Wieso erzählen Sie mir schon wieder irgendwelche Märchen?«

»Aber wenn es doch wahr ist!« Er blickte ihr direkt in die Augen. Sie sah die Verzweiflung darin, den dringenden Wunsch, dieser Situation zu entfliehen.

»Und wie heißt Ihr angeblicher Zwillingsbruder?«

Er zögerte kurz, bevor er den Namen aussprach. »Wir nannten ihn Benno. Richtig heißt er Benjamin.«

»Benjamin?« Bei diesem Namen zuckte sie unwillkürlich zusammen. »Sie haben einen Zwillingsbruder namens Benjamin?« Sie betrachtete das Gesicht ihres Gegenübers eingehender. Die Form des Kopfes. Die graublauen Augen, deren Iris mal heller, mal dunkler schien, die Lippen, die sich in bestimmter Weise über einer gradlinigen Reihe Zähne bewegten. Seine Mimik.

Eine Ahnung stieg in ihr auf, gegen die sie sich vehement wehrte. Es gab die merkwürdigsten Zufälle, das wusste sie nur zu gut. Aber das, das wäre ein zu großer Zufall. Nein, die Unterschiede waren zu gravierend, und eine Ähnlichkeit gab es nur auf den zweiten Blick.

Der Benjamin, den sie kannte, war viel mehr auf sein Äußeres bedacht als ihr Gegenüber. Er stählte seinen Körper im Fitnessstudio. Er ging regelmäßig zu einem teuren Friseur, kleidete sich modisch schick. Von Michael Schallers Haar war nichts zu sehen. Auch seine Kleidung schien ihn nicht sonderlich zu interessieren. Ein sackartiges kariertes Hemd umhüllte seinen fülligen Körper, dazu trug er ausgebeulte Jeans.

Und doch, wenn Michael Schaller den Kopf in eine bestimmte Richtung drehte, fiel eine gewisse Ähnlichkeit mit Ben auf. Auch das Alter stimmte.

In dem Moment, als der Name fiel, hatte sie gewusst, dass Michael Schaller die Wahrheit sagte. Dennoch hatte sie verweigert, dass diese Nachricht in ihrem Hirn ankam – und sie verweigerte dies immer noch.

Michael Schaller hob seine Hände und strich sich über Stirn und Augen. Auch diese Geste kannte sie. Ausgeführt von Händen mit schmalen Fingern. Der Unterschied war, dass an Michael Schallers rechtem Ringfinger ein Goldreif steckte.

Das Wort Verrat schoss ihr durch den Kopf, ein Begriff, der sich bleischwer anfühlte.

Sie klammerte sich an einer Ungereimtheit fest: Der Nachname passte nicht. Obwohl ihr Verstand längst wusste, dass sich das leicht erklären ließ.

»Sie behaupten also, Sie haben einen Zwillingsbruder namens Benjamin Schaller?«, presste sie hervor.

Michael Schaller nickte.

»Sie wissen schon, dass das, was Sie sagen, abenteuerlich klingt.«

»Ja, ich weiß. Für Außenstehende ist das ja auch alles schwer zu verstehen. Unsere Mutter hat das mit Benno nicht verkraftet«, fuhr er fort und sah auf seine unruhigen Hände. »Sie hat geglaubt, es sei alles ihre Schuld. Weil sie ihn hinter dem Rücken unseres Vaters verwöhnt hat, der immer sehr streng mit uns Kindern war. Sie hat sich dann auch umgebracht.« Er hob den Kopf. Sein Kinn zitterte. Der Blick war flehend. In seinen Augen standen Tränen. Jemand Unbedarftes hätte behauptet, hier säße der reine Unschuldsengel. Doch Franca hatte dauernd mit Menschen zu tun, die behaupteten, unschuldig zu sein. Und die dies auch noch dann selbst glauben wollten, wenn sie nachweislich getötet hatten.

Plötzlich begann er zu reden. »Ich habe meinen Bruder vermisst wie blöd. Und als dann noch meine Mutter starb, war das die Hölle. Ich blieb allein mit Vater zurück, der immer herrischer und unausstehlicher wurde.« Sein Redefluss schien nicht mehr versiegen zu wollen. Es war, als ob er sich alles von der Seele redete, was sich im Lauf der Zeit angestaut hatte, und endlich der Damm gebrochen war.

Franca hörte ihm geduldig zu, obwohl es ihr noch immer schwerfiel, seine Geschichte mit der ihren zur Deckung zu bringen. Was Michael erzählte, klang zu ungeheuerlich.

»Lange Zeit konnte ich keinem Menschen vertrauen. Ich … hab allerhand Blödsinn gemacht, das geb ich ja zu. Aber Sie glauben nicht, wie froh ich war, als ich meine jetzige Frau getroffen habe und endlich ein normales Leben beginnen konnte.« Er schluckte. »Deshalb darf sie auch auf keinen Fall erfahren, dass ich bei dieser … Frau war. Auf sowas werde ich in Zukunft verzichten. Wirklich. Es bedeutet mir nichts. Meine Frau ist mir viel zu wichtig, als dass ich alles aufs Spiel setzen will.«

Wie oft hatte Franca schon solche oder ähnliche Beteuerungen gehört? Und was war daraus geworden?

»Ich will nichts anderes, als ganz normal leben. Mit meiner Frau und mit meinen Kindern, die mir besonders fehlen«, sagte er mit brüchiger Stimme. »Ich würde alles tun, um hier rauszukommen und wieder bei meiner Familie zu sein. Würden Sie das meiner Frau ausrichten? Bitte?«

»Das heißt mit anderen Worten, Sie sind auch bereit, zu lügen?«

53

Wie betäubt ging sie zurück in ihr Büro. Ihr Magen hatte sich zusammengezogen. In ihrer Brust breitete sich Beklemmung aus, die wie ein Felsbrocken auf ihr Herz drückte. Eins zu einer Milliarde, hatte Frankenstein gesagt. Und dann sollte es einen Zwillingsbruder geben, der auch noch ihr Liebhaber war?

Clarissa saß an Francas Schreibtisch und tippte eifrig Eingaben in den Computer. »Bin gleich fertig«, sagte sie. »Dann kannst du wieder hierher.«

»Schon gut.« Franca setzte sich neben sie. Ihr schwirrte

der Kopf. Was, wenn sie tatsächlich einen Unschuldigen verdächtigten? Andererseits konnte es doch auch sein, dass Michael Schaller versuchte, seinem Bruder alles in die Schuhe zu schieben.

»Hast du einen Moment Zeit?«, fragte sie Clarissa.

Die Jungkommissarin speicherte ihre Eingaben, dann sah sie kurz auf. »Klar.«

Sie bat Clarissa, den Namen ›Benjamin Schaller‹ zu recherchieren.

»Benjamin?«, fragte Clarissa erstaunt. »Ich dachte, unser Mörder heißt Michael.«

»Das dachte ich auch«, antwortete Franca knapp und blieb Clarissa eine weitere Erklärung schuldig.

»Also, ich hab etliche Einträge, die ich im Intranet gefunden habe, abtelefoniert. Es war keiner dabei, der infrage kam. Dann hab ich beim Standesamt einen Auszug aus dem Geburtenregister angefordert. Und rate mal, was dabei rausgekommen ist?«

Franca glaubte, die Antwort zu kennen. Gleichzeitig fürchtete sie sich davor.

»Da ist tatsächlich ein Benjamin Schaller registriert. Inzwischen hat er den Namen seiner Frau angenommen, ist aber schon wieder geschieden.«

Franca wurde heiß und kalt.

»Jacobs heißt er jetzt. Er wohnt hier in Koblenz. Und du glaubst es nicht: Er ist der Zwillingsbruder von Michael Schaller.«

Franca schüttelte den Kopf. »Das kann nicht sein«, sagte sie tonlos.

»Doch«, behauptete Clarissa. »Zweifelst du etwa meine Rechercheergebnisse an?«

Francas Herz klopfte wie wild. Die schlimme Ahnung begann sich immer mehr zu konkretisieren.

»Was ich nicht verstehe …«, setzte Clarissa an.

Franca unterbrach sie abrupt. »Könntest du sämtliche Hinweise über Benjamin Jacobs zusammentragen, die du findest? Also alle zur Verfügung stehenden polizeilichen Informationsquellen, Meldedatei, Straßenverkehrsamt. Und schau besonders nach einer Jugendstrafakte.«

Clarissas Augen wurden immer größer. »Ich werd's versuchen. Aber …«

Wieder fiel ihr Franca ins Wort: »Und noch was: Behältst du das alles vorläufig für dich?«

»Wie? Jetzt versteh ich überhaupt nichts mehr.«

»Das brauchst du auch nicht zu verstehen. Ich erklär's dir morgen.«

Sie nahm ihre Tasche und stand auf.

»Und wo gehst du jetzt hin?« Clarissa war sichtlich ratlos.

»Nach Hause.« Franca zog die Bürotür hinter sich zu und rannte zum Aufzug.

Tausend Gedanken gingen ihr durch den Kopf, während sie nach Hause fuhr. Was wusste sie wirklich von Benjamin? Sie war davon ausgegangen, dass er wie sie ein Einzelkind war, aber hatte er das tatsächlich jemals geäußert? Über seine Familiengeschichte hatte er kaum etwas erzählt, obwohl sie ihn mehrfach darum gebeten hatte. Einen Zwillingsbruder hatte er aber ganz sicher nicht erwähnt.

Über seinen Vater hatte er nur widerwillig Auskunft gegeben und ihn als herrisch und jähzornig beschrieben, ein Mann, der alle Familienmitglieder tyrannisierte. Bens Wortkargheit hatte sie dahin gehend gedeutet, dass er keine besonders schöne Kindheit hatte und dass er deshalb nicht darüber erzählen wollte.

Stets hatte er betont, dass die Vergangenheit vorbei sei und nicht mehr wichtig. Auf das Jetzt müsse man sich konzentrieren, auf den Augenblick. Das war seine Philosophie, die ihr auch irgendwie einleuchtete. Zeigte sich nun, dass die Vergangenheit weit in die Zukunft hineinragte? Sollte er wirklich wegen einer frühen kriminellen Tat von seiner Familie ausgestoßen und in ein Heim abgeschoben worden sein? Dass seine Taten, sein Verhalten aus der Vergangenheit sehr wohl mit dem Jetzt und der Zukunft zu tun hatten?

Doch so richtig konnte sie das noch immer nicht fassen, denn das, was sie bisher erfahren hatte, passte nicht zu dem Benjamin, den sie kannte. Gab es eine solch unterschiedliche Entwicklung bei Zwillingen überhaupt, wie ihr Michael Schaller dies hatte weismachen wollen?

Und vor allem: Traute sie einem Menschen wie Benjamin tatsächlich einen Mord zu?

Die Frage war leicht zu beantworten. Hatte doch ihr Berufsleben schon oft gezeigt, dass man jedem alles zutrauen konnte. Bisher hatte sie sorgfältig getrennt: Hier waren die Verbrecher, dort ihr Privatleben. Beides hatte nicht allzu viel miteinander zu tun, es waren verschiedene Welten.

Nein, das stimmt so nicht, dachte sie. Da war der Fall ihrer früheren Klassenkameradin. Auch ihr hatte sie eigentlich keinen Mord zugetraut, auch sie war tief in ihr Privatleben eingedrungen. Es gab also doch diese Vermischungen.

Aber wie sollte sie herausfinden, wo die Wahrheit lag?

Sie parkte ihr Auto am Straßenrand und ging auf den Eingang ihres Wohnhauses zu. Vorsichtig öffnete sie die

Haustür und schlich an Benjamins Wohnungstür vorbei. Sie hoffte inständig, dass er ihr nicht über den Weg lief. Niemand begegnete ihr im Treppenhaus. Aufatmend schloss sie die Wohnungstür auf.

»Mama. Du bist schon da?« Ihre Tochter war perplex. »So früh.«

»Wie du siehst. Stör ich dich etwa?«

»Quatsch.« Georgina beäugte ihre Mutter. »Ist was passiert? Du siehst so komisch aus.«

»Wenn ich das wüsste.« Sie ließ sich auf einen Stuhl fallen. Stützte den Kopf in die Hände. Seufzte tief.

»Willst du mir davon erzählen?«

Ihre liebe, verständnisvolle Tochter! Durfte sie sie wirklich mit diesen komplizierten Dingen belasten? Sie zögerte. Dann sprudelte es aus ihr heraus: Sie erzählte Georgina zunächst von dem Verdacht gegen Michael Schaller. Georgina wusste bereits davon, ihr Vater hatte sie sofort nach der Festnahme seines Nachbarn informiert. Sie war seitdem ziemlich durcheinander, war sie doch von der Unschuld des Vaters von Elias und Lucia überzeugt und hatte schließlich gesagt, sie glaube erst, dass er es gewesen sei, wenn man ihm die Tat einwandfrei nachweisen könne. Deshalb überraschte sie dessen Behauptung, er habe einen Zwillingsbruder, nicht sonderlich. »Ich hab dir doch gleich gesagt, dass ich ihm so was nicht zutraue. Was also ist so schlimm daran?«

»Schlimm ist«, Franca schluckte. »Dass es sich bei dem Bruder von Michael Schaller um Benjamin Jacobs handelt.«

»Wie jetzt. Dein Lover?« Georgina riss die dunklen Kulleraugen auf. »Aber der hat doch einen ganz anderen Nachnamen.«

Franca nickte. »Ich weiß auch nicht mehr, was ich glauben soll.«

»Mama, du hast mir mal erzählt, in deinem Beruf ginge es weniger ums Glauben als ums Beweisen. Da musst du ihm entweder die Tat nachweisen oder das Gegenteil.«

»Du hast natürlich vollkommen recht.« Es wunderte sie, dass ihre Tochter in dieser Situation einen kühleren Kopf behielt als sie selbst.

»Da sind übrigens Nachrichten auf dem AB, ich nehme an, für dich.« Georgina legte ihr das schnurlose Telefon hin.

Franca drückte auf den blinkenden Knopf. »Hallo, Franca«, sagte eine Stimme, deren Klang ihr wohlbekannt war. »Ich musste kurzfristig weg. Melde mich sofort, wenn ich wieder da bin. Vermisse dich jetzt schon.« Den gesprochenen Worten folgte ein Kussgeräusch. Franca zog es das Herz zusammen.

54

Die Löffel klapperten in den Suppentellern. »Will noch jemand einen Nachschlag?«, fragte Andrea.

»Für mich nicht, danke.« Rainer Liebermann tupfte sich den Mund mit einer Serviette ab.

»Ich weiß jetzt, wer meine leiblichen Eltern sind.« Konny äußerte dies beiläufig am Mittagstisch.

»Wie, was weißt du?« Sein Vater begann zu stottern.

»Wär doch ganz nett gewesen, wenn man mich darüber aufgeklärt hätte, und ich nicht hätte Detektiv spielen müssen.«

Seine Eltern tauschten entsetzte Blicke.

»Guckt doch nicht so. Ich bin euch sehr dankbar, dass ihr mich adoptiert habt. Das wisst ihr doch.«

»Und ... woher weißt du ...?« Sein Vater wischte sich mit der Serviette über die Stirn.

»Ihr kennt die Namen, nicht wahr?« Er sah von einem zum anderen. »Obwohl ihr immer behauptet habt, dies nicht zu wissen. Wie verträgt sich das denn mit der von dir gepredigten Wahrheitsliebe?« Er sah seinen Vater anklagend an. »Meint ihr nicht, es ist längst an der Zeit, mir etwas über meine Herkunftseltern zu erzählen und nicht immer Ausreden? Habt ihr sie jemals kennengelernt?«, fragte er mit ernstem Gesichtsausdruck.

Andrea blickte Hilfe suchend zu ihrem Mann.

»Na ja, kennengelernt ist zu viel gesagt«, äußerte Rainer schließlich. »Valerie Kruse hieß deine leibliche Mutter. Sie stand jedes Mal unter Drogen, wenn ich sie traf. Hat hoch und heilig versprochen, eine Therapie zu machen, die sie aber leider immer wieder abgebrochen hat. Ich weiß nicht, was aus ihr geworden ist. Sie hat nie nach dir gefragt.«

»Sie ist schon lange tot«, antwortete Konny. »Und ihr wollt das nicht gewusst haben?«

Rainer Liebermann kratzte sich am Kopf. »Wir haben ihr Schicksal nicht weiter verfolgt. Das hat uns zu viele Nerven gekostet.«

»Und was wisst ihr von meinem Erzeuger?«

Sein Vater räusperte sich. »Soweit ich informiert bin, war das wohl eher eine Zufallsbekanntschaft. Seinen Namen kenne ich nicht. Wirklich nicht. Zumindest mir gegenüber hat sie ihn nicht preisgegeben. Sie waren jedenfalls nicht zusammen, hatten keine richtige Beziehung. Wahrscheinlich weiß er gar nicht, dass er ein Kind gezeugt hat.«

»Das ist alles? Bist du dir sicher?«, fragte Konny mit zusammengekniffenen Augen.

»Der hat wirklich keine Rolle gespielt«, insistierte sein Vater.

»Ach nein?« Konny legte die Zeitung auf den Tisch, auf deren Titelseite das Foto Michael Schallers prangte. »Dieser Mann hier«, er tippte auf die Zeile unter dem Foto, »ist mein leiblicher Vater.«

»Was? Zeig mal her.« Rainer Liebermann riss seinem Sohn die Zeitung aus den Händen. »Wie kommst du denn darauf?«

»Ihr traut mir wohl gar nichts zu? Aber ich kann durchaus eins und eins zusammenzählen.«

»Was meinst du denn? Ich kann damit nichts anfangen. Ist das nicht der Kindermörder? Wieso glaubst du, dass ausgerechnet dieser Mann …«

Konny fiel ihm ins Wort. »Ich war auf dem Jugendamt und habe einiges Interessante erfahren.«

»Aber die dürfen dir doch gar keine Auskunft ohne unsere Einwilligung geben«, warf Andrea mit schwacher Stimme ein.

»Ich hab's trotzdem geschafft.« Das klang triumphierend. »Und wie ihr seht, war ich erfolgreich. – Was ist der Mensch, wenn er nicht weiß, wo seine wahren Wurzeln sind?« Er hörte selbst, wie zynisch das klang.

»Ich werde das recherchieren«, sagte sein Vater mit Nachdruck. »Ich kann mir nicht vorstellen, dass dein leiblicher Vater ein Mörder sein soll.«

55

Fortwaschen. Alles wegschrubben. Rein und sauber dastehen.

Sie war unter der Dusche. Spürte angenehm das Prasseln des Wassers auf ihrem Körper. Gedankenfetzen wirbelten in ihrem Kopf. Eine Bilderflut drohte sie fortzureißen. Den Namen Benjamin hatte sie bis vor ein paar Stunden mit ausnahmslos schönen Assoziationen verbunden. Nun erhielt alles eine hässliche Fratze. Das vertraute Gesicht hatte mit einem Mal einen bösen, teuflischen Blick. Dem Kopf wuchsen Hörner, Teufelshörner. Nein, das durfte nicht sein. Sie versuchte, sich an den schönen Erinnerungen festzuhalten. Gleichzeitig hinterfragte sie diese. Etwas war geschehen, von dem sie nicht wusste, ob es der Wahrheit entsprach, dennoch erhielt ihre Zeit mit Benjamin dadurch eine vollkommen andere Bedeutung.

Die quälenden Gedanken verschwanden im Rauschen des Wassers, lösten sich darin auf. Sie hörte seine Stimme, schmeichelnd, dicht an ihrem Ohr.

Als sie das Wasser abstellte, kamen die bösen Bilder mit Macht wieder. Er hat mich verzaubert. Er hat meine Gefühle manipuliert. Und ich hab das alles mit mir machen lassen.

Wo war denn mein viel beschworener Instinkt? Wieso gab es keine innere Warnblinkanlage? Oder hatte sie diese einfach nicht sehen wollen? Hatte sich wieder einmal bewahrheitet, dass Liebe blind macht? War es tatsächlich so banal?

Sie stieg aus der Dusche und trocknete sich ab. All diese Gedanken wurden eingehüllt in einem watteähnlichen Gefühl von Dumpfheit und Verlorenheit.

Die Zweifel waren gesät und gewachsen. Aber was war, wenn sie ihm Unrecht tat? Sie wusste nicht mehr, was sie glauben sollte.

Sie blickte in den Spiegel. Eine Maske schaute zurück. Eine blasse, verzerrte Maske mit nassem an den Kopf angeklatschtem Haar mit dunklen Ringen unter den Augen. Eine schöne Frau sei sie, hatte er gesagt. Lächerlich! Wie hatte sie nur jemals so etwas glauben können?

Hatte er doppeldeutige Signale ausgesandt, die sie vor lauter Verblendung nicht wahrnahm? Hätte sie früher hinter seine wahre Identität kommen können?

Sie sah an ihrem Körper herunter. Dachte an seine feingliedrigen Hände und bekam eine Gänsehaut. Ekel überfiel sie, als sie daran dachte, dass er vielleicht mit ebendiesen Händen, mit denen er sie gestreichelt und liebkost hatte, Kindern Gewalt angetan und sie sogar getötet hatte. Das war einfach unvorstellbar.

Hatte er ihr nicht immer seine Wahrheitsliebe beteuert? Seinen Hang zu absoluter Ehrlichkeit? Wie war das in Einklang zu bringen mit solch einer monströsen Tat?

Andererseits wusste sie, dass gerade solche Tätertypen alles taten, um ihre wahre Identität zu verschleiern und hinter der Maske des Wohlanständigen zu verbergen.

Und was war mit seinen ausgefallenen sexuellen Wünschen? Sie mochte nicht darüber nachdenken. Und schon gar nicht darüber, dass sie diesen Wahnsinns-Kick, für den sie sich insgeheim schämte, auch noch genossen hatte.

Sie wusste nicht mehr, was sie denken sollte. Ihr Brustkorb fühlte sich eng an, und ihr Hirn versuchte, aus seiner Widersprüchlichkeit schlau zu werden. In ihr festigte sich eine Mischung aus Zuneigung und Ablehnung.

Immer wieder aufs Neue versuchte sie, die Begegnungen mit ihm auf eine verborgene Wahrheit abzuklopfen. Benjamin wusste, wie man mit Frauen umging. Von ihm ging etwas Magisches aus, man fühlte sich gleich in seinen Bann gezogen. Sie hatte geglaubt, er bringe seine Gefühle zum Ausdruck, dass er sie liebte. Seine Art, seine Emotionen auszudrücken, war ihr manchmal etwas übertrieben vorgekommen. Dennoch hatte sie ihn für seine intensive Art, fühlen zu können, bewundert und sich darauf eingelassen. Sie hatte diese Stunden, in denen sie zusammen waren, sehr intensiv erlebt.

Und dann erinnerte sie sich an Momente, da war er sehr weit weg gewesen. In seine Augen war ein harter Glanz getreten, und sie hatte das Gefühl gehabt, dass er nicht bei ihr war, sondern wo ganz anders. In einem Bereich, zu dem sie keinen Zutritt hatte. Vielleicht war er nur in ebendiesen Augenblicken authentisch gewesen.

Was, wenn es doch dieses andere Ich gab, das er vor ihr verborgen gehalten hatte?

War es nicht so: Wenn man jemanden liebte, machte man sich ein Bild. Man projizierte alles Positive hinein. Das Negative ließ man außen vor. Zumindest in der ersten Verliebtheit. Doch kein Mensch ist nur gut. Oder nur böse. Die Zeit, dies herauszufinden, hatten sie nicht gehabt. Die Zeitspanne des Kennenlernens war zu kurz gewesen.

War ihr etwas Negatives an ihm aufgefallen? Hatte sie etwas übersehen? Aber da war nur dieser nette gut aussehende Mann, der charmant und liebevoll war. Der sie sein ließ, wie sie war, und der ihre Wünsche respektierte.

Sie wälzte die Gedanken hin und her. Nichts passte mehr zusammen. Hatte ihre Wahrnehmung sich so getrübt? Hatte sie sich wirklich in einen Mörder verliebt?

Langsam zog sie sich an. Dann ging sie hinüber ins Wohnzimmer. Ben war weggefahren. Wohin, wusste sie nicht. Aber vielleicht war das ihre Chance, die Dinge zu klären.

Ob er etwas ahnte? Ob er deswegen weggefahren war? Kurz entschlossen wählte sie Davids Direktdurchwahl im Krankenhaus. Ihr früherer Mann war sofort am Telefon. Obwohl sie geschieden waren, war er immer noch so etwas wie ein Freund für sie, dem sie nicht alles, aber doch einiges anvertrauen konnte. Sie sah ihn vor sich, wie er dastand, eine Autoritätsperson im weißen, offenen Kittel, mit dem Telefon in der Hand, sich auf das Gespräch konzentrierend.

»David. Ich muss dich in einer dringenden Angelegenheit sprechen«, sagte sie.

»Ist was mit Georgina?« Die Stimme ihres Exmannes klang besorgt.

»Nein. Es geht um einen Rettungssanitäter. Sein Name ist Benjamin Jacobs. Kennst du ihn zufällig?«

»Benjamin Jacobs, warte mal. Doch, ja, ich glaub, ich weiß, wer das ist. Warum, was ist mit ihm?«

»Das würde ich gern persönlich mit dir besprechen. Hast du ein halbes Stündchen für mich?«

»Hm, Franca. Das ist ganz schlecht. Wir haben …«

»Bitte, David. Es ist wirklich sehr wichtig.«

Sie hatte immer auf sein kritisches Urteilsvermögen vertraut, auf seinen gesunden Menschenverstand. Sie war sicher, nach dem Gespräch mit ihm würde sie klarer sehen.

»Also ich kann frühestens in einer Stunde.«

»Das wäre super.«

»Okay, dann komm vorbei. Hier in der Cafeteria?«

»Lieber im Park, wo keiner zuhören kann.«

Er saß bereits auf einer der Bänke, als sie kam, und sah ihr erwartungsvoll entgegen. Seine dunkle Haut leuchtete unter dem weißen Hemd. Er trug auch eine weiße Klinikhose. Der Park gehörte zum Klinikum Johannishof.

David stand auf und umarmte sie freundschaftlich. »Jetzt bin ich aber gespannt.«

Sie seufzte. »Ja, wo fang ich an?« Sie wusste, dass sie sich auf die Verschwiegenheit ihres früheren Mannes verlassen konnte. Zunächst begann sie von dem toten Kind zu erzählen und ihrer verzweifelten Suche nach dem Mörder.

»Natürlich hab ich das mitbekommen«, unterbrach sie David. »Aber ich denke, der Täter ist mein Nachbar? So stand es zumindest in der Zeitung.«

»Das dachten wir auch.«

»Und wieso fragst du jetzt nach Benjamin Jacobs?«

»Er ist der Zwillingsbruder von Michael Schaller.«

»Was? Ist das sicher?«

Sie nickte. »Die Geschichte klingt wirklich abenteuerlich. Aber je länger ich darüber nachdenke, umso mehr könnte was dran sein. Michael Schaller sagt, sein Bruder sei schon in seiner Jugend auffällig geworden und wurde ins Heim abgeschoben. Er habe keinen Kontakt mehr zu ihm.«

»Man hat Zwillinge getrennt?«, rief David erstaunt aus. »Aber wieso haben die dann unterschiedliche Nachnamen? Ist er adoptiert worden?«

»Benjamin hat den Namen seiner Frau angenommen, von der er aber schon wieder geschieden ist. Sein Geburtsname ist nachweislich Schaller.«

»Und weshalb wolltest du mich sprechen?« Er sah ihr forschend ins Gesicht.

»Benjamin Jacobs wohnt im gleichen Haus wie ich.«

»Du kennst ihn also?«

Sie nickte und sah auf den Boden. »Wir haben sporadischen Kontakt.«

Um nichts in der Welt würde sie ihrem früheren Ehemann mitteilen, dass dieser wesentlich jüngere Mann ihr Liebhaber war. Aber das spielte im Moment auch keine Rolle.

»Nun habt ihr also zwei potentielle Täter«, konstatierte David.

Sie hob die Schultern. »Inzwischen weiß ich nicht mehr, was ich glauben soll.«

»Habt ihr keine anderen Beweise? Jemand wird doch nicht aufgrund eines einzigen Indizes verhaftet.«

»Natürlich haben wir nach anderen Indizien geforscht. Aber die Übereinstimmung der DNA ist eigentlich bombensicher.« Sie malte mit der Schuhspitze einen Kreis in das trockene Gras.

»Aber eben nicht bei eineiigen Zwillingen«, sagte David.

»Das weiß ich doch auch.« Sie hob den Blick. »Sag mal, hättest du eine Möglichkeit, nachzuprüfen, von wann bis wann Benjamin Jacobs am 15. Juli Dienst hatte?«

»War das der besagte Abend?«

Sie nickte.

»Das hört sich fast so an, als ob du wünschst, er habe ein Alibi.«

Sie blieb ihm eine Antwort schuldig.

56

»Ich hab in etlichen Archiven gewühlt. Da ist einiges zusammengekommen«, begrüßte Clarissa Franca am nächsten Morgen. »Es gibt tatsächlich eine Jugendstrafakte. Benjamin Schaller hat als 13-Jähriger ein jüngeres Nachbarmädchen missbraucht. Die Eltern hatten Anzeige erstattet. Benjamin kam daraufhin in ein Fürsorgeheim. Vater Schaller selbst hat das veranlasst, er war Lehrer und fürchtete offensichtlich um seinen guten Ruf. Die Mutter der Zwillinge hat das alles wohl nicht verkraftet. Sie hat sich kurz darauf das Leben genommen.«

Francas Herz zog sich zusammen. Alles, was Michael Schaller gesagt hatte, entsprach der Wahrheit.

»Benjamin kam mit 18 aus dem Heim und hat verschiedene Jobs ausgeübt, bis er Rettungssanitäter wurde. Mitte 20 heiratete er und nahm den Namen seiner Frau an.«

Vielleicht, um sich endgültig von seiner Familie loszusagen, von der er sich im Stich gelassen fühlte?

»Die Ehe blieb kinderlos, bereits nach drei Jahren trennte er sich von seiner Frau, deren Namen er beibehielt.«

»Kann mich mal jemand aufklären?« Hinterhuber sah hinter seinem Computer hervor. Die beiden Frauen hatten sich leise unterhalten.

»Du könntest mir einen großen Gefallen tun«, sagte Franca kurz entschlossen zu Hinterhuber.

»Und der wäre?«

»Wir müssten in eine Wohnung. Etwas nachsehen.«

Benjamin hatte von ein paar Tagen gesprochen, die er weg sei. Wenn sie sich beeilten, bestand keine Gefahr, dass er sie bei der Durchsuchung überraschen würde.

»Ohne richterlichen Beschluss?« Hinterhuber lehnte sich in seinem Stuhl zurück.

»Noch habe ich keinen hinreichenden Tatverdacht. Und du weißt doch, wie lang dann so was dauert.« Franca erklärte kurz den Sachverhalt. Sie erwähnte, dass sie Benjamin kannte, da er im gleichen Haus wie sie wohnte. Dass er ihr Liebhaber war, verschwieg sie.

»Bitte, du weißt doch, wie man unauffällig eine Tür öffnet. Du hast mir das mal stolz vorgeführt. Kannst du da nicht was tun? Ich bin sicher, wir finden was.«

»Keine Chance. Ich werde mir doch wegen so was nicht die Karriere versauen.«

»Kannst du nicht einmal von deinem hohen Ross runter?«, fauchte sie. »Wie oft habe ich dich schon um einen Gefallen gebeten?«

»Franca, das ist illegal. Was spricht denn dagegen, wenn …«

»Das hier ist wichtig. Wir müssen uns beeilen, bevor er zurück ist. Wenn wir was fänden, hätten wir Gewissheit. Und ein Unschuldiger könnte aus dem Gefängnis entlassen werden. Wenn nicht, wird es niemand erfahren.«

Hinterhuber kämpfte sichtlich mit sich, kämpfte mit seiner Rechtschaffenheit und Loyalität, dem Abwägen von Konsequenzen und der möglichen Gefahr, in Francas Augen ein Kameradenschwein zu sein.

»Ich bin dabei«, sagte Clarissa, die die ganze Angelegenheit offenbar spannend fand. »Auf mich kannst du zählen.« Sie stellte sich neben Hinterhuber, strich ihm über den Arm. »Nun komm schon, Bernhard. Gib dir einen Ruck. Franca hat recht.«

»Also gut, ich mach's. Aber wehe, irgendeiner von euch lässt was nach draußen.«

»Erst, wenn wir die Lorbeeren ernten«, sagte Clarissa mit Lausbubenlächeln.

»Oder allesamt vom Dienst suspendiert werden.«

Hinterhuber schob die Tür auf. Clarissa drängte sich an ihm vorbei. Franca folgte ihr. Ging durch die vertrauten Räume, die auf einmal so feindlich wirkten. Alles war an seinem Platz. Ben war ein Ordnungsfanatiker, der nie seine Wohnung unaufgeräumt verlassen würde. Sie würden vorsichtig sein müssen, durften keinerlei Spuren hinterlassen.

Hinterhuber sah sich interessiert um.

»Schick«, bemerkte Clarissa. »Der Mann hat Geschmack.« Wie Franca, begann sie vorsichtig, Schubladen aufzuziehen und Schranktüren zu öffnen.

»Wisst ihr denn, wonach ihr sucht?«, fragte Hinterhuber. Er bekam keine Antwort.

»Nimmst du dir mal seinen Computer vor?«, wies ihn Franca an, während sie den Inhalt einer Kommode prüfte und sie wieder schloss.

»Passwortgeschützt«, sagte er nach kurzer Zeit. »Mitnehmen können wir ihn ja schlecht. Nachdem wir uns illegal …«

Franca unterbrach ihn abrupt. »Ich bin mir ganz sicher, dass wir auf der richtigen Spur sind.«

»Nur weil sich ein krankes Hirn was ausgedacht hat?«

Das war nicht ganz von der Hand zu weisen. Noch war nicht klar, welcher der Brüder log. Wenn man sie hierbei erwischte, würde man ihr den Fall entziehen und nicht nur das. Verbissen suchte sie weiter.

In einem Schränkchen im Abstellraum fand sie zwischen allerhand Krimskrams ein abgegriffenes Fotoalbum. Es enthielt nur wenige Bilder. Zwei Jungen, identisch aussehend, im Baby- und Kleinkindalter. Sie hielten sich an der Hand. Sahen sich lachend an. Trugen die gleichen Kleider. Wirkten sehr vertraut.

Auf einem der Bilder waren sie zu viert. Vater und Mutter standen hinter den Kindern. Die Mutter schaute devot. Der Vater siegessicher. In dem Album lag eine vergilbte Todesanzeige. Ausgeschnitten aus einer Zeitung. Magdalena Schaller. Innig geliebte Frau und Mutter. Der Name Benjamin stand nicht bei denen der Hinterbliebenen.

Sie legte das Album zurück in das Schränkchen. Zog eine weitere Schublade auf. Darin lag ein MP3-Player.

»Kannst du das hier bedienen?«, fragte sie Clarissa.

»Klar.« Mit Latexfingern drückte Clarissa ein paar Knöpfe, schaute aufs Display. »Komischer Geschmack für so einen alten Knacker. Hier hör mal.« Sie stöpselte die Ohrhörer in die Muscheln. Eine Jungenstimme. Sie kannte das Lied. Justin Bieber. »Das ist Timos MP3-Player«, sagte sie leise. Schnell tütete sie das kleine Gerät ein. Wenn sie Glück hatten, würden sich darauf die Fingerabdrücke von Timo nachweisen lassen.

»Ich hab auch was gefunden«, sagte Hinterhuber. Er zog ein Jagdmesser hervor mit einem Horngriff, das in einer abgewetzten Lederscheide steckte. »Das lag versteckt in der hintersten Ecke dieser Schublade.«

57

Franca war total aufgeregt. Sie ging in ihrer Wohnung hin und her wie ein Tiger im Käfig. Setzte sich. Stand wieder auf. Fand keine Ruhe. Alles in ihr war durcheinander. Innerhalb der letzten Tage hatte sich ihr Leben komplett auf den Kopf gestellt. Die Wahrheit hatte viele Facetten, dessen war sie sich sicher. Einige hatten sie bereits herausgefunden. Was würde noch nachkommen?

Die Fundstücke aus Benjamins Wohnung hatte sie Frankenstein übergeben. Der hatte versprochen, alles so schnell wie möglich zu untersuchen.

Sie bekam einen Schreck, als es klingelte. Nicht öffnen, sagte sie sich. Was, wenn es Ben ist? Wie soll ich mich bloß verhalten? Doch das Klingeln wurde immer dringlicher. Es wurde an die Tür geklopft. Es blieb ihr gar nichts anderes übrig, als die Tür zu öffnen, wenn sie nicht wollte, dass das ganze Haus Anteil nahm.

Ben stand davor. Sie hatte es gewusst. Er strahlte sie unbefangen an. »Du bist ja doch da. Hab schon gedacht, du wärst ausgeflogen. Darf ich reinkommen?«

»Bitte.« Unschlüssig stand sie da. Dann trat sie einen Schritt zur Seite. Sie wusste, dass sie keine gute Schauspielerin war. Aber in Gefahr bringen wollte sie sich auch nicht. Also tat sie ihr Bestes.

»Was ist? Du hast mir doch versprochen, von jetzt ab mehr Zeit für mich zu haben?« Ein charmantes Lächeln umspielte seine Lippen. Er bog ihren Kopf zurück, küsste sie. »Mein Liebling, ich bin so wild auf dich«, flüsterte er an ihrem Ohr. Sie schauderte. Versuchte, ihn auf Abstand zu halten.

»Georgina kann jeden Moment kommen«, sagte sie ausweichend, obwohl sie wusste, Georgina wollte diese Nacht bei ihrem Vater verbringen.

»Dann komm mit zu mir.« Er ließ nicht locker.

»Bitte. Ich brauche meine Ruhe. Morgen ist ein wichtiger Tag. Da muss ich ausgeschlafen sein.« Sie versuchte, möglichst ruhig zu klingen.

Er zuckte kaum merklich mit den Augenlidern. »Ich

dachte, die Zeit der Ausreden sei vorbei.« Jetzt klang seine Stimme scharf. Unvermittelt packte er sie an den Handgelenken, zog sie hinter sich her in Richtung Schlafzimmer. »Komm mit ins Bett.«

Ruckartig blieb sie stehen. »Ben! Du haust einfach ab. Dann kommst du wieder und glaubst, ich wäre dir sofort zu Diensten. Was soll das?«

Seine Augen waren ganz schmal. »Das frag ich dich, Frau Kommissarin.« Grob schob er sie vor sich her. Sie versuchte, sich seiner Kraft zu widersetzen und seinem Griff zu entwinden, doch er war eindeutig stärker als sie. Brutal warf er sie aufs Bett, etwas Kühles schloss sich um ihre Handgelenke, Metall klickte. Es ging alles sehr schnell. Entsetzt realisierte sie, dass sie an den Bettpfosten gefesselt war. Es durchfuhr sie heiß.

Er kniete sich vor sie. Zwang ihr seinen Blick auf. Die dunklen Pupillen verdrängten fast das Graublau seiner Augen. »Das hast du doch so genossen beim letzten Mal. Was spricht dagegen, das Spielchen zu wiederholen?«

»Bitte, Ben, nicht. Ich hab dir doch gesagt ...«

»Du glaubst wohl, du kannst mich verarschen?«, fiel er ihr hart ins Wort. »Du warst in meiner Wohnung und meinst, ich merk es nicht?«

Sie waren so vorsichtig gewesen, aber offensichtlich nicht vorsichtig genug.

»Hat man dir das bei der Polizei beigebracht? In fremden Wohnungen herumzuschnüffeln, ja?«

Er denkt, ich war allein in der Wohnung, schoss es ihr durch den Kopf. Er glaubt nicht, dass ich meine Kollegen eingeweiht habe. Vielleicht ist das meine Chance.

»Wo ist mein Messer?«, fragte er. Sein Gesicht hatte nichts mehr gemein mit dem ihres Liebhabers.

»Ich weiß nicht, was du meinst«, presste sie hervor.

»Es ist ein Erbstück. Von meinem toten Vater. Du müsstest doch wissen, wie wichtig so was ist.« Verwundert registrierte sie, dass seine Stimme weinerlich klang.

»Machst du mich los, bitte?«

»Das könnte dir so passen.« Spucketröpfchen begleiteten die hervorgezischten Worte.

»Können wir nicht vernünftig miteinander reden?«, bat sie.

»Vernünftig? So von Polizistin zu Schwerverbrecher, ja? Das glaubst du doch, oder?« Er beugte sich über sie. »Was hast du mir zu sagen?« Sein Gesicht war eine verzerrte Fratze, in der sie nichts Menschliches mehr gespiegelt fand.

Sie kam sich hilflos vor, ohnmächtig und ausgeliefert. Genau so mussten sich seine kindlichen Opfer gefühlt haben.

Sein Gesicht war ganz nah an ihrem. Sie spürte seinen Atem und glaubte, den Wahnsinn in seinen Augen zu erkennen.

»Was hast du vor?«

Er lachte laut auf. »Das interessiert dich am meisten? Wie du deine miese kleine Haut retten kannst, ja? Ich bin nicht der Depp, für den du mich offensichtlich hältst. Dass du das nur weißt. Und du bleibst jetzt schön hier liegen und denkst über alles nach.«

»Ben, bitte!« Mühsam versuchte sie sich aufzurichten. Doch die Handschellen hinderten sie an allzu ausholenden Bewegungen.

Die Tür fiel hinter ihm ins Schloss. Mist, dachte sie, was mach ich bloß? Wie soll mich jemand hier finden? Und wenn endlich jemand kommen sollte, ist Ben längst über alle Berge. Sie rüttelte an den Handschellen, doch sie gaben nicht nach. Sie strampelte mit den Beinen, ein ebenso unnützes Unterfangen.

Sie wusste nicht, wie viel Zeit vergangen war. Sie versuchte, ruhig zu atmen. Einen klaren Kopf zu bekommen. Ging da eine Tür? Was, wenn er zurückkam? Was dann? Sie lauschte in die Dunkelheit. Ihr Herz klopfte bis zum Hals. In ihren Ohren sirrte das Blut wie eine hungrige Mücke. Da huschte etwas Dunkles, das sich bewegte. Sprang aufs Bett. »Farinelli«, stieß sie erleichtert hervor. Vorsichtig kam der Kater näher und beäugte sie.

»Hilfe!«, begann sie zu rufen und riss ungeduldig an den Handschellen. »Hilfe.« Immer lauter. Und hoffte darauf, dass irgendjemand sie hören würde.

58

Die Zeit zerrann wie zähflüssiges Öl. Seit Stunden wurde Benjamin Jacobs befragt. Hinterhuber und Roger Brock waren im Vernehmungszimmer. Auch Clarissa war dabei.

Franca konnte von Glück sagen, dass Georgina gestern Abend plötzlich in der Schlafzimmertür gestanden hatte und mit geweiteten Augen fragte, was denn hier los sei. Sie hätte ihre Tochter umarmen mögen, wenn sie nicht angekettet gewesen wäre.

»Bitte ruf Hinterhuber an. Sag ihm, er soll einen Bolzenschneider mitbringen.«

Hinterhuber, ihr Fixstern im Kosmos der Unwägbarkeiten. Immer in der Nähe, wenn sie ihn brauchte. Bereit, ihr zur Seite zu stehen. Nicht nur der loyalste Kollege, den sie sich vorstellen konnte. Auch ein wahrer Freund. Dann hatten die Dinge ihren Lauf genommen. Ihr war nichts anderes übrig geblieben, als Hinterhuber alles zu beichten. Fast alles. Mit schamrotem Kopf hatte sie ihn inständig gebeten, nichts weiterzusagen.

»Du kannst dich auf mich verlassen«, hatte er beteuert und sich jeden weiteren Kommentar erspart.

Noch bevor er sie losschnitt, hatte er die Fahndung nach Ben rausgegeben, der kurz danach am Flughafen Düsseldorf festgenommen wurde.

Die Tür öffnete sich. Clarissa kam heraus. Ein kurzes, schnelles Stakkato ihrer Schritte. »Das ist vielleicht eine harte Nuss«, sagte sie und ließ sich auf den Stuhl fallen. »Ein ganz merkwürdiger Typ. Der schwallt und schwallt, ohne wirklich was zu sagen. Er gibt nur zu, was wir ihm sowieso nachweisen können. Im Drumrumreden ist er Spitze. Faselt was von Spontanurlaub, deshalb sei er am Flughafen gewesen. Und dann dieser Blick. Ein Eiswürfel ist heiß dagegen.«

»Hat er die Tat zugegeben?«, fragte Franca mit angehaltenem Atem.

»Bis jetzt noch nicht. Aber die beiden erweisen sich als gnadenlose Investigatoren.«

»Wie ist denn Brock?«, wollte sie wissen.

»Der kommt noch am besten mit diesem Typen zurecht.

Bisschen rüpelhaft, du kennst ihn ja. Aber vielleicht braucht der genau das. Diese Typen verstehen ja manchmal keine andere Sprache.«

Unwillkürlich musste Franca an ihren Vater denken. Francesco Mazzari, der kleine Mann mit der starken Vorhand. »Es gibt Situationen im Leben, da sprechen Fäuste eine klarere Sprache als jedes Wort«, hatte er mal zu ihr gesagt. Damals hatte sie heftig widersprochen. Heute würde sie wahrscheinlich dazu nicken. Obwohl sie diese Erkenntnis niemals laut äußern würde.

Schließlich betrat Hinterhuber das Büro. Er wirkte müde, abgekämpft.

»Der Zugang zu diesem Typen fällt äußerst schwer. Der ist unberechenbar und versucht ständig, mit uns zu spielen. Wir kommen nicht an den ran. Er kann dermaßen überheblich sein. Dann wiederum drückt er auf die Tränendrüsen. Schlimme Kindheit, von den Eltern verstoßen. Kein Vertrauen mehr zu niemandem. Er täuscht, er trickst – bis du ihm das Gegenteil beweist.«

»Aber was hat er gesagt?«

»Eine ganze Menge. Ich gehe mal davon aus, dass die Hälfte gelogen ist. Wenn du mich fragst, haben wir da einen ganz dicken Fisch an der Angel. Das, was wir ihm vorwerfen, ist wahrscheinlich nicht alles, was der auf dem Kerbholz hat. Und er versucht immer noch, sich in einem guten Licht darzustellen.«

»Hat er etwas über mich gesagt?«

»Kein Wort.« Hinterhuber sah sie verschwörerisch an.

»Ich denk, du kennst ihn nur flüchtig?«, wunderte sich Clarissa.

»Na ja, er wusste aber doch offensichtlich, dass er mit einer Polizistin unter einem Dach wohnt.«

»Warum wolltest du eigentlich nicht bei der Vernehmung dabei sein?«, fragte Clarissa.

»Ich wollte erst mal euch ranlassen«, meinte sie ausweichend. Dann stand sie auf. »Jetzt, wo ihr die Vorarbeit gemacht habt, geh ich rein.«

Natürlich war da der große Wunsch, diesem Menschen, der sie so getäuscht hatte, in die Augen zu sehen. Und zwar auf sicherem Terrain. Sie gab sich einen Ruck. Sie wollte ihm gegenüberstehen. Auge in Auge. Hier in diesen Räumlichkeiten, wo es für sie ungefährlich war.

Ben saß da und blickte ihr mit undurchdringlicher Miene entgegen. Er sah nicht gut aus. Sein Gesicht war blass, seine Falten stachen deutlich hervor. Er war nicht rasiert und wirkte ein wenig ungepflegt. Ein Scannerblick traf sie, ein kühles Taxieren ohne jegliche sichtbare Gefühlsregung.

Sie setzte sich auf den Stuhl ihm gegenüber. Dabei achtete sie auf genügend Distanz. Er sah sie an, ohne zu blinzeln, und kam ihr vor wie ein Krokodil kurz vorm Zuschnappen. Sie war dankbar für den Tisch zwischen ihnen. Gleichzeitig dachte sie, merkwürdig, wie schnell das gegangen ist. Wie aus einem Vertrauten, einem Freund, ein Feind geworden ist. Und auch, wie aus einem vermeintlichen Sieger ein Verlierer geworden ist.

Das Aufnahmegerät ließ sie vorsorglich ausgeschaltet.

»War das alles geplant?«, fragte sie nach einer Weile.

Sie hatte lange darüber nachgedacht, ob sie ihm diese Frage stellen sollte. Auch weil sie sich fast sicher war, dass sie keine ehrliche Antwort bekommen würde. So wie sie sich überhaupt nicht mehr sicher war, was von dem, was er jemals geäußert hatte, wahr oder erlogen war.

Er hob eine Augenbraue, als ob er nicht verstünde, was ihre Frage sollte. Seine Miene drückte Überheblichkeit aus, vielleicht sogar Verachtung für das Dummchen vor ihm, das keinerlei Einblick in sein Universum hatte.

»Hast du deshalb eine Affäre mit mir begonnen, um mich in Schach zu halten?«, präzisierte sie ihre Frage.

Da lachte er amüsiert auf. Ein kurzes, abgehacktes Lachen. »Ach, kleine Franca, was hältst du dich doch für enorm wichtig.«

Ihre Wangen brannten. Bevor sie etwas erwidern konnte, sagte er: »Man spielt nur immer so gut, wie es der Gegner zulässt. Das dürfte dir doch nicht unbekannt sein.«

»So wie alles für dich ein Spiel ist? Frauen, Kinder? Und es kümmert dich überhaupt nicht, ob sie dabei zerstört werden?«

Sein Gesicht überzog sich mit einem arroganten Grinsen. Eine Mischung aus Selbstinszenierung und Manipulation, dachte sie. Wahrscheinlich tut er sich noch leid und sieht sich als Opfer, das nichts dafür kann, dass es ist wie es ist. Schließlich musste sich das geschundene Seelenleben ein Ventil suchen.

»Abführen!«, rief sie.

In diesen Räumen herrschte sie. Dass das klar war. Abrupt stand sie auf, drückte das Kreuz durch und nahm hoch erhobenen Hauptes die Klinke in die Hand. Da hörte sie ihn zischen: »Es fühlt sich wohl besonders toll an, ein Gutmensch zu sein.«

59

Franca Mazzari bahnte sich ihren Weg ins Koblenzer Landgericht. Vorbei an Scharen Neugieriger, die die Bürgersteige zu beiden Seiten der Karmelitergasse säumten und sich vor dem Eingang drängten.

Der Saal, in dem die Entführung von Lara Weisglas und der Mord an Timo Sielacks verhandelt wurden, war bis auf den letzten Platz besetzt.

Nach Benjamin Jacobs' Festnahme hatte die Polizei alle Hände voll zu tun gehabt, eine lückenlose Indizienkette zu schaffen, die der juristischen Beweiswürdigung des Gerichts standhalten würde. Vier Monate lang hatten sie geackert. Rund um die Uhr ohne Sonn- und Feiertage. Doch Franca meinte, das Ergebnis könne sich sehen lassen. Nun war der Tag gekommen, auf den sie so lange hingearbeitet hatten. Benjamin Jacobs musste sich ab heute vor der Schwurgerichtskammer des Koblenzer Landgerichts verantworten.

Die Aufklärung der Taten und deren genaue Umstände oblagen dem Vorsitzenden Richter, unterstützt von zwei Richterinnen und zwei Schöffen. Franca kannte Richter Stefan Kowalek, einen älteren, gewichtigen Mann, der schon viele Verhandlungen geführt hatte und kurz vor der Pensionierung stand. Ihm eilte der Ruf eines genauen und gerechten Richters voraus.

Als der Angeklagte in den Schwurgerichtssaal geführt wurde, war es einen Moment lang totenstill. Auch Franca hielt den Atem an. Ihr Körper verkrampfte sich. Ein scharfer Schmerz durchzuckte sie, als ihr Blick auf die Handschellen fiel, die Bens Hände aneinanderketteten.

Wie oft hatte sie mit sich in den letzten Monaten gehadert, hatte sich gefragt, ob sie nicht hätte sehen müssen, dass ihm der Wille zum Verbrechen in irgendeiner Weise ins Gesicht geschrieben stand. Ob sie nicht hätte erkennen müssen, dass Benjamin Jacobs ein hinterhältiger Gesetzesbrecher war.

Sie war sich so sicher gewesen, dass sie die permanente Beschäftigung mit dem Verbrechen sensibler und vorsichtiger gemacht hatte, doch offenbar war das Gegenteil der Fall. Sie konnte es noch immer nicht fassen. Da kam ein charmanter Gockel daher, umgarnte sie mit ein paar billigen Komplimenten, und sie fiel blindlings darauf herein. Sie schaute zu Boden, verkrampfte sich und wusste einen Moment lang nicht wohin mit ihrer Scham.

Schließlich zwang sie sich, den Kopf zu heben und diesem Mann ins Gesicht sehen. Er war auf eine elegante Weise leger gekleidet, ganz so, wie sie ihn kannte: Designer-Jeans, weißes, am Kragen offen stehendes Hemd, unauffälliges marineblaues Sakko. Keine Krawatte. Er trug eine dunkle Sonnenbrille, die er erst herunternahm, als die Kameraleute ihre Arbeit beendet hatten. Sein Gesichtsausdruck war freundlich. Den Gefängnisaufenthalt sah man ihm kaum an. Wieder einmal wurde ihr bewusst, wie gut er aussah, wie sympathisch und gepflegt, im Grunde wie einer, dem man solch schreckliche Taten, wie sie ihm vorgeworfen wurden, niemals zutrauen würde.

Staatsanwalt Gregor Hansen räusperte sich, strich sich durch die Haare, sodass sein Pilzkopf einen kurzen Augenblick etwas verwegen aussah, und verlas mit ernster Miene die Anklage.

Franca beobachtete Benjamin, der aufmerksam den Worten des Staatsanwaltes lauschte, als habe das Ganze mit ihm nicht das Geringste zu tun. Man hielt ihn für schuldig, am 13. Mai dieses Jahres die siebenjährige Lara Weisglas entführt und missbraucht und am 15. Juli den neunjährigen Timo Sielacks verschleppt und ermordet zu haben. Benjamin Jacobs hatte in beiden ihm angelasteten Fällen kein Geständnis abgelegt.

Bei den polizeilichen Vernehmungen hatte er nur so viel zugegeben, was ihm einwandfrei nachgewiesen werden konnte. Ansonsten hatte er zu sämtlichen Vorwürfen geschwiegen. Folglich klafften in den Vernehmungsprotokollen Lücken, die das Gericht geklärt haben wollte.

Der Vorsitzende Richter, der stets höflich im Ton blieb, zeichnete sich durch genaue Akten-Kenntnis aus. Er verwies auf die Lücken in der Einlassung und legte dem Angeklagten nahe, diese zu schließen.

Benjamin Jacobs lachte kurz auf und überließ die Antworten zunächst seinem Anwalt, der dem Gericht klarzumachen versuchte, dass hier der Falsche auf der Anklagebank saß.

Franca dachte an die Gegenüberstellung im Polizeipräsidium. Sie hatte nach langem hin und her erreicht, dass die kleine Lara sich durch eine einseitig durchsichtige Trennwand hindurch Benjamin Jacobs anschaute. Inständig hatte sie gehofft, dass das Kind ihn als seinen Peiniger erkennen würde. Doch das Mädchen hatte nur den Kopf geschüttelt, war schnell wieder zur Mutter gelaufen und hatte sich auf ihrem Schoß verkrochen. Franca wusste nicht, ob sie überhaupt hingesehen hatte. Es war schwer zu deuten, was das Kind dort hinter der Scheibe wahrgenommen hatte.

Nun beobachtete Franca die Körpersprache des Mannes, der ihr – in einem anderen Leben, wie es ihr schien – einmal so nah gewesen war. Er hielt den Rücken gerade, den Kopf erhoben, die dunkelblonden Haare waren gewachsen und fielen ihm in sorgsam arrangierten Strähnen in die Stirn. Sein Gesichtsausdruck war regelrecht herausfordernd, manchmal deutete sich in seinem Gesicht ein Lausbubenlächeln an, das sich zu einem Grinsen auswuchs. So als ob er sagen wollte: Ihr könnt mir gar nichts. Ab und zu drehte er den Kopf und betrachtete interessiert die Zuschauerreihen.

Wahrscheinlich genießt er die Aufmerksamkeit, die man ihm entgegenbringt, schoss es Franca durch den Kopf. Zum weiß Gott wievielten Mal fragte sie sich, was für ein Mann sich hinter dieser Maske verbarg, und wieso ausgerechnet sie auf ihn hereingefallen war. Sie, die glaubte, die Menschen zu kennen. Die, hätte man ihr prophezeit, dass sie sich einmal in einen mutmaßlichen Mörder verlieben könnte, laut aufgelacht hätte.

Franca suchte die Reihen nach bekannten Gesichtern ab. Auf den hinteren Plätzen erspähte sie die Eltern von Lara Weisglas, die mit versteinerten Mienen das Prozessgeschehen verfolgten. Die Eltern von Timo Sielacks waren nicht anwesend. Barbara Sielacks hatte Franca mitgeteilt, dass sie sich den Belastungen des Prozesses nicht gewachsen fühle, da sie Angst davor hatte, dem Angeklagten ihre Wut und ihre Ohnmacht ins Gesicht zu schreien. Auch hatte sie die Befürchtung geäußert, dass bei diesem Prozess nicht ihr ermordeter Sohn, sondern der Täter im Mittelpunkt der Aufmerksamkeit stehen würde. Dass womöglich Entschuldigungen für seine monströsen Taten gesucht und vielleicht sogar gefunden würden, könne sie nicht ertragen. Berechtigte Bedenken, die Franca nicht zu zerstreuen vermochte.

Benjamin Jacobs Anwalt verteidigte seinen Mandanten nach allen Regeln der Advokatenkunst. Er präsentierte ihn als freundlichen und einnehmenden Menschen, der nichts zu verbergen habe. Er sei viel zu menschlich, um eine solche Tat zu begehen. Schon sein Beruf als Rettungssanitäter, den er bis zu seiner Verhaftung gewissenhaft ausgeübt habe, sei darauf ausgerichtet, Menschenleben zu retten und nicht zu zerstören. Der Anwalt zeichnete das Bild eines sozial handelnden Mannes, der zu Unrecht angeklagt sei, und prangerte an, Staatsanwaltschaft und Polizei hätten eine Atmosphäre der Vorverurteilung erzeugt, nachdem sie erst den Zwillingsbruder in Gewahrsam genommen hatten – was er als ungeheuerliche Panne der Polizei hinzustellen versuchte.

Richter Kowalek stellte dem Angeklagten scharfe Fragen, doch er erhielt entweder gar keine oder ausweichende Antworten. Bereitwillig und ausführlich erzählte Benjamin von Nebensächlichkeiten, die nichts zur Erhellung beitrugen. Konkreten Nachfragen wich er – wie schon in den Vernehmungen der Polizei – geschickt aus.

Ja, am Abend des 15. Juli habe es einen leichten Unfall mit einem Jungen auf einem Fahrrad gegeben. Diesen Jungen habe er nie zuvor gesehen. Dessen Fahrrad habe bei seinem Wagen leicht den Kotflügel gestreift. Der Kleine sei gestrauchelt und umgekippt und habe sich eine Schürfwunde am Knie zugezogen. Er habe dem Kind aufgeholfen und die Wunde versorgt. Nachdem ihm der Junge wiederholt versichert habe, dass nichts Gravierendes passiert sei, sei er weitergefahren. Das Kind sei in die andere Richtung gefahren, er habe angenommen, nach Hause.

Benjamin sagte es nicht, aber aus seinen Worten klang deutlich hervor: Danach wird er wohl meinem Bruder begegnet sein.

»Wieso waren Sie in einem gestohlenen Fahrzeug unterwegs?«, fragte der Richter.

»Ich wollte eine Freundin vom Flughafen abholen, und es war schon spät. Mein Auto streikte. Aber es war mir sehr wichtig, die Freundin abzuholen. Ich hatte es versprochen. Da habe ich in meiner Not ein Auto genommen, das am Straßenrand stand. Weil es doch schnell gehen musste.«

Er lächelte, zuckte mit den Schultern und sprach in einer Manier, als sei es das Normalste von der Welt, ein Auto zu stehlen.

Im Saal wurden leise Kommentare ausgetauscht.

»Zu welchem Flughafen wollten Sie?«, hakte der Richter unbeeindruckt nach.

»Düsseldorf.«

»Und da fahren Sie solche Umwege über Eifel-Orte?«

»Mendig liegt an der A61. Ich hatte etwas in Andernach zu besorgen. Das war der schnellste Weg zur Autobahn. Es war ein mir bekannter Weg, den ich oft gefahren bin.«

Eloquent beantwortete er die an ihn gerichteten Fragen, flocht unwichtige Dinge ein und sparte das, was man eigentlich von ihm wissen wollte, geschickt aus.

Auf die Frage, ob er den Rauscherpark kenne, antwortete er: »So wie man eben ein Naherholungsgebiet kennt.«

»Sie sind in Miesenheim aufgewachsen und haben dort bis zu Ihrem 13. Lebensjahr gelebt. Miesenheim ist nur wenige Kilometer vom Rauscherpark entfernt. Da haben Sie doch sicher mal das Gebiet erforscht? So eine Gegend mit einem Fluss und Höhlen ist doch gerade für einen Jungen hochinteressant.«

Benjamin hob die Schultern und schwieg.

Er tat alles, liebenswürdig zu wirken. Wie ein netter Nachbar von nebenan, der vielleicht mal Mist verzapfte. Oder ein kleiner Junge, der sich peinlich ertappt fühlte und dies wegzulächeln versuchte.

Mantraartig wiederholte er immer wieder diesen Satz: »Ich habe es nicht getan. Ich mag Kinder. Warum hätte ich den Jungen töten sollen?«

60

Es war schwer, gegen das Gewirr in seinem Kopf anzukämpfen. Seine Augen brannten. So viel war in den letzten Wochen und Monaten auf ihn eingestürmt, dass er nicht mehr wusste, wo hinten und vorn war.

Erst hatte man ihn angeklagt wegen eines Verbrechens, das offensichtlich sein Bruder begangen hatte. Die Befragung von Adeline war ihm äußerst peinlich gewesen, und doch war er ihr dankbar, dass sie seine Alibis bestätigt hatte. Dies war entscheidend dafür, dass man ihn aus dem Gefängnis entließ.

Nach seiner Freilassung hatte er erfahren, dass er einen

17-jährigen Sohn hatte. Hervorgegangen aus einer Zufallsbekanntschaft mit einer Frau, die längst gestorben war und deren Namen und Gesicht er vollkommen vergessen hatte. Eine Begegnung, die er versucht hatte, aus seinem Gedächtnis zu löschen. Doch als dieser Junge vor ihm stand, hatte er vermeint, in eine jüngere Ausgabe seiner selbst zu blicken. Dennoch wusste er nichts mit ihm anzufangen. Alles, was ihm in diesem Moment einfiel, war dumm und töricht und nicht der Situation angemessen. Da war ein Mensch, der ihm in besonderer Weise glich, und doch hatte er keinerlei Beziehung zu ihm. Es verhielt sich so ähnlich wie mit seinem Bruder. Außer dass sein Sohn zum Glück kein Verbrecher war.

Jahrelang, jahrzehntelang hatte er Benno nicht mehr gesehen. Vor einer Woche hatte der Prozess gegen ihn begonnen. Er war und blieb sein Zwillingsbruder, dessen Existenz er nie vergessen konnte, obwohl er verzweifelt versucht hatte, die Erinnerung an ihn auszumerzen. Der sich einen anderen Nachnamen zugelegt hatte. Von dem er nicht einmal wusste, wo er lebte oder ob er überhaupt noch am Leben war.

Am schwersten war, Dorothee alles zu erklären. Oftmals hatte sie ihn nur stumm und kopfschüttelnd angeschaut, wenn er stockend wieder ein neues, ihr unbekanntes Detail aus seiner Vergangenheit beichtete. Er rechnete ihr hoch an, dass sie während der ganzen schlimmen Zeit zu ihm gehalten hatte und sogar mitgekommen war in dieses Gebäude, wo man Antworten von ihm erwartete. Antworten, die er nicht imstande war zu geben.

Neugierige, die am Eingang zum Landgericht standen, starrten ihn an. Fragten sie sich, ob er der Mörder war? Er war als Zeuge geladen. Nach so vielen Jahren würde er nun seinen Bruder wiedersehen. Der Mann, der ihm als Kind geglichen hatte wie ein Ei dem anderen, von dem er dachte, er wäre es, wenn er in den Spiegel sah. Aber das war lange her.

Als er aufgerufen wurde, betrat er den Saal und steuerte etwas unsicher den Zeugenstand an. Sein Bruder saß auf der Anklagebank. Zuerst beachtete er ihn nicht. Dann traf ihn sein Blick wie ein Pfeil. Wie hat er sich verändert, dachte Michael. Benjamin hatte offenbar viel Sport getrieben, denn im Gegensatz zu Michaels etwas schwerfälliger Figur war er sehr schlank.

Er senkte den Kopf, das alles war ihm unheimlich. In Anzug und Krawatte fühlte er sich nicht wohl. Er spürte die Hitze in seinem Kopf aufsteigen.

»Als Angehöriger dürfen Sie die Aussage verweigern«, wurde ihm mitgeteilt. »Sie können die Beantwortung von Fragen unterlassen, wenn Sie Gefahr laufen, sich damit selbst zu belasten.«

Er wollte dies nur schnell hinter sich bringen.

Er habe sich nichts vorzuwerfen, sagte er leise. Deshalb wolle er auch aussagen. Er drückte den Rücken durch. »Schon deshalb, weil man zuerst mich beschuldigt hat, diese Tat begangen zu haben.«

Stockend begann er zu erzählen. Vom strengen Vater, von der liebevollen, aber schwachen Mutter. Und von seinem Ebenbild, dem Bruder, der stets negativ auffiel. Der bereits im Kindergarten die Bauklötzchentürme der anderen Kinder mit sichtlicher Wonne kaputt machte. In der Schule hat er seiner Lehrerin und den Mitschülerinnen den Rock hochgehoben. Er war undiszipliniert. Nicht normal. Er brachte jedermann mit seinen unkontrollierten Wutausbrüchen zur Verzweiflung. »Einmal haben wir eine elektrische Eisenbahn bekommen. Das Aufbauen hat viel Mühe gemacht und war was ganz Tolles. Aber Benno brachte es fertig, mit einem Schlag alles kaputt zu hauen, weil er sich über irgendetwas geärgert hatte.« Was für einen Gesichtsausdruck er dabei bekam. Unheimlich. Ganz verzerrt. Ein anderer Mensch.

»So war es oft«, sagte Michael mit belegter Stimme. »Wir bauten etwas zusammen. Und er rastete wegen irgendeiner Kleinigkeit aus und schlug alles kurz und klein.«

»Ihr Bruder ist als Jugendlicher in ein Heim gekommen. Weshalb?«

»Als die Sache mit dem Nachbarmädchen passierte, fand unser Vater, dass er ins Heim sollte. Wo ihm endlich jemand Zucht und Ordnung beibringen würde. Da war er 13.«

»Was genau ist passiert?«

Michaels Blick ging kurz in die Richtung, in der sein Bruder saß. Leise sagte er: »Er soll das Mädchen … sexuell belästigt haben.«

Im Saal wurde es unruhig.

»Mit 13?«

Michael nickte. »Aber ich weiß nicht genau, was passiert ist. Ich wollte es wahrscheinlich auch nicht wissen.«

»Gab es eine Anzeige?«

»Ja. Aber bei uns in der Familie wurde nicht darüber geredet.«

»Sie haben nie darüber gesprochen?«

»Ich hab es versucht.« Hilfloses Heben der Schultern. »Aber es kam keine Antwort. Jedenfalls keine, die etwas erklärt hätte. Unsere Mutter hat ihn immer in Schutz genommen. Aber sie war nervenkrank …« Michael geriet ins Stottern. Er war es nicht gewohnt, so lange zu reden und schon gar nicht von solchen Dingen, die er am liebsten vergessen hätte. »Sie hat vieles nicht wahrhaben wollen, hat sich in ihrer Welt verkrochen. Wir Kinder waren oft uns selbst überlassen und mussten viel mit uns allein ausmachen. Als Vater beschloss, Benno in ein Heim zu geben, durften Mutter und ich keinen Kontakt mehr mit ihm haben.«

»Haben Sie sich daran gehalten?«

Michael schlug die Augen nieder und nickte. »Ich wollte es meinem Vater recht machen. Ich hätte es nicht über mich gebracht, etwas anderes zu tun, als seinem Willen zu gehorchen.«

»Und Ihre Mutter?«

Er hob die Schultern. »Ich glaube, die hat versucht, mit Benno Kontakt zu halten. Das war jedenfalls ein ständiger Streitpunkt zwischen den Eltern.«

Der Richter blätterte in seinen Unterlagen.

»Herr Schaller. Hat Ihr Bruder Tiere gequält?«

Michael schüttelte vehement den Kopf. »Er war sehr tierlieb. Wir hatten einen Kater, den er versorgte.«

»Kennen Sie die Gegend um die Rauschermühle?«

Er nickte sofort. »Da haben wir oft als Kinder gespielt.«

»Gab es einen bestimmten Lieblingsort?«

Wieder nickte er. »Die Schlangenhöhle. Die nannten wir so, weil jemand mal eine Schlange darin gesehen hatte. Aber nachdem Benjamin ins Heim kam, war ich nicht mehr dort. Allein wollte ich da nicht spielen.«

»Weil es Ihnen unheimlich war?«

Er kniff die Lippen zusammen und senkte den Kopf.

»Sie hatten danach keinen Kontakt mehr zu Ihrem Bruder? Bis zum heutigen Tag?«

Michael Schaller schüttelte den Kopf. »Er war mir ja

immer sehr fremd gewesen mit seinen Ausrastern. Gar nicht wie ein richtiger Bruder. Vielleicht war ich sogar froh, als er weg war. Danach war es angenehm ruhig bei uns. Vorher gab es ständig Krach wegen dem, was Benno mal wieder angestellt hatte.«

»Und Ihre Frau? Hat sie nicht gewusst, dass Sie einen Zwillingsbruder haben?«

»Ich habe behauptet, ich sei ein Einzelkind. Ich wollte das alles nicht erklären müssen. Es ist ja auch sehr kompliziert.« Michael Schaller hielt den kahlen Kopf gesenkt, biss sich auf die Lippen und sagte eine ganze Weile nichts. Die Not stand in seinem Gesicht, in seiner Körperhaltung. »Ich hab vieles nicht verstanden«, sagte er leise. »Und das war umso schlimmer, weil er doch aussah wie ich. Ich dachte, es sei am besten, die Dinge totzuschweigen.«

61

Seit zwei Monaten stand nun Benjamin Jacobs vor dem Koblenzer Landgericht. Die Hälfte der anberaumten 16 Prozesstage war absolviert. Benjamin Jacobs schwieg weiter beharrlich über die Taten. Und wenn er nicht schwieg, versuchte er variantenreich, sich in einem guten Licht darzustellen. Manchmal schien es fast, als kokettiere er mit Publikum und Kammer. Als sähe er den Gerichtssaal als eine große Bühne, wo er seine Show aufführen konnte. Eine Schelmennummer, so machte es bisweilen den Eindruck.

Franca war bei jeder der Verhandlungen dabei gewesen. Hatte den Mann, der ihr einmal so nahestand, beobachtet, wie er sich herausredete, sich wand und log. Auf einem der hinteren Plätze war ihr öfter der kahle Kopf von Michael Schaller aufgefallen, der neben seiner Frau saß. Es war schon merkwürdig, wie unterschiedlich die Zwillinge nach außen wirkten. Nur wenn man genauer hinsah, war die Ähnlichkeit zu erkennen.

Bei alldem empfand sie eine große Fremdheit und Ratlosigkeit. Wenn sie merkte, dass Benjamins Blick sie suchte, duckte sie sich und wich ihm aus. Sie hoffte inständig, dass er nichts über ihre Verbindung verlauten ließ. Eine Hoffnung, die sich bis jetzt erfüllt hatte.

Nicht nur für sie war Benjamin Jacobs schwer zu fassen. Mit jedem weiteren befragten Zeugen verstärkte sich das widersprüchliche Bild. Die einen bezeichneten ihn als zuvorkommenden, freundlichen Mann. Andere bescheinigten ihm ein gewisses Machtgehabe, das bisweilen in Rücksichtslosigkeit gipfelte. Wieder andere sagten aus, dass er immer sehr ausgeglichen wirkte, eher cool war. Auch seine Arbeitskollegen malten im Zeugenstand ein gänzlich widersprüchliches Bild: vom umgänglichen, hilfsbereiten Kollegen, der seine Arbeit gewissenhaft ausübte, auch wenn es noch so stressig zuging, der schon mal freiwillig einen Dienst übernahm, für den er keinen Ausgleich bekam, über den emsigen Macher, der öfter eingesprungen war, wenn Kollegen erkrankten, bis zum überforderten Blender, der die Menschen täuschte und dem keine Ausrede zu peinlich war. Eine Veränderung in seinem Verhalten nach der Tat hatte jedoch niemand feststellen können.

Seine Exfrau Brigitta Jacobs, eine attraktive schlanke Blondine, schilderte ihn als liebevollen Familienmenschen, der sich auch gut mit ihren Eltern und Geschwistern verstand und ihr anfangs jeden Wunsch von den Lippen abgelesen habe. »Er hatte halt einen Schlag bei Frauen«, meinte sie fast entschuldigend auf die Frage, weshalb die Ehe gescheitert war. »Das hat er reichlich ausgenutzt.« Irgendwann habe sie sich das nicht mehr gefallen lassen und die Scheidung eingereicht.

»Er hatte sehr viel Fantasie«, sagte sie süffisant. »Auch im Hinblick auf seine Ausreden.« Die Sexualität zwischen ihnen sei ganz normal gewesen. Nie habe sie ihn gewalttätig erlebt. Eine solche Tat, wie sie ihm angelastet wurde, traue sie ihm absolut nicht zu. So etwas passe nicht zu ihm. »Wenn er tatsächlich zwei Persönlichkeiten hat, wie das hier anklingt, dann kann ich mir das nur so erklären, dass er es wunderbar verstanden hat, die eine geheim zu halten«, meinte sie abschließend.

Dann trat Jessica Jehloh in den Zeugenstand. Sie war eine rassige dunkelhaarige Frau mit üppigen Rundungen, die sehr angespannt wirkte. Ein bisschen erinnerte sie Franca an das Porträt einer Zigeunerin mit goldenen Ohrringen und einem tiefen Dekolleté, das im Schlafzimmer ihrer Tante überm Bett hing.

»Er hat mich nach Strich und Faden belogen«, stieß sie hervor und schoss giftige Blicke in seine Richtung. »Erst hat er mir die Ehe versprochen, und ich habe wirklich geglaubt, er meine es ernst. Von unserer gemeinsamen Zukunft hat er regelrecht geschwärmt, bis ich irgendwann gemerkt habe, dass er mich nur hinhält. Als ich ihm ein Ultimatum setzte, hat er mir erzählt, er sei verheiratet, und seine Frau sei schwanger. Sie können sich vielleicht vorstellen, wie sehr mich das verletzte, denn ich hatte wirklich an eine Zukunft mit ihm geglaubt.« Sie zog ein Taschentuch hervor, wischte sich über die Augen und untermalte ihre Worte gestenreich. Franca fand, ihr Auftritt habe etwas Theatralisches. So ganz nahm sie dieser Frau ihre Vorstellung nicht ab.

»Heute weiß ich, dass auch das natürlich gelogen war.« Sie verzog das Gesicht zu einer unschönen Fratze. Plötzlich wurde sie zur Furie und gab eine Schimpfkanonade ab, in der sie Gott und die Welt und besonders Benjamin Jacobs zum Teufel wünschte.

»Bitte, Frau Jehloh, beantworten Sie nur meine Fragen«, stoppte der Vorsitzende Richter ihre Suada, um sie direkt auf das sexuelle Verhalten des Angeklagten anzusprechen.

Franca lauschte gebannt ihren Ausführungen und ließ sie nicht aus den Augen.

»Normal«, antwortete sie knapp. Erst auf konkrete Nachfragen äußerte sie, dass da eine gewisse Pikanterie im Spiel gewesen sei. Kuschelsex sei nur anfangs erwünscht gewesen. »Benjamin war sadomasochistischen Praktiken nicht abgeneigt«, gab sie zu.

Eine Unruhe entstand im Saal.

»War er Ihnen gegenüber jemals gewalttätig?«

Es schien, als ob sie überlegen müsste. Dann schüttelte sie den Kopf. »Nicht körperlich. Aber er hat mich auf andere Weise unendlich verletzt.«

»Hat er Sie jemals zu irgendetwas genötigt, das Sie nicht wollten?«

Wieder zögerte sie. Man sah ihrem angespannten Gesichtsausdruck an, dass sie genau überlegte, was sie sagen sollte. Dann schüttelte sie leicht den Kopf. »Alles geschah im beiderseitigen Einvernehmen«, sagte sie schließlich.

Richter Kowalek fragte nach Beispielen. Jessica Jehloh erzählte von Fesselspielen mit Handschellen und mit Seilen. »Darauf stand er besonders. Eigentlich wir beide.«

Bilder schoben sich in Francas Kopf, die sie sofort zurückzudrängen versuchte, was ihr jedoch nicht gelang. Ihr Brustkorb zog sich zusammen. Ihr Atem ging flach. Je weiter sie Jessica Jehlohs Ausführungen verfolgte, umso mehr verstärkte sich das Gefühl, ersticken zu müssen. Sie stand hastig auf, stolperte an ihren Sitznachbarn vorbei und spürte förmlich die Blicke, die sich in ihren Rücken bohrten. Draußen vor der Tür lehnte sie sich an die Wand.

»Ist Ihnen nicht gut?«, fragte eine besorgte Stimme neben ihr.

»Geht gleich wieder.«

Sie holte tief Luft und atmete ein paar Mal krampfhaft durch. Sie durfte sich keine Blöße geben. Niemand in diesem Saal wusste, was sie mit dem Angeklagten verband. Und wenn er weiter schwieg, was sie inständig hoffte, würde dies auch ihr Geheimnis bleiben. Jedoch wirklich einschätzen konnte sie das nicht, nach allem, was sie bis jetzt über ihn gehört hatte. Vielleicht bewahrte er sich den großen Trumpf bis ganz zum Schluss auf. Sie ging zur Toilette, um in den Spiegel zu sehen. Scham und Angst leuchteten ihr entgegen. Sie bewegte die Kiefer, schob ihre Gesichtsmuskulatur hin und her, presste die Lippen aufeinander, öffnete den Mund weit, um sich wieder einigermaßen zu lockern.

»Du hast dir nichts vorzuwerfen«, sagte sie laut zu ihrem Spiegelbild. Dann war sie bereit und ging zurück in den Gerichtssaal.

62

Jeder der einzelnen Verhandlungstage enthüllte ein wenig mehr von Benjamin Jacobs' komplizierter Persönlichkeit, jedoch ergab nichts davon ein geschlossenes Bild. Immer bizarrer schien es, dass gerade er, der sympathische Freund, der hilfsbereite Rettungssanitäter, der Frauenheld, die ihm vorgeworfenen Taten begangen haben sollte.

Umso dringlicher wurde die Aussage des Sachverständigen, des Psychiaters Professor Hermann Martin, erwartet. Er sollte insbesondere erhellen, was in Benjamin Jacobs vorgegangen war, als er an jenem Abend des 15. Juli mit einem gestohlenen Wagen umherfuhr, um schließlich absichtlich in der Dämmerung mit einem kleinen Jungen auf seinem Fahrrad an einer einsamen Stelle zu kollidieren.

Professor Martin war eine imposante Persönlichkeit. Man hatte den Eindruck, ein Riese beträte den Raum. Seine Stimme war wie Donnerhall, der mit seiner Größe und

Körperfülle korrespondierte. Sein weißer Vollbart war sorgfältig gestutzt. Seine Gesten weit ausholend.

Vordergründig sei Benjamin Jacobs während der Exploration freundlich und höflich gewesen, erläuterte der Sachverständige, aber er habe sich vehement gegen einige der psychodiagnostischen Tests gewehrt. »Was meine Aufgabe nicht eben leicht machte.«

Zunächst bezog sich der Professor auf die Kindheit des Angeklagten. »Bei Benjamin Jacobs wurde ein frühkindlicher Hirnschaden festgestellt. Ausgelöst wahrscheinlich durch perinatalen Sauerstoffmangel, den er als zweitgeborener Zwilling erlitt«, referierte er. »Die Vermutung liegt nahe, dass das Kind in einem frühen Entwicklungsstadium zwar nicht gerade aus der Bahn geworfen, aber vielleicht in eine parallele, also andere Spur verrückt wurde.«

Der Gutachter sprach, als ob er vor Studenten doziere, mit weit ausholenden Handbewegungen und vollem Körpereinsatz.

Hoffentlich läuft das nicht auf eine verminderte Schuldfähigkeit oder gar Schuldunfähigkeit hinaus, dachte Franca.

»Kinder wie Benjamin Schaller, wie er damals hieß, sind zwar normal intelligent, jedoch ist bei ihnen eine Entwicklungsverzögerung zu beobachten, verbunden mit einem erhöhten Bewegungsdrang und schlecht zu bändigender Unruhe. Der Junge war hyperaktiv, ein sogenannter Zappelphilipp, der sich schlecht konzentrieren konnte. Dennoch wurde er sowohl zu Hause als auch in der Schule behandelt wie alle anderen, nämlich seinem Alter entsprechend. Erschwerend kam hinzu, dass es immer diesen Gegenpart des Zwillingsbruders gab, den man ihm als Vorbild hinstellte. Äußerlich glichen sich die beiden Jungs wie das sprichwörtliche eine Ei dem anderen. Sie trugen identische Kleidung, folglich wurden sie oft miteinander verwechselt. Ein Identitätskonflikt zweifellos, unter dem der Angeklagte zusätzlich litt, was sich deutlich ausprägte, als er in die Pubertät kam.« Mit bedeutungsvollem Blick sah er um sich. »Ihnen allen dürfte bekannt sein, dass dies die verwundbarste aller Lebensphasen ist, mit ihrer Suche nach Identität und Lebenssinn. Durch auffälliges Benehmen versuchte er sich bewusst von seinem Bruder abzugrenzen. Er träumte davon, stark zu sein und bewundert zu werden und spann sich entsprechende Visionen zurecht.« Der Professor hielt einen Moment inne, bevor er fortfuhr: »Wahrscheinlich haben sich in dieser Zeit sadistische Fantasien ausgebildet, die ihren vorläufigen Höhepunkt im Missbrauchsversuch an einem gleichaltrigen Mädchen fanden, als Benjamin 13 Jahre alt war.«

Durch die Reihen ging ein Raunen.

»Als man ihn zur Rede stellte, behauptete er, nicht er sei der Übeltäter gewesen, sondern sein Bruder Michael. Ein Täuschungsmanöver, das von allen Beteiligten durchschaut wurde. Als Folge dieses Verhaltens wurden die Zwillinge getrennt. Benjamin kam in Fürsorgeerziehung, und Michael blieb zu Hause. Die Familie hat sich von Benjamin losgesagt. Besonders der Vater wollte mit diesem Sohn nichts mehr zu tun haben. Eine wahrscheinlich fatale Entscheidung, die dazu beigetragen hat, den ohnehin nicht gefestigten Jungen noch mehr zu verunsichern. Seine sadistischen Fantasien haben sich im Heim verstärkt. Um sich abzureagieren, attackierte er jüngere, schwächere Kinder, die ihm nicht gewachsen waren.«

Franca hörte den Ausführungen des Psychiaters atemlos zu. Vor ihren Augen entstand abwechselnd ein Kind, das sich selbst fremd war, das in seiner grenzenlosen Einsamkeit im Heimbett die Nächte durchweinte. Das nicht wusste, wohin mit seiner Wut und seiner Enttäuschung. Das Zärtlichkeit suchte und sie gleichzeitig zurückwies. Aus dem verstörten Jugendlichen wurde ein junger Erwachsener, der Zuflucht in einer zu früh geschlossenen Ehe suchte. Der versuchte, sich zu zähmen und seinen Schmerz zu überwinden. Der entdeckte, dass er Erfolg bei Frauen hatte, wenn er sich in einer bestimmten Weise verhielt, und Gefallen daran fand. Vielleicht weil dies seinem verletzten Ego äußerst gut tat. Doch in seinem Inneren hörte es nicht auf zu brodeln.

Wie schon so oft in der letzten Zeit war Franca froh, Benjamin aus sicherer Distanz betrachten zu können. Seine Körpersprache drückte nicht aus, dass ihn die Ausführungen des Psychiaters überraschten. Überhaupt ließ er wenig erkennen, was in ihm vorging. Wahrscheinlich hatte er diese Haltung ein Leben lang geübt: die Haltung des Unbeteiligten, der der Welt nicht verriet, was in ihm vorging.

Franca versuchte, das hochkomplexe Bild, das sich mit jedem Tag, den sie im Gerichtssaal verbrachte, mehr verzerrte, mit ihren Empfindungen und ihrem Wissen abzugleichen. Manchmal, in seltenen Augenblicken, erkannte sie in ihm den Mann wieder, mit dem sie das Bett geteilt hatte und den sie für kurze Momente in ihr Herz geschlossen hatte. Doch die meiste Zeit blieb er ihr fremd.

Ihre Erinnerung setzte sich aus vielen positiven Empfindungen zusammen, die sie im Vergleich mit ihrem aktuellen Wissen jedoch in einem völlig anderen Licht betrachtete. Ihre Gefühle waren sehr zwiespältig. Plötzlich schoss ihr ein Bild durch den Kopf, ein schier unerträglicher Gedanke: Während er mit ihr im Bett lag, fantasierte er davon, einem Kind Grausames anzutun.

Sie wusste, mit dieser Erfahrung würde sie alt werden. Die Erinnerung an Benjamin Jacobs auszulöschen würde unmöglich sein. Es war eine Erfahrung, auf die sie liebend gern verzichtet hätte, die sie mit großer Scham erfüllte. Und die dennoch zu ihr gehörte. Die sie annehmen musste.

»Sie erwähnten einen frühkindlichen Hirnschaden. Kann dies Auswirkungen auf die Einsichts- und Steuerungsfähigkeit des Angeklagten haben?«, fragte der Vorsitzende Richter.

»Nein«, betonte der Gutachter. »Im Erwachsenenalter ist ein solcher minimaler Schaden in der Regel nicht mehr nachzuweisen, die Betroffenen gelten als gesund. Ein derartiger leichter Defekt ist für die Frage der Schuldfähigkeit völlig bedeutungslos.«

Die Reaktionen der Zuschauer im Saal drückten Erleichterung aus.

»Konnten Sie pädophile Neigungen bei dem Angeklagten feststellen?«

»Pädophile Neigungen haben vermutlich keine Rolle gespielt. Seine Handlungen waren eher Abreaktionen, womöglich im Zusammenhang auf vorangegangene Frustrationsempfindungen.« In den Fällen, die ihm zur Last gelegt wurden, habe er mit manipulatorischem Geschick eine hilflose Person ausgewählt und damit ein möglichst großes Gefälle geschaffen, um seine Allmachtsfantasien auszuleben. »Man muss sich das so vorstellen: Jemand steht unter Hochspannung. Durch die Tat entlädt sich diese Hochspannung, ein Kurzschluss tritt ein und damit Erleichterung.« Das sei nicht selten zu beobachten bei so gearteten Tätern. »Manchmal stehen solche Täter hinterher fassungslos vor dem Geschehen. Wie sich das mit

Benjamin Jacobs verhält, kann ich nicht beurteilen. Er hat nichts dergleichen zugegeben.«

63

Am letzten der insgesamt 16 Verhandlungstage war Timos Mutter nicht nur überraschenderweise anwesend, sie war auch bereit, eine Aussage zu machen.

»Jeden Tag zünde ich Timos Kerze an«, begann Barbara Sielacks leise, die am Zeugentisch mitten im Saal Platz genommen hatte. »Jeden Tag setze ich mich auf sein Bett und spreche mit meinem Kind. Ich höre ihm zu, was er mir zu berichten hat. Und ich sage ihm all das, was ich versäumt habe, als er noch am Leben war. Am meisten belastet mich, dass ich mich nicht von ihm verabschieden konnte. Dass er einfach plötzlich weg war.«

Sie schluckte. Tränen rannen ihre Wangen hinab.

Franca beobachtete Benjamin, wie er auf diese Worte reagierte. Sie sah, dass seine Augen geschlossen waren. Dann hob er den Kopf und starrte mit leerem Blick vor sich hin.

»Timo war ein offenherziges Kind voll Vertrauen. Er hat sich lautstark gewehrt, wenn er glaubte, dass man ihm unrecht antat. Ganz sicher ist er nicht freiwillig zu diesem Menschen ins Auto gestiegen.« Sie zeigte mit dem Finger in Benjamins Richtung und fuhr sich mit einem Taschentuch über die Augen.

»Timo hat sich sehr für Vulkane interessiert. In einer Mappe sammelte er alles, was er über die Entstehung der Vulkane fand.« Sie faltete einen mitgebrachten Zettel auseinander und las laut vor: »›Vulkane schlafen nur‹, hat er geschrieben. ›Niemand kann wissen, wann sie erwachen. Die Katastrophe, die ihre Ausbrüche anrichten, ist immens‹.« Die Menschen im Saal lauschten gebannt. Sie faltete den Zettel wieder und strich ihn glatt.

»Vulkane können nicht denken. Menschen können das. Benjamin Jacobs hat genau gewusst, was er anrichtete. Unsere Familie hat eine Katastrophe erlebt. Unser Kind ist tot. Ermordet von einem Mann, der nicht zu seiner Tat steht. Der sich hinter fadenscheinigen Ausreden versteckt. Das ist einfach nur erbärmlich.« Sie hielt kurz inne, fuhr dann mit brüchiger Stimme fort. »Die Trauer hört einfach nicht auf. Deshalb habe ich mich entschlossen, dem Mann, der meinem Kind unvorstellbare Dinge angetan hat, hier und heute ins Gesicht zu sehen.« Demonstrativ blickte sie in die Richtung von Benjamin Jacobs, der unter diesen Worten regelrecht zusammenzuckte. Nur mühsam beherrschte sie sich. »Und der nicht den Mut hat, sich dazu zu bekennen, was er angerichtet hat.« Dann sprach sie Benjamin direkt an: »Sie waren der letzte Mensch, der mein Kind lebend gesehen hat. Haben Sie bitte den Anstand, mich, seine Mutter, über die Umstände von Timos Tod zu unterrichten.« Ihre Ansprache war ein Kraftakt. Immer wieder versagte ihr die Stimme. »Timo ist tot, er kann nichts mehr von seinen letzten Stunden erzählen. Sie sind der Einzige, der es kann. Bisher haben Sie geschwiegen. Ich bitte Sie inständig: Helfen Sie mir, das Unbegreifbare irgendwie zu verstehen.« Sie blickte auf ihre ineinander verkrampften Hände. »Warum haben Sie das getan?«

Im Gerichtssaal war es totenstill. Franca hatte Benjamin die ganze Zeit beobachtet. Er bemühte sich sichtlich, seine unbewegte Miene beizubehalten, jedoch seine zuckenden Augenlider verrieten, dass ihn diese Ansprache nicht unberührt ließ. Seine Hände waren ständig in Bewegung.

Barbara Sielacks Worte ließen niemanden kalt. Den Schöffen waren Tränen in die Augen getreten. Man hörte, wie sich Menschen im Saal die Nase putzten. Jeder versuchte, irgendwie die Fassung zu wahren.

Doch Benjamin Jacobs schwieg auch jetzt.

Anhand von zahlreichen Indizien sah es das Gericht am Ende als erwiesen an, dass der Angeklagte für die ihm vorgeworfenen Taten verantwortlich zeichnete. Die Polizei hatte einige Gegenstände in Benjamin Jacobs' Wohnung sichergestellt, darunter auch die Tatwaffe, ein Jagdmesser, mit dem er Timo getötet hatte. Hinzu kamen Faserspuren und Fingerabdrücke, sodass für die Strafkammer kein vernünftiger Zweifel an der Täterschaft des Angeklagten bestand.

In seiner Urteilsbegründung sprach der Vorsitzende Richter von der Angst, die die beiden kindlichen Opfer erleiden mussten. Das Mädchen konnte entkommen, doch Timo war seinem Mörder hilflos ausgeliefert. Dem Jungen gegenüber hat sich der Angeklagte in besonders entwürdigender Weise verhalten. Das Kind hatte keine Chance gegenüber einem starken, durchtrainierten Erwachsenen.

»Der Mord war wohlüberlegt, keine Spontantat. Der Täter hat den Jungen ausgespäht und ihm aufgelauert. Benjamin Jacobs ist der Illusion erlegen, dass ein totes Opfer ein schweigendes Opfer ist. Er hat vergessen, dass auch Fakten sprechen können. Unwiderlegbare Fakten. Doch er zieht es weiter vor zu schweigen. Wohl wissend, dass Schweigen viel Raum lässt für Spekulationen.«

Benjamin Jacobs wurde wegen der besonderen Schwere der Schuld zu einer lebenslangen Freiheitsstrafe und anschließender Sicherungsverwahrung verurteilt.

Damit war so gut wie ausgeschlossen, dass die Strafe für Benjamin Jacobs nach 15 Jahren zur Bewährung ausgesetzt werden würde.

»Was das Kind während der letzten Stunden seines Lebens durchlitten hat, ist von derartigem Gewicht, dass es sich beim Strafmaß auswirken muss«, sagte der Vorsitzende Richter.

Im Publikum brandete Jubel auf, einige Menschen applaudierten, doch Richter Kowalek ermahnte: »Bitte wahren Sie Würde.«

Das letzte Wort hätte der Angeklagte gehabt. Sein Blick ließ sich nicht deuten, aber Reue und Scham waren nicht darin. Er erhob sich nicht, fixierte das Mikrofon vor seinem Platz und schwieg. Wahrscheinlich weiß er, wenn er offenbart, was wirklich in ihm vorging, dass er dann noch mehr verachtet würde, dachte Franca. Und das wäre genau das Gegenteil dessen, was er immer wollte, nämlich anerkannt und bewundert werden.

Franca verließ den Gerichtssaal. Dieser Mann würde nie wieder Kindern etwas antun.

»Ich danke Ihnen sehr für Ihre Unterstützung. Und ich bin froh, dass es nun vorbei ist«, sagte Barbara Sielacks, die auf sie gewartet hatte.

EPILOG

Georgina und Clarissa standen nebeneinander vor einer der wuchtigen steinernen Skulpturen, die Köpfe zueinander gebeugt und eifrig miteinander diskutierend. Ihre Gesichter wirkten warm und lebendig. ›Zwiespalt‹ hieß die Skulptur eines japanischen Künstlers, die eine Frau darstellte. Die steinerne Frau kniete zwischen zwei mächtigen Basaltblöcken, deren Last sie schier zu erdrücken schien.

Franca konnte nicht hören, was die beiden jungen Frauen redeten, aber ihre Körpersprache verriet, dass sie einander zugetan waren.

Einen Ausflug ins Mayener Grubenfeld hatte sich Georgina gewünscht, als Franca vorschlug, an diesem Sonntag gemeinsam etwas zu unternehmen. Clarissa wollte mitkommen, weil sie sich schon immer den Skulpturenpark Lapidea ansehen wollte. Hier hatten zeitgenössische Bildhauer die formlosen Steine mit von ihren Händen geführten Werkzeugen bearbeitet und am Ende etwas sichtbar gemacht, das zuvor nicht da gewesen war.

Auf dem Gelände war ein neues Erlebniszentrum eröffnet worden, das viel über die Entstehungsgeschichte der Vulkane vermittelte, was sie sich ebenfalls mit Interesse angesehen hatten.

Nun wanderten die drei Frauen auf dem Grubenfeld umher, einem ehemaligen Steinbruch, und bestaunten die eindrucksvollen Statuen und die Überbleibsel aus der Zeit, als Steinbauer mächtige Basaltsäulen aus der Erde befreit hatten.

Franca war umhergeschlendert, plötzlich befand sie sich unmittelbar am Rand eines steil abfallenden Abgrundes. Unwillkürlich trat sie einen Schritt zurück. Unter ihr lag der Silbersee. Ein Name, der sie an ihre frühere Karl-May-Lektüre erinnerte. Ob dieser Silbersee mit seinem vertrockneten Schilfrohr irgendwelche Geheimnisse barg?

Franca spürte ein leichtes Kribbeln, als sie dort stand und in die Tiefe blickte. Wie einfach wäre es, hier jemanden hinabzustoßen und zu behaupten, es sei ein Unfall gewesen. Niemand würde es nachweisen können.

Dass ihr Beruf sie auch in ihrer Freizeit nicht losließ! Franca setzte sich auf einen Stein und beobachtete die Menschen, die umherspazierten und mit aufmerksamen Blicken die Inschriften lasen. Es gelang ihr nicht, die Gedanken an die vergangenen Wochen und Monate, die ziemlich hart gewesen waren, zu verdrängen.

Wie blind sie den Fortschritten der Technik vertraut hatten! Wie verbohrt waren sie alle gewesen, sodass beinahe ein Unschuldiger die Tat eines anderen hätte verbüßen müssen. Es hatte alles so wunderbar gepasst. So lange, bis sie eines Besseren belehrt worden waren.

Mit Scham dachte sie an all die Schwierigkeiten, mit denen Michael Schaller noch immer zu kämpfen hatte. Das Wohnhaus in Moselweiß, in dem sich seine Frau und seine Kinder während seiner Untersuchungshaft ebenfalls wie Gefangene vorgekommen sein mussten, war tagelang von Schaulustigen und Kamerateams belagert worden. ›Horrorhaus‹ nannte es eine Boulevard-Zeitung, die keinerlei Scheu vor weiteren verunglimpfenden Bezeichnungen hatte. Aber auch seriöse Reporter wühlten in Michael Schallers Privatleben, Bekannte wurden ausgefragt. Auch bei David, dem Nachbarn der Schallers, versuchten sie es, doch ihr Ex-Mann hatte ihnen die richtigen Antworten gegeben, dessen war sich Franca sicher. Dennoch, der Makel des Verdachts würde immer an Michael Schaller kleben bleiben, auch wenn eindeutig erwiesen war, dass ihn keine Schuld traf.

Wer sein Foto und das Insiderwissen an die Zeitung übermittelt hatte, konnte nicht aufgeklärt werden. »Ich hab fest geglaubt, dass da der Brocken dahintersteckt«, hatte Clarissa geäußert. »Aber er hatte wohl nichts damit zu tun.«

Franca schüttelte den Kopf. »Offensichtlich war es tatsächlich ein Hacker, wie Renate vermutete. Ich fürchte, mit so etwas werden wir in Zukunft noch öfter rechnen müssen. – Brock hat übrigens an einem Training teilgenommen. Ich glaub, das tut ihm gut. Er muss die Erfahrung, die er letztes Jahr gemacht hat und die ihn vollkommen durcheinanderbrachte, endlich aufarbeiten. Der war ja kaum mehr wiederzuerkennen.«

»Also glaubst du daran, dass sich Menschen ändern durch eine Therapie?«, wollte Clarissa wissen. Eine offensichtlich ernst gemeinte Frage.

Franca hob die Schultern. »Darüber streiten sich die Experten, wie du weißt. Aber an irgendetwas muss man doch glauben. Was wäre wohl die Alternative? Dass wir alle Verbrecher bis ans Lebensende einsperren? Das kann's ja wohl nicht sein.«

Untersuchungen besagten, dass bis zu 70 Prozent der untherapierten Täter wieder rückfällig wurden, wohingegen dies bei den therapeutisch behandelten nur 30 bis 35 Prozent betraf. Die Zahlen schwankten. Eindeutige Erkenntnisse darüber, was einen Täter, der in der Regel stark geschädigt war, vor einem Rückfall bewahrte, gab es nicht. Von Psychologen hatte Franca gehört, dass die meisten Täter ihre Verbrechen wegzureden versuchten und niemanden an sich heranließen. Nicht wenige beharrten darauf, dass die Opfer es nicht anders verdient hatten. Dass es einer wahren Kraftanstrengung bedurfte, zu seinen Fehlern und somit bedingungslos zu sich selbst zu stehen, wusste sie selbst am besten.

»Na, Mammi, müde?« Franca schrak zusammen. Sie hatte nicht bemerkt, dass Georgina hinter sie getreten war.

»Wollen wir nach Hause?«, fragte ihre Tochter.

Franca stand auf, blickte sich ein letztes Mal um. Die tiefstehende Sonne warf lange Schatten und ließ die umherspazierenden Menschen wie Figuren Giacomettis aussehen. »Gehen wir«, sagte sie leise.

NACHWORT UND DANK

Der »Vulkanpark« ist ein einzigartiger Freizeitpark in der Osteifel, zwischen Rhein und Mosel gelegen inmitten einer Landschaft, die aus vulkanologischer Tätigkeit hervorgegangen ist, und die randvoll ist mit Geschichte und Geschichten. Ich danke Jörg Busch, Geschäftsführer der Vulkanpark GmbH, für die Erlaubnis, diesen Titel verwenden zu dürfen.

Der vorliegende Roman mit allen seinen Akteuren ist frei erfunden, auch wenn einem manche Details bekannt vorkommen mögen. Insofern wiederum ist die Geschichte wahr, nämlich wie ich mir Wahrheit vorstelle: So könnte es gewesen sein. Denn dass die Wahrheit viele Facetten hat, wurde mir beim Schreiben dieses Buches in besonderer Weise bewusst. Ich möchte nicht verhehlen: Beim Aufspüren von menschlichen Abgründen bin ich auch dem einen oder anderen Abgrund in mir selbst begegnet.

Wie so oft habe ich mich gefragt, wo eine derartige Geschichte ihren Anfang nimmt. Ich habe sehr vieles über Mörder und ihre individuellen Biografien gelesen und ebenso vieles über Polizisten, wie sie Aufklärung betreiben. Zusätzlich zu den Büchern spürte ich mannigfachen Hinweisen im Internet nach und las unzählige Zeitschriftenartikel und Fachaufsätze.

Sehr hilfreich waren die Fachbücher von Stephan Harbort. Besonders erwähnen möchte ich *Ich liebte eine Bes-*

tie – *die Frauen der Serienmörder* (Droste, 2009), *Das Serienmörder-Prinzip – Was zwingt Menschen zum Bösen?* (Droste, 2006) und *Begegnung mit dem Serienmörder – Berichte von Menschen, die entkommen konnten* (Knaur, 2011). In letzterem wird detailliert die Vernehmung von kindlichen Opfern beschrieben. Stephan Harbort hat mir freundlicherweise erlaubt, mich an seinen Büchern zu orientieren.

Wann immer ich eine konkrete Frage zum Polizeialltag hatte, hat sie mir mein Kollege Jörg Schmitt-Kilian, der in seinem anderen Leben Kriminalhauptkommissar bei der Polizei Koblenz ist, beantwortet.

Armin Hofschulte, einem hervorragenden Kenner von Flora und Fauna, gebührt ein herzliches Dankeschön für die fachkundige Führung durch den Rauscherpark und dem lebhaften Erzählen einiger Anekdoten, die ihren Niederschlag im Roman gefunden haben.

Dass Franca Mazzari und ihre Koblenzer Kollegen keine Unbekannten mehr sind, dafür – und für sehr vieles andere mehr – danke ich meiner Agentin Eva Pfitzner, die mir alles Organisatorische abnimmt und meine Arbeit kreativ und produktiv begleitet.

Dem Team vom Gmeiner-Verlag – insbesondere meiner Lektorin Claudia Senghaas – danke ich ebenfalls für die großartige Unterstützung.

Das zweiwöchige Krimi-Stipendium *Tatort Töwerland* auf der Nordseeinsel Juist hat es mir erlaubt, noch einmal in aller Stille und mit distanziertem Blick den Roman durchzuarbeiten und ihm einen letzten Feinschliff zu verpassen. Mein allerherzlichster Dank für diese Auszeit gilt Thomas Koch von der Buchhandlung Koch sowie Inka

Extra für Verpflegung und anregende Gespräche in der Villa Charlotte.

Gabriele Keiser,
Andernach, September 2012

Kommissarin Franca Mazzari ermittelt:

1. Fall: Apollofalter
ISBN 978-3-89977-687-4

2. Fall: Gartenschläfer
ISBN 978-3-89977-772-7

3. Fall: Engelskraut
ISBN 978-3-8392-1117-5

4. Fall: Vulkanpark
ISBN 978-3-8392-1395-7

5. Fall: Goldschiefer
ISBN 978-3-8392-1673-6

6. Fall: Kaltnacht
ISBN 978-3-8392-2130-3

7. Fall: Ahrweinkönigin
ISBN 978-3-8392-2493-9

8. Fall: Tatort Rheinbrücke
ISBN 978-3-8392-0420-7

Weitere:

**Puppenjäger
(mit Wolfgang Polifka)**
ISBN 978-3-8392-0128-2

GMEINER SPANNUNG

WWW.GMEINER-VERLAG.DE
Wir machen's spannend